V. Blasco Ibáñez

Novelas de AMOR y de MUERTE

PLAZA & JANES
EDITORES

Portada de
C. SANROMA

Primera edición: Junio, 1980

© 1980, Herederos de Vicente Blasco Ibáñez
Editado por PLAZA & JANES, S. A., Editores
Virgen de Guadalupe, 21-33. Esplugues de Llobregat (Barcelona)

Printed in Spain — Impreso en España
ISBN: 84-01-37052-3 — Depósito Legal: B. 19.214 - 1980

AL LECTOR

De las seis novelas que forman el presente volumen, cinco son recientes, pues las he escrito en el curso del año último. La sexta, *El despertador del Buda,* tiene más de treinta años de vida, pero creo que muy pocos de mis lectores la conocen. Casi resulta tan nueva como sus cinco hermanas ya mencionadas. Después de haberla escrito en 1896 y de aparecer en una modesta publicación de Valencia, no me he preocupado hasta ahora de darla al lector en una forma más duradera.

No significa esto que la haya olvidado durante tantos años. Precisamente el recuerdo de cómo la escribí va unido a uno de los períodos menos agradables y más novelescos de mi vida.

En el mencionado año de 1896 comparecí ante un consejo de guerra reunido en Valencia para juzgarme. El fiscal militar pidió que me condenasen a catorce años de presidio. El consejo rebajó dicha petición a cuatro años, y de ellos pasé encerrado catorce meses, hasta que me conmutaron la prisión por destierro, y el pueblo de Valencia suprimió este destierro eligiéndome diputado por primera vez.

Ya no existe el penal en que pasé los catorce meses. Era un convento viejo, situado en el centro de Valencia. Tenía capacidad para unos trescientos penados y éramos cerca de mil. Fácil es imaginarse lo que sería tal amontonamiento de carne humana, con sus hedores, sus miserias y sus rebeldías. Sólo una disciplina severísima hacía posible la existencia en esta cárcel angosta.

Por favor especial y secreto, los empleados me consideraban siempre doliente, y gracias a dicha tolerancia podía vivir y dormir en la enfermería del establecimiento, pequeña sala con las paredes pintadas de cal amarillenta, media docena de camitas de hierro, un botiquín, y el piso de ladrillos rojos siempre rezumando agua, por ser baldeado todos los días, como la cubierta de un buque, procedimiento medianamente eficaz para evitar la propagación de los parásitos.

En algunas ocasiones pasaba los días solo. Otras tenía por vecinos a dos o tres penados jóvenes, en el último grado de la tisis. La mala alimentación, los excesos antes de entrar en la cárcel y las excitaciones solitarias que produce el encierro, propagaban esta terrible enfermedad entre mis compañeros de entonces.

Si morían antes de media tarde, el cadáver era llevado fuera del establecimiento. Si la defunción ocurría al cerrar la noche o después, quedaba el muerto en su cama hasta la mañana siguiente, acabando los habitantes de la enfermería por acostumbrarse a tal vecindad.

Por un patio interior ascendían los hedores del rancho infecto y el vaho de centenares de cuerpos humanos, abundantes en jugos animales.

Una reja alta daba al exterior del edificio, y a través de sus barrotes se veía un pedazo rectangular de cielo azul. El paso de una nube o de una paloma lejana era para mí un acontecimiento.

Algunas veces, ayudado por el enfermero, subía hasta la reja, manteniéndome en ella de modo que no me viesen los soldados que hacían guardia en la calle con el fusil al brazo.

Y en este ambiente de miseria y tristeza fui escribiendo *El despertar del Buda*, con un pequeño lápiz y papel de la oficina del establecimiento que me regalaban los empleados. Para añadir a las penalidades del encierro un tormento moral, los que me habían condenado recomendaban todos los meses que se cumpliese el reglamento, especialmente conmigo, no tolerando que recibiese libros ni que tuviera lo necesario para escribir.

Como en nuestra vida deseamos siempre lo contrario de lo que nos rodea, encontré inmenso solaz en la producción de esta leyenda indostánica, exuberante de riquezas y esplendores en su primera parte, y que es en su fondo la glorificación del amor, de la tolerancia con el semejante, del sacrificio. ¡Quién me hubiese dicho entonces a mí, joven escritor viviendo entre ladrones y asesinos a causa de mis ideas políticas, que muchos años después haría un viaje alrededor del mundo, conociendo la India, país de ensueño, donde se desarrolla la leyenda del sublime Buda...!

Pasados treinta años vuelvo a leer lo que hice en 1896, y no lo encuentro indigno de figurar en compañía de las otras novelas que acabo de escribir. Después de haber visto la India con mis ojos, reconozco que no anduve tan desacertado al pretender adivinarla desde el fondo de una cárcel de España. Sólo he tenido que hacer en esta pequeña obra ligerísimas correcciones.

A través de tantos años, veo las cosas del pasado con una benevolencia que podría llamar histórica. Mi vida de presidiario no me parece ahora tan horrible como fue en la realidad. Es sin duda porque tenía yo entonces treinta años menos.

Pienso también que no es caso extraordinario en

España que un novelista haya vivido en la cárcel. El padre de todos nosotros y tal vez de todos los novelistas del mundo, el glorioso don Miguel, cuentan que escribió la primera parte de su *Don Quijote* estando encerrado en la cárcel de Sevilla.

Esto, dicho sea de paso, no es más que una leyenda. Lo afirmo con la seguridad de un experto. No niego que pudo concebir la historia de Don Quijote en su prisión; pudo también trazar un boceto o síntesis de su obra, ampliándola luego al verse en libertad; pero declaro imposible que escribiese la primera parte de su novela, tal como la conocemos, en un lugar «donde todo ruido e incomodidad tienen su asiento».

Yo sé lo que me costó escribir «materialmente» mi leyenda indostánica, que no es más que una novela corta, y gozaba además el favor especial de vivir en una enfermería y dormir entre muertos, compañeros que no pueden ser más silenciosos.

Otra razón que me hace grato tan sombrío recuerdo es considerar cómo el tiempo transforma muchas cosas que la vanidad o la idiotez humana creen inconmovibles.

En 1896 mi venerable maestro Pi y Margall pedía que fuesen todos a la guerra de Cuba, pobres y ricos —modo de que la guerra terminase—, y con más ahínco aún, reclamaba la independencia de dicha isla. Casi toda la antigua América española era independiente, desde hacía un siglo, y resultaba lógico que este pedazo de tierra americana se emancipase también.

Humilde y entusiasta discípulo, repetí las palabras del maestro en periódicos y mítines, y hasta organicé manifestaciones que acabaron por convertirse en motines, dando origen a choques entre el pueblo y la fuerza pública. Al apóstol venerable del republicanismo, célebre por su austeridad, se cuidaron bien de respetarle los gobernantes de aquella época. A mí me condenaron en consejo de guerra por enemigo del orden, de las instituciones y hasta de la patria...

Y ahora el servicio militar obligatorio es ya casi una antigualla, pues, con más o menos pureza, hace muchos años que existe. Y de la independencia de Cuba nada hay que decir. La bandera de la República cubana ondea en Madrid durante las fiestas oficiales, y sus representantes diplomáticos son agasajados en todos los centros de la monarquía española.

No hay más que vivir para ir viendo cómo las cosas anatematizadas y perseguidas hoy, se conviertan algún tiempo después en vulgaridades admitidas por todos.

Por eso me propongo vivir cuanto pueda, dándome palabra a mí mismo de llegar a los ochenta años.

¡Lo que veré en los veinte que me quedan por delante, si es que se cumple mi deseo...!

Vicente BLASCO IBÁÑEZ

«Fontana Rosa»
Mentón (Alpes Marítimos)
    Julio 1927

EL SECRETO DE LA BARONESA

I

Al llegar a una cumbre rematada por enorme cruz de piedra, los viajeros que dos horas antes habían abandonado el tren para apretarse en el interior de una diligencia, veían de pronto todo el valle, y en su centro la ciudad.

Enfrente se elevaban los Pirineos como los diversos términos de una decoración de teatro: primeramente montañas rojizas o amarillas en progresión ascendente, lo mismo que peldaños de escalera; luego otras que iban tomando una tonalidad azul, a causa de la distancia, y por encima las últimas, enteramente blancas, de una blancura que las hacía confundirse con las nubes, conservando hasta en los meses de verano los casquetes de nieve de sus cimas con flecos de hielo abrillantados por el sol.

Senderos pedregosos, únicamente frecuentados por comerciantes de mulas y contrabandistas, ponían en precaria comunicación este valle pirenaico de España con la Francia, invisible al otro lado de la cordillera. Los carabineros llevaban una existencia de hombres prehistóricos en las anfractuosidades de unas montañas barridas en invierno por el huracán y la nieve.

En lo más hondo del valle, fértil y abrigado, se extendía la parda ciudad junto a un río de aguas frígidas procedentes de los deshielos. Sus techumbres, cubiertas de vegetación parásita, eran a modo de pequeñas selvas en pendiente, donde los gatos podían entregarse a interminables partidas de caza o se desperezaban bajo el sol. Las tejas curvas tenían una costra de moho vegetal. Los muros estaban agrietados, y rara era la fachada que no aparecía sostenida por «eses» de hierro, llamadas anclas en arquitectura.

Era más vieja que antigua. De las casas de piedra construida en otros siglos —cuando los españoles de religión cristiana refugiados en el Norte de la Península iban tomándoles lentamente la tierra a los españoles musulmanes— sólo quedaban vestigios dispersos. Los ricos del país habían remplazado sus antiguas viviendas con otras más endebles y feas, al gusto de su época.

Después de las obras realizadas a principios del siglo XIX, la ciudad no había conocido otras reformas. El único edificio de ladrillos rojos, cuya flamancia revelaba un origen reciente, era cierta construcción de tres alas, situada en sus afueras, que parecía dominar con su enorme tamaño al resto del caserío. Los recién llegados discutían sobre su utilidad. Unos la creían gran fábrica, cuyo funcionamiento estaba asegurado por algún producto especial del país; otros, a causa de sus numerosas ventanas y grandes patios anexos, la diputaban cuartel, teniendo en cuenta la próxima frontera.

Sólo al entrar en la ciudad se enteraban de que era el Seminario. Las devotas ricas del país habían dedicado gran parte de sus testamentos a la erección de esta obra enorme, motivo ahora de orgullo para sus chasqueados herederos.

La catedral, construida en el siglo XI, y el Seminario, con aspecto de cuartel moderno, se elevaban soberbiamente sobre las techumbres oscuras de la ciudad. Como las murallas de ésta habían sido demolidas después de la última guerra carlista, para que no pudiesen servir de refugio a nuevas insurrecciones en favor del pasado, las casas se iban esparciendo por los campos, a lo largo del río.

No había dentro de ella autoridad superior a la del obispo. El gobernador de la provincia vivía en la cercana capital, urbe moderna con estación de ferrocarril, casinos de recreo, un teatro, media docena de fábricas y un vecindario abundante en obreros, pronto a acoger todas las ideas liberales y pecaminosas. Esta ciudad del valle pirenaico se enorgullecía de ser una antítesis de la cabeza de la provincia. Los pobres trabajaban en las viñas. No existían en ella otros obreros que los que laboraban en sus casas para las necesidades del vecindario. Su única autoridad laica, el alcalde, visitaba todas las semanas al obispo para conocer su modo de pensar en los asuntos públicos y no incurrir en equivocaciones. Un viejo coronel, gobernador militar de esta antigua plaza fuerte privada de fortificaciones, era también asiduo visitante del verdadero señor de la ciudad.

Se hacían lenguas las buenas gentes de los muebles que adornaban el palacio episcopal. Uno de los últimos prelados —llamado «modernista» por sus diocesanos a causa de sus gustos— había renovado los viejos salones con sillerías vistosas traídas de Barcelona y Madrid. Igualmente había atropellado la majestad sombría de la catedral colocando en sus altares imágenes azules y rosadas, con grandes chorreones de oro, adquiridas en París cerca de la iglesia de San Sulpicio. Mas la primitiva belleza de este templo, patinada por más de ocho siglos de adoración, era tan intensa que seguía existiendo no obstante tales profanaciones.

Las calles de la ciudad inspiraban mayor interés al viajero que sus edificios. Exceptuando la principal, donde estaban las tiendas, todas las otras ofrecían casi el mismo aspecto que en remotos siglos. Las más de las casas avanzaban los pisos superiores sobre la calle, sostenidos por una sucesión de arcos bajo los cuales se mantenía el piso inferior en una penumbra de bodega. Las arcadas se apoyaban en pilastras de mampostería, descascaradas por los años, o columnas de piedra oscura, restos de antiguos edificios, en cuyos capiteles se adivinaban ángeles bizantinos de rígidas túnicas, o cabezotas de santos con las narices roídas.

De todos los pisos bajos se escapaban un olor de cuadra y de vino en fermentación. Las calles populares tenían en su parte céntrica una capa de estiércol putrefacto caído de los carros, y de estiércol fresco recién expelido por las caballerías. En horas meridianas dicha inmundicia brillaba bajo el oro solar, entre una doble faja de sombra proyectada por las casas. El paso de una carreta o de bestias con carga hacía elevarse del suelo nubes espesas de moscas.

Esta urbe fronteriza había sido agraciada por el gobierno de Madrid con un regalo, motivo unas veces de regocijos públicos, y otras de sordas cóleras. Un batallón de Cazadores la guarnecía. Los oficiales, aburridos hasta el enervamiento por la calma y las rutinas de esta ciudad episcopal, acababan por atreverse a las mayores diabluras, escandalizando a su vecindario. Algunos vivían en pecado cohabitando con mujeres casadas o solteras de la clase popular. Otros, ganosos de incurrir en iguales abominaciones, perseguían a las muchachas de buen ver que trabajaban para las tiendas. La monotonía de esta guarnición sin objeto junto a una frontera casi infranqueable los impulsaba a divertirse con jugarretas infantiles.

Uno de los adornos más famosos de la calle Mayor había sido cierta guitarra gigantesca colgando como enseña sobre la puerta de un guitarrero. Cuando los campesinos venían a la ciudad en días de mercado, quedaban absortos ante el enorme instrumento. Varios tenientes, subiéndose en hombros unos de otros, depositaban una noche varios petardos en su interior, haciéndola estallar. ¡Jamás bomba de terroristas originó tan interminables comentarios como esta inocente explosión...! Las audacias amorosas de los oficiales también provocaban conflictos entre guerreros y civiles. El obispo se quejaba a los señores de Madrid enumerando las perturbaciones y escándalos con que alteraban los militares la tranquilidad de su diócesis, y el gobierno, para evitar nuevos conflictos, acabó por trasladar el batallón a la capital de la provincia.

A los pocos meses todos los comerciantes de la calle Mayor, que se daban a sí mismos el título de «fuerzas vivas del país», visitaban a Su Ilustrísima para pedirle que trajese de nuevo el batallón. La ciudad estaba próxima a la ruina. Los que no tenían viñas iban a morir de hambre. El comercio no marchaba; cada vez eran menos los negocios; había que perdonar la ligereza juvenil de aquellos calaveras simpáticos a cambio de las ganancias que proporcionaba la manutención de sus hombres.

Nuevas cartas del influyente personaje a Madrid, y al fin, una tarde corría el vecindario a las afueras de la ciudad para presenciar la entrada del batallón, carretera abajo, con la bandera entre bayonetas, llevando al frente su charanga, que iba despertando con bélicos pasodobles las calles adormecidas.

El momento más importante de la existencia diaria era el anochecer, cuando paseaban por la mencionada calle las familias de los ricos, los oficiales y los jóvenes de buena casa. Esta calle se modernizaba lentamente bajo la influencia de un progreso lejanísimo, sólo comparable con las últimas y débiles ondulaciones de los círculos acuáticos. Las tiendas ensanchaban sus puertas e instalaban nuevos escaparates, iluminados al cerrar la noche. Sus dueños querían rivalizar con los comerciantes de la capital de la provincia. Hasta ciertos forasteros habían establecido un *bar* con piano mecánico y camareras de mejillas pintarrajeadas. Las señoras aceleraban ostentosamente su marcha al pasar junto a él, y si la puerta de vidrios se hallaba entreabierta, las más audaces torcían la mirada para atisbar con el rabillo de un ojo su extraordinario misterio, viendo solamente grupos de hombres erguidos ante el mostrador, envueltos en humo de cigarro.

La ciudad tenía alumbrado eléctrico. El obispo, que amuebló el palacio como una antesala de dentista y llenó la catedral de imágenes dulzonas, había protegido la explotación de una caída de agua en los Pirineos. La luz, barata y abundante, llegaba hasta callejones sin casas que sólo tenían como límites musgosos tapiales. La población había saltado de la tea a la electricidad, sin conocer el gas ni el petróleo. Todavía quedaban en las esquinas de algunos edificios cestos de hierro al extremo de un brazo horizontal, en los cuales se habían depositado antaño pequeñas hogueras de leños resinosos para que iluminasen durante un par de horas la noche naciente.

Su frescura veraniega, las aguas de sus montañas inmediatas y ciertos bosques de pinos en lastimosa decadencia, atraían algunas veces a familias del interior.

Ninguna de ellas repetía su viaje al otro año. «El país, muy hermoso; pero la gente...»

Varios forasteros habían intentado establecer hoteles, cinemas, un teatro; pero tales negocios fracasaban en seguida por obra de las personas más importantes de la ciudad. Sentíanse las nuevas empresas empujadas por una fuerza oculta que torcía sus gestiones, obligándolas finalmente a huir. Señoras ricas compraban los edificios en que se hallaban instaladas estas novedades peligrosas. Varones respetables y juiciosos —algunos de ellos con sotana— hablaban bondadosamente a los innovadores para consolarlos de su ruina.

—En esta ciudad la gente desea vivir a la antigua. Teme, tal vez con razón, que muchas de estas cosas modernas traigan con ellas el pecado.

Al visitar el rey de España esta provincia pirenaica había pasado dos días en el palacio episcopial, disfrutando los derroches y magnificencias arcaicas de un obispo que vivía como príncipe feudatario. Los grandes de la tierra no necesitaban que la ciudad tuviese hoteles. Todo personaje que en sus andanzas llegaba a este rincón montañoso podía contar con el alojamiento en la vivienda del prelado.

Tales visitas servían para aumentar el prestigio del verdadero soberano de la ciudad. No había en ella quien viese límites a su poder. ¿Cómo atreverse a ir contra tan influyente personaje...? El gobernador de la provincia le temía, y uno de sus primeros actos, al tomar posesión del cargo, era venir a ponerse a las órdenes de Su Ilustrísima. Lo admiraban todos como un varón omnipotente, en continuo trato con los gobernantes del cielo y respetado igualmente por los señores de la tierra. Su ciudad y el valle circundante les parecían estrechos para su grandeza.

Y cuando intentaban mencionar la persona que venía detrás de él por orden de importancia, nadie vacilaba en su designación, aunque estableciendo entre ambos una diferencia considerable.

Después del obispo, la persona más ilustre de la ciudad era doña Eulalia la baronesa.

II

Todos la llamaban «baronesa». Era una costumbre. Los jóvenes, habiéndola oído nombrar desde su infancia con este título, lo consideraban tan indiscutible como la dignidad episcopal de Su Ilustrísima. Los viejos conocían la existencia en Madrid de otra baronesa de Cuadros, cuñada de doña Eulalia, pero no daban importancia a tal duplicidad. La verdadera baronesa era la suya.

Cuadros, pequeña aldea al pie de los Pirineos, dio su nombre a la baronía con que fue agraciado un propietario del valle, jefe de partida que había hecho la guerra contra los franceses napoleónicos en 1808, y quince años después, como guerrillero «apostólico», acompañó a los otros franceses del duque de Angulema y de Luis XVIII, cuando vinieron a restaurar la monarquía absoluta de Fernando VII. Fue este rey quien dio el título de barón de Cuadros al guerrero montaraz, hombre bueno a su modo y de limitados alcances mentales, convencido de que España aún podía ser grande otra vez si restablecía la Inquisición, repeliendo el liberalismo y otras invenciones de los herejes extranjeros.

Sus descendientes, establecidos en la ciudad, no tuvieron otra preocupación que mantener el lustre de dicho título nobiliario. Doña Eulalia, desde sus primeros años, veneró dos cosas: la gloria de su bisabuelo, gran capitán, según ella, de milagrosas hazañas —a pesar de que nunca había mandado más allá de doscientos hombres—, y el título de barón, que hacía de su propio padre un ser excepcional, un jerarca, después del obispo. Creció oyéndose llamar por todos «baronesa». Su hermano contrajo matrimonio luego de heredar el título por muerte de su padre, y fue el primer barón de Cuadros que abandonó la ciudad, trasladándose a Madrid. Tal ausencia sirvió para que la gente pudiese seguir llamándola lo mismo que en su primera juventud.

Doña Eulalia se casó con un rico del país, de apellido oscuro. La influencia democrática de los tiempos la impuso este sacrificio. Su hermano se había llevado con el título todos los bienes de la familia, dedicados por tradición al mayor brillo de su baronía. Gracias a dicho matrimonio fue rica a su vez, pero sufriendo la oculta amargura de saber que existía una baronesa de Cuadros auténtica, y ella sólo lo era en su ciudad por aquiescencia general, sin título alguno.

Deseosa de adquirir nuevas distinciones, ordenó a su marido que interviniese en la política de la provincia, no descansando hasta que lo eligieron diputado. Pero hombre sensual, de aficiones groseras, sólo vio en dicho cargo un pretexto para vivir en Madrid, mientras su esposa permanecía en la ciudad atendiendo a la administración de sus bienes. Además, doña Eulalia no deseaba encontrarse con su cuñada, que era para ella «una usurpadora».

Solamente al morir el diputado pudo darse cuenta de cuál había sido su verdadera existencia. Tuvo que pagar deudas enormes; quemó, escandalizada, muchas cartas de mujeres que contenían confidencias infames —algunas de ellas incomprensibles para doña Eulalia—, y desde entonces extremó su austeridad devota, abominando de la vida moderna y sus impurezas, de las grandes capitales y sus placeres demoníacos, para concentrar toda su historia futura en la ciudad natal y el valle circundante, donde tenía sus mejores propiedades.

Además, aquí era «la baronesa». Las envidiosas, al intentar explicarse su influencia y el general respeto que infundía su nombre, no acertaban a encontrar el motivo. El verdadero título lo poseía su hermano mayor, y el hecho de haber sido su esposo varias veces diputado tampoco justificaba tal celebridad. Otros señores de la provincia habían obtenido igualmente dicho cargo gracias a unas elecciones que se realizaban sin oposición, designando el gobierno, desde Madrid, de acuerdo con el obispo, quien debía ser diputado... Y sin embargo, la baronesa figuraba como el personaje más importante fuera del palacio episcopal.

Rehuía con modestia el cargo de presidente ofrecido por las asociaciones religiosas. Luego todas ellas aceptaban la persona que doña Eulalia quería designar. Hasta el alcalde y los señores del Ayuntamiento venían a consultarla sobre ciertas reformas proyectadas durante años y años, como persona de gran experiencia y prudente consejo.

Muchos comentaban admirativamente su parquedad verbal. El silencio con que acogía las consultas era apreciado como reflejo de una vida interior, de profundas meditaciones. Su gesto severo tenía una gravedad protectora. «Es de mucho carácter», afirmaban las gentes. Y con tales palabras creían haber justificado su respeto.

Cerca de la catedral se alzaba la casa de los barones de Cuadros, única finca de la herencia paterna que ella había exigido. Este caserón de fachada pretenciosa, construido con honores de palacio, mostraba cerradas casi siempre puertas y ventanas, como si estuviese deshabitado. Detrás se extendía el jardín.

Las tapias de éste, con festones de plantas trepadoras, servían de límite a una callejuela en pendiente que iba hasta la catedral y por ella pasaban los canónigos a las horas de coro. Empedrada de guijarros azules y resbaladizos, formaba varios rellanos. Pétalos de jazmín la cubrían algunas veces como nieve perfumada. En otras ocasiones la alfombra floral era de rosas deshechas. El profundo silencio de este callejón desierto parecía agrandar la canturria de los pájaros albergados en el jardín. Los árboles subían apretadamente en busca del sol. La hiedra se enroscaba a sus troncos hasta invadir las copas.

Algunas tardes los escasos transeúntes veían levantarse ante sus pisadas, exageradas por el eco, una punta de cortina en alguna de las ventanas con los vidrios siempre cerrados. Una cabecita con la cabellera en lustrosos bandos, rostro de aniñadas facciones, palidez mate y ojos negros de pueril expresión se mostraba por breves instantes detrás de los cristales. Todos la conocían. Era la señorita Marina, hija única de la baronesa.

Doña Eulalia, según declaración de los hombres ya maduros que fueron jóvenes al mismo tiempo que ella, había poseído una belleza «distinguida». Esto, en realidad, quería decir que no la tenían por fea, aunque sus encantos pareciesen endurecidos por un gesto frecuente de altivez. Su hija había heredado esta belleza morena, reveladora del origen campesino de la familia, pero más afinada y débil, con una expresión humilde y tímida en miradas y palabras.

El nombre de Marina se lo había dado su padre. Doña Eulalia prefería otros más clásicos del Santoral, pero esto lo toleró al principio como un capricho de su esposo, aficionado a lecturas novelescas e historias desarrolladas sobre las tablas de los teatros. Muchos años después, al descubrir sus traiciones conyugales, tuvo la certeza de que había impuesto a su hija el mismo nombre de una de aquellas hembras de diabólico estilo epistolar. Lo aceptó por haberlo consagrado para siempre la Santa Madre Iglesia, pero algunas veces le era penoso repetirlo a causa de los recuerdos nefandos que evocaba en su memoria.

Meses y años se deslizaron para ella lo mismo que la mansa y continua ondulación de un río tranquilo, limpio de obstáculos. Marina fue creciendo hasta convertirse en una mujer. Pasada su pubertad, ya no se dio cuenta doña Eulalia de las transformaciones de su hija. La encontraba siempre igual, como una repetición de su propia existencia. Era motivo de orgullo para ella verla tan obediente, tan modosita y falta de voluntad; un modelo de hija cristiana, sometida por entero a la dirección de su madre.

Es cierto que le habría sido difícil a la joven vivir tranquilamente haciendo otra cosa. El difunto esposo de doña Eulalia había comparado a ésta con uno de esos árboles avasalladores que absorben por entero el zumo de la tierra que les rodea e impiden el crecimiento de todo lo que existe cerca de ellos.

Los vecinos inmediatos a la catedral veían todas las mañanas a la madre y a la hija con la mantilla sobre los ojos, camino del templo, donde pasaban dos o tres horas. Nunca le faltaba quehacer a doña Eulalia en su interior. Unas veces tenía que confesar y comulgar; en otros días era misa cantada con sermón. Además, siempre encontraba canónigos o beneficiados cerca de la sacristía, entablando conversación con ellos bajo la luz de un rayo de sol que entraba oblicuamente por las vidrieras de colores, extendiendo sobre el pavimento, blanco y negro, o sobre una antigua losa sepulcral, pequeños jardines palpitantes de flores sin cuerpo.

En las últimas horas de la tarde la baronesa y su hija abandonaban la mantilla, tocado devoto que las había nivelado democráticamente con las demás oyentes de los oficios divinos. Ahora llevaban sombreros negros y discretos, signo de aristocracia que sólo se atrevían a usar en la ciudad muy contadas señoras. Estos sombreros, muchas veces de confección casera, eran tan pesados y sombríos que Marina se permitía aligerar el suyo con la nota alegre de algunas flores artificiales. A las muchachas que trabajaban para las tiendas de la calle Mayor e iban siempre con la cabeza descubierta les parecía dicho tocado el resumen de toda una existencia, el final glorioso de una mujer triunfadora.

Otro testimonio de majestad de la baronesa era su carruaje, berlina chillona a causa de su vetustez, tirada por un caballo único, y en cuyo pescante iba como cochero el mismo viejo que por la mañana cuidaba el jardín. Se asomaban los vecinos a puertas y ventanas al oír el estrépito de sus ruedas cortando el vespertino silencio. Su paso marcaba exactamente la hora que sigue a la siesta, cuando empiezan en las casas los preparativos del chocolate.

Todos sabían que este vehículo sólo podía ser de doña Eulalia. En el barrio no había otro y en toda la ciudad no llegaban a una docena los carruajes particulares. Pero aun así, necesitaban asomarse para tener el convencimiento de que no se habían equivocado y decir luego a los demás de la familia: «Son la baronesa y su hija, que van a alguna de sus propiedades.»

El paseo lo daban por una carretera que, al llegar al pie de los Pirineos, se cortaba bruscamente. Al otro lado de la cordillera había construido Francia un camino igual, pero transcurrían los años sin que se uniesen los dos extremos. Las susceptibilidades de una vigilancia militar inexplicable y, sobre todo, el tradicionalismo, mantenían en suspenso esta obra necesaria.

La baronesa consideraba digna de elogio tal solución de continuidad en el camino que le servía de paseo las más de las tardes. Su imaginación había poblado la tierra existente al otro lado de las montañas con los más espantables monstruos. Cuando encontraba en la ciudad algunos mercaderes vagabundos o compradores de ganado procedentes de Francia —gentes rudas y sin letras—, los miraba hostilmente, como si trajesen en los fardos de sus mulas todo un cargamento de impiedades. Eran del país de la Revolución, de la tierra de Voltaire y de Renán, dos seres diabólicos de los que había oído hablar muchas veces en los sermones, desalmados de una misma época, que negaban a Dios y tal vez habían votado la muerte de la reina María Antonieta. ¡Bien estaba el camino así!

Pasaba la tarde en alguna de sus fincas, hablando a sus labriegos con tono protector, mostrándose pródiga en limosnas. Las pobres gentes del campo y la ciudad alababan su espíritu caritativo. Doña Eulalia tenía una noción clara y rígida de sus deberes. Los de arriba deben proteger a los de abajo, pero dignamente, sin familiaridad, guardando las distancias. Y los de abajo deben agradecer estas generosidades, a las que no tienen ningún derecho, porque son voluntarias, y el que da limosna lo hace por bondad de alma, no porque tenga obligación.

Como resultado de sus cristianas larguezas, un joven que tenía cuatro o cinco años más que Marina estaba instalado en la casa de los barones de Cuadros, ocupando una situación intermedia entre la domesticidad y el trato íntimo con la aristocrática familia.

Era hijo de un labriego del valle que había hecho oficio de administrador de doña Eulalia en alguno de sus viñedos. Al morir, tomó la baronesa bajo su protección al pequeño Sebastián, como ella podía hacerlo. Lo llevó a su casa para que ayudase al jardinero. Al poco tiempo, dándose cuenta de su ingenio natural y su afición a los libros, vio en él a un futuro sacerdote.

Acababan de inaugurarse el Seminario, y el edificio resultaba muy superior en dimensiones al número de estudiantes. ¡Signo impío de los tiempos! Cada vez eran menos los que sentían vocación por el sacerdocio. Doña Eulalia envió un seminarista más a la nueva universidad eclesiástica, pero al poco tiempo hubo de convencerse de que su iniciativa resultaba inútil. De los sabios maestros del Seminario sólo quería aprender el muchacho lo que tenía relación más o menos lejana con la literatura y las artes. Hasta le atribuyó un alma de pagano viendo la sensualidad con que admiraba los árboles, las flores, los cantos de los pájaros, las voluptuosidades de la música.

Le sorprendió repetidas veces en el jardín leyendo libros profanos, novelas poco edificantes que, según propia confesión, le proporcionaba cierto barbero de la calle Mayor, único vecino de la ciudad que se atrevía a hacer gala de ideas liberales, encargándose de la venta de periódicos y libros venidos de Madrid. Este hereje se permitía además, con unos cuantos forasteros, parroquianos suyos, discutir la conducta del obispo y dudar de su importancia en la tierra entera.

Retiró doña Eulalia su apoyo a Sebastián al convencerse de que no quería ser sacerdote, volviéndolo a su condición de criado. Menos aún: fue un huérfano, recogido por caridad, que no ganaba la comida y los vestidos dados por su bienhechora. Él, por su parte, parecía acoger pasivamente esta decadencia, limitándose a prestar ayuda al jardinero, a la cocinera, a todos los de la casa que exigían sus oficios de suplente, bueno para todo.

Su único consuelo era afirmar que pronto abandonaría la ciudad, lanzándose a correr el mundo. Tal vez esperase hasta cumplir su servicio militar; también podría ser que partiese antes para América, como otros jóvenes del país, sin preocuparse de que lo declarasen prófugo.

Siempre que le era posible, escapaba de la casa para pasar horas enteras oyendo lo que conversaba el grupo de locuaces fumadores instalado permanentemente en la barbería de la calle Mayor. Allí se instruía con más deleite que en las aulas del Seminario.

Otra de sus diversiones era hablar con la señorita Marina. Continuaba entre los dos la misma confianza de su niñez. Recordaba sus juegos en el jardín, cuando Sebastián, por ser mayor y más fuerte, le servía de caballo, llevándola a cuestas con ruidoso trote entre las plantabandas floridas, plegándose a otros caprichos de esta amiga que tenía conciencia de su rango superior.

Ya no se permitía con ella el tuteo infantil. La llamaba señorita y empleaba el «usted» al hablarla, por exigencia de la baronesa, ansiosa de restablecer entre ambos la necesaria diferencia social. Pero el jardinero y Fermina, la criada más vieja de la casa, habían sorprendido entre los dos jóvenes sonrisas de confiada fraternidad. Sus ojos se miraban como si guardasen un mutuo secreto. Además, el muchacho entregaba algunas veces a la hija de la baronesa papeles y libros, haciéndola partícipe de sus lecturas profanas.

Marina parecía ocultar una personalidad doble. Lejos de doña Eulalia, sus ojos se animaban con un brillo inteligente. No miraba ya al suelo, ni su sonrisa era maquinal, expresando únicamente humildad y timidez.

Un personaje importante frecuentaba el caserón de la baronesa en las horas crepusculares y las primeras de la noche. Era don Pablo, canónigo con categoría de «dignidad», que representaba en esta urbe eclesiástica la gloria de las letras. Doña Eulalia solicitaba sus consejos, por lo mismo que estaba convencida de que, en todo lo que no tocase a sus particulares aficiones, mostraría indefectiblemente la misma opinión que ella. Todos consideraban a este varón de alegre vejez, con la cabeza sonrosada y blanca y unas gafas de montura dorada sobre sus ojos infantilmente maliciosos, como un gran sabio, honor de la ciudad.

Dedicado a los estudios históricos, hacía girar su dinamismo literario en torno a un hecho ocurrido dos mil años antes, al que concedía universal importancia. Uno de los más modestos lugartenientes de Julio César había batido a otro no menos oscuro oficial de Pompeyo en este mismo valle pirenaico. Los eruditos de la capital de la provincia juraban que la batalla se había desarrollado en las inmediaciones de su ciudad, y tal divergencia geográfica venía envenenando los días de estos irreconciliables enemigos, separados por unos cuantos kilómetros.

Don Pablo se reconocía con espanto un alma de asesino al hablar de los que sostenían en la ciudad próxima una opinión contraria a la suya. Este hombre bondadoso, después de una meditación de medio año, tomaba la pluma para herir con toda clase de malicias frailunas a sus contendientes, y ellos le contestaban con igual acidez en cualquier periódico de la región, luego de un plazo no menos largo.

Fuera de lo que se refiriese a la tal pelea entre romanos, el canónigo mostraba un optimismo y una bondad lindantes casi con la herejía. Los pecados humanos despertaban en su ánimo más asombro que indignación.

—Yo creo en el infierno —decía—. Es mi deber, pues así lo ordena la Santa Madre Iglesia. Pero tal vez el Señor nos guarda la gran sorpresa de que el infierno no existe. ¡Dios es tan bueno...! Los hombres son como los niños: necesitan que los asusten con fantasmas y vestiglos para no hacer mayores diabluras.

III

Varios días transcurrieron sin que los empleados humildes de la catedral pudiesen saludar a la baronesa. Su ausencia les hizo creer que estaba enferma, pero los habitantes del noble caserón la veían a todas horas yendo de un lado a otro, y escuchaban sus portazos o sus palabras vibrantes de cólera, tan distintas a las mesuradas y graves que solía usar en su conversación ordinaria.

Fermina, vieja doméstica de toda confianza, que la conocía desde su niñez, mostraba igualmente una preocupación extraordinaria, pero se mantenía silenciosa o, cuando más, exteriorizaba su angustia con largos gemidos y miradas al cielo.

Sebastián fue llamado a comparecer ante la baronesa en el gran salón de la casa, presidido por un retrato al óleo del primer barón de Cuadros, en el que aparecía el guerrero «apostólico» con una corbata negra hasta la barbilla y un cuello bordado de general ocultando los lóbulos de sus orejas. A pesar de que el joven era el único en la casa que hacía gala de no temer a la señora, sintió un ligero estremecimiento en sus piernas al verse frente a ella.

Su rostro ceñudo parecía haberse prolongado en un sentido vertical. Tenía la nariz más larga y ganchuda; apretaba los labios pálidos, y miró a Sebastián cual si quisiera herirle con el rayo de sus ojos. La noble devota, tan mesurada y solemne en su expresión, balbuceaba ahora atropelladamente, como si todas sus palabras quisieran salir a la vez.

Desde un día antes creía vivir en otro planeta donde no hubiese orden, respetos ni jerarquías. Ya había llegado el cataclismo tantas veces predicho por los hombres de Dios. Empezaba el reino de las abominaciones, y los malos podían ofender impunemente a los buenos.

No perdonando ocasión de ejercer autoridad dentro de su casa, procuraba conocer hasta en sus más mínimos detalles el mesurado y regular funcionamiento de ella. Doña Eulalia se veía como un pastor responsable de los cuerpos y las almas sometidos a su dirección dentro de aquella respetable vivienda.

Por el deseo de mantener las buenas costumbres del régimen patriarcal, vigilaba la manutención de sus gentes, el lavado de sus ropas, la limpieza de las habitaciones, el buen arreglo de la bodega. Fermina la ayudaba en dicha vigilancia, pues la noble señora no podía atender a todo lo de su casa, teniendo que asistir a tantas funciones religiosas, a tantas juntas de sociedades pías, dando además audiencia a las personas que solicitaban su consejo.

Como la leña era abundante, por traerla en sus carros los arrendatarios, la vieja doméstica se entregaba a una especie de adoración maniática del fuego. Bajaba con frecuencia a la cocina para vigilar el estado del montón de troncos ardientes en la gran chimenea de campana. Un caldero hollinado colgando de una cadena sobre el hogar mantenía a todas horas la provisión de agua caliente, apreciada por la vieja como un tesoro. Añadía leños a la hoguera, líquido al negro receptáculo, y volvía a salir de esta pieza, semejante por sus dimensiones a una capilla, mirando con veneración las hileras de vasijas de cobre brillantes como soles rojos al reflejar la fogata.

Otra de sus preocupaciones era el frecuente lavado de las ropas, presidiendo con aire importante la operación de la lejía. Después de efectuar dicho trabajo había buscado en los últimos meses a la señora para comunicarle sus inquietudes. No podía explicarse la exagerada limpieza de las ropas interiores de la señorita

Marina. Ni el más leve arrebol alteraba el color blanco de tales prendas.

Doña Eulalia guardaba en las relaciones con su hija cierta seriedad ceremoniosa. La quería con amor maternal, pero la trataba, por tradición, como ella había sido tratada por su madre, sin excesos de confianza, con grave dulzura, estableciendo cierta separación entre las dos para no dejar de ser temida. Cada vez que la vieja criada venía a exponerle sus inquietudes a causa de tan inexplicable limpieza, interrogaba a su hija, fijando en ella una mirada de sincera inquietud, y al mismo tiempo inquisitiva.

—¿Estás enferma...? ¿Sientes algo extraordinario...? Te veo más pálida.

Pero Marina se apresuraba a responder dulcemente:

—No, mamá. Estoy muy bien.

Una tarde, poco antes del paseo diario, se había revelado aquella terrible enfermedad que todos los meses preocupaba a la baronesa, olvidándola a continuación al escuchar las afirmaciones de su hija. Empezó ésta a quejarse de agudos dolores en las entrañas, lagrimeando como si la infligiesen un suplicio. Doña Eulalia creyó en un envenenamiento por descuido de las gentes de la cocina, que habrían limpiado mal las vasijas de cobre.

Fue llamado a toda prisa el médico de la casa, que era igualmente el del obispo y todos los personajes del cabildo, un viejo de mucha práctica e incompletos estudios, pronto a suplir su falta de lectura con alardes de fe devota y una resistencia instintiva a aceptar todo descubrimiento. Gran amigo de don Pablo, mostraba tanto interés como éste por la batalla milenaria entre los lugartenientes de César y Pompeyo, sosteniendo con energía las opiniones del doctor canónigo.

Pareció pasar sobre su cara de vejete plácido y chistoso la sombra de una nube mientras examinaba a la suspirante Marina, tendida en su lecho, palpándole por encima de las ropas las prominencias corporales con la confianza de un hombre que la había visto nacer.

Dudó; luego fue musitando palabras confusas, entre toses que servían para ahogar sus exclamaciones de asombro.

Al verse en una habitación inmediata solo con la madre, elevó las pupilas sobre sus anteojos y abrió los brazos lo mismo que un musulmán que empieza su plegaria:

—¡Oh, señora baronesa...! ¡Qué época tan horrible la nuestra!

Este miedo a hablar, estas palabras incoherentes, no impidieron que doña Eulalia adivinase lo que pretendía decir. En el primer instante su rostro reflejó indignación. El pobre doctor empezaba a chochear a causa de sus años. Luego juzgó inadmisible que su senilidad se permitiese tan irreverentes suposiciones. Se acordó de las consultas mensuales de Fermina, y con los ojos redondeados por el asombro, haciendo ademanes de súplica, cual si solicitase una negativa, preguntó ansiosamente:

—¿Usted cree eso, doctor...? ¿No se equivoca?

Movió el viejo la cabeza en sentido afirmativo.

—Quisiera equivocarme... pero no creo posible el engaño. ¡He visto tantas veces los mismos síntomas...!

Cuando el médico se marchó, la madre fue corriendo hacia el lecho de la enferma:

—Dime la verdad, toda la verdad... ¡Nada de mentiras! Piensa que Dios te escucha.

El llanto de Marina fue ahora de miedo más que de dolor. La presencia de la baronesa la hizo sentir un tormento más grande que el de sus entrañas. Quiso negar con la absurda insistencia del culpable que pretende salvarse no reconociendo los hechos evidentes. Al mismo tiempo el hábito de obedecer a su madre, el imperio de ésta sobre su voluntad, le fueron arrancando a pequeños fragmentos su secreto.

—¡Mala hija! —gritó la piadosa señora con voz iracunda, procurando al mismo tiempo sofocarla, como si temiese ser oída por algún testigo oculto—. Parece imposible que seas hija mía. ¡Qué vergüenza, Señor! ¡Qué mancha sobre mi nombre!

Las consecuencias del delito filial parecían indignarla más aún que el hecho mismo. «¡Qué dirán de nosotras en la ciudad!» Y sin reparar en el estado de Marina, apelotonada en el lecho, suspirando, cayéndole las lágrimas hasta las comisuras de su boca, se doblegó sobre ella agresivamente:

—¡Toma, perra...! ¡Toma, deshonra de la familia!

Hubiera seguido repitiendo sus golpes sobre aquel pobre cuerpo que los acogía con inercia servil, levantando por instinto un codo, sin que tal defensa la librase de la furia materna. Pero la baronesa sintió de pronto inmovilizada su diestra por una mano dura y fuerte.

Fermina había entrado en la habitación, adivinando las consecuencias de la visita del doctor. Eran simplemente una certeza de lo que venía ella sospechando desde mucho antes. Largos años de servidumbre al uso patriarcal la daban derecho a mezclarse en los asuntos de la familia, con respeto y confianza a la vez.

Doña Eulalia, después de una orgullosa resistencia, acabó por aceptar las palabras consoladoras de su criada y que ésta la hiciese salir de la habitación con ademanes enérgicos.

—¡Ay, Fermina! Nuestros tiempos eran otros —gimió la dama—. ¡Qué mujeres las de ahora...! Da vergüenza tenerlas en la casa. Son iguales a esas que vienen de fuera, con la cara pintada, para servir en el café que envilece nuestra calle Mayor.

Al verse solas las dos, manifestaron a la vez la misma curiosidad. Olvidaron a la joven para pensar únicamente en quién sería el autor de su estado deshonroso.

Como Fermina ya no tenía dudas en el asunto, manifestó su opinión rotundamente. Sólo existía un hombre en la casa capaz de tal delito: Sebastián. La vieja se acusaba a sí misma por una ceguera que ahora le parecía inexplicable.

En esto habían de parar forzosamente tantos cuchicheos, tantas miradas y regalos de papeles impresos que ella había sorprendido entre los dos.

Acostumbrada a verlos juntos desde niños, no había llegado nunca a sospechar de su inocencia. Seguía apreciándoles lo mismo que cuando jugaban en el jardín, con una travesura de chicuelos, sin los recatos ni escrúpulos que establece la diversidad de sexos. Ella se encargó de hablar a solas con la enferma para arrancarle la verdad, valiéndose de dulces insinuaciones.

Al volver en busca de la baronesa con aire triunfante, la señora entró a su vez en el dormitorio de su hija.

—¿Es él? —preguntó severamente.

Marina, que había abandonado ya su lecho y estaba en un sillón, el rostro surcado por las lágrimas y el peinado deshecho, movió la cabeza con manso gesto afirmativo.

Esta confesión silenciosa irritó de nuevo a la baronesa. Otra vez levantó el brazo vengador, pero Fermina estaba detrás de ella y el puño no cayó sobre la pobre joven, dispuesta a recibir con resignación todos los castigos. Su vergüenza y su desaliento resultaban tan grandes como la cólera de la madre.

Cuando se convenció ésta de que le sería imposible satisfacer sus deseos regresivos a causa de Fermina, necesitó dirigir inmediatamente su cólera contra «el otro». Por desgracia para ella, Sebastián estaba en una de las propiedades de la baronesa y no volvería hasta la mañana siguiente.

Pasó doña Eulalia una noche de insomnio, pensando y repensando lo que debería decir cuando horas después se presentase el joven ante ella. «¡Víbora!» Ya no le daba otro nombre. Era la serpiente de la fábula, yerta de frío, que el confiado labrador abrigaba en su pecho para devolverle la vida, y hacía patente su gratitud mordiéndole. Había amparado al huérfano, había querido abrirle el camino de las dignidades de la Iglesia —las más altas y respetables para ella—, y correspondía a tal bondad con inaudita traición.

—¡El miserable! —dijo en voz baja—. Ha creído hacer de un golpe su carrera, ser el marido de Marina, el yerno de la baronesa.

Algunas veces había pensado en el matrimonio de su hija como un hecho fatal que iban a plantear necesariamente las leyes ordinarias de la vida; pero ella procuraba retardar dicho suceso. Marina se casaría con un hombre respetable y «lleno de honor»; un hombre a la antigua, un propietario de la misma provincia, si era posible, de edad algo madura, sin los caprichos y aficiones de la juventud moderna. Pero nada se perdía no dejándola casar hasta los treinta años. Según la baronesa, estos matrimonios resultaban mejor que los contraídos por gente inexperta.

Todos los que habían sentido la atracción de la belleza algo macilenta de Marina tuvieron que retirarse en vista de que les era imposible llegar hasta ella. Doña Eulalia no se separaba de su hija, interponiéndose entre ésta y sus galanes. Una vez hasta se quejó al gobernador militar para que transmitiese su protesta al jefe del batallón, en vista de que cierto teniente joven paseaba todas las tardes la calleja inmediata a su jardín, atisbando el momento en que Marina levantaba el visillo de una ventana para hacerle gestos que equivalían a declaraciones de amor. ¡Y esta hija tan guardada pretendía arrebatársela tortuosamente aquel seminarista fracasado, aquel parásito, que no tenía la supeditación del doméstico ni la gratitud del pobre...!

Apenas llegó Sebastián al día siguiente, transido por el frío de una mañana invernal y de un madrugón extraordinario, Fermina le cortó el paso. No quiso dejarle entrar en la cocina cuando iba hacia ella atraído por el enorme fuego del hogar y la esperanza de un chocolate espeso, oliendo a canela, orlado de grandes rebanadas de pan.

Arriba le recibió la baronesa, impaciente después de una noche de crueles reflexiones, y no le dio tiempo ni para saludarla. Lo sabía todo. Era inútil que hablase.

—El señorito cree —continuó con tembloroso sarcasmo— que ha hecho ya su carrera. Luego de deshonrar a la hija de su protectora, que le mató el hambre desde niño, la pobre baronesa tendrá que aceptarlo como yerno, y acabará siendo el dueño de la casa. No está mal ideado el negocio; pero conmigo no resulta... ¡Ah, ladrón! ¡Y pensar que eres capaz de cometer esas villanías con tu carita de santo falso! ¡Ah, hipócrita, demonio verdadero! Ahora comprendo por qué los hombres matan algunas veces.

Y avanzó contra él con igual ímpetu que al abofetear a su hija tendida en la cama.

—¡Que el Señor me perdone! No puedo aguantar más. ¡Toma...! ¡toma!

Sebastián, mozo de piernas ágiles, pudo evitar los golpes de su antigua señora con mayor facilidad que Marina. Recibió un puñetazo, más ruidoso que contundente, en una de sus mejillas. A continuación, la otra mano le surcó el lado izquierdo del rostro con cuatro arañazos, que empezaron a manar sangre. Y como se sentía incapaz de contestar con violencia a esta agresión femenina, huyó instintivamente, bajando la escalera a saltos, y atravesó el portalón de la noble casa de los Cuadros, saliendo de ella para siempre.

Aquel día, al atardecer, la pequeña tertulia de la baronesa tomó el aspecto de un consejo deliberante. Don Pablo y su amigo el médico llegaron acompañados del capitán Montálvez, jefe de la Guardia civil del distrito, personaje interesante que las gentes tranquilas y pudientes de la ciudad consideraban algo así como un delegado de la Divina Providencia.

Hombre jocundo en la intimidad, bigotudo, de trato campechano, inspiraba gran terror a los malos por sus habilidades para descubrirlos. Todo el que caía en su poder acababa por confesarse delincuente. Bastaba para ello que estuviese encerrado unos minutos a solas con el famoso capitán. Luego, al comparecer ante el juez, los más de ellos negaban lo dicho; pero esto se debía, indudablemente, a la perversidad innata en todos los criminales.

Doña Eulalia era respetada como una institución, y el defensor del orden acogió con gestos gallardamente protectores todos sus deseos.

—¡Que se vaya...! ¡Que no le vea nunca! Haga usted, capitán, que ese Judas no vuelva a nuestra ciudad.

Montálvez dejó caer lentamente su respuesta:

—Se hará como usted desea, señora baronesa. Basta con que yo le diga una palabra a solas a ese pollo. Viva segura de que no le verá más.

Sebastián estaba refugiado en la barbería de la calle Mayor, donde tantas y tan hermosas cosas había aprendido en muda inmovilidad. El barbero era para él un hombre poderoso. Enviaba cartas a los periódicos de la provincia, recibía paquetes de los diarios de Madrid. Él sabría defenderle, si la baronesa le perseguía más allá de los muros de su casa.

Pero el capitán Montálvez lo buscó para decirle «una palabrita», una solamente, poniéndole en los hombros sus temibles manos, y horas después salió de la ciudad, pensando en qué puerto sería el mejor para un hombre que ha renunciado al servicio militar, ha perdido el deseo de seguir viviendo en su país y necesita embarcarse cuanto antes para América.

IV

Pasaron meses; pasaron años. La ciudad continuó su vida reposada y soñolienta. Media docena de edificios nuevos en sus afueras, un agrandamiento del Seminario y dos cinematógrafos en la calle Mayor, cuyas películas eran examinadas previamente por una comisión de señoras devotas, marcaron todos sus progresos en el mencionado período.

La baronesa y su hija continuaban exteriormente la misma existencia, sin alegrías, sin emociones e igualmente sin apasionamientos ni sobresaltos. Pasaban la mañana en la catedral. A media tarde salían de paseo en aquel carruaje, símbolo de su noble jerarquía, vetusto y chirriante. Caballo y cochero habían envejecido igualmente. La marcha era cada vez más lenta, con una solemnidad que hacía pensar en el aspecto majestuoso de los muebles antiguos, desvencijados, soltando como sangre vegetal el polvillo de sus maderas carcomidas.

Diariamente doña Eulalia y su hija hacían los mismos gestos, cruzaban idénticas palabras: la una, autoritaria; la otra, pasiva, como si durmiese interiormente. Esta existencia común nunca veía turbada su normalidad por frases extraordinarias, por movimientos afectuosos, por los desórdenes ligeros de una alegría inocente. Todo funcionaba en ella lo mismo que un reloj. Cada una de las dos mujeres, al acostarse, sabía, sin perder detalle, cómo se iba a desarrollar el curso del día próximo.

Únicamente vivían de verdad en las horas que estaban solas, frente a frente cada una de ellas con el pasado, que parecía renacer por obra del aislamiento.

Doña Eulalia no lograba ahogar bajo las paletadas de tierra del olvido aquel suceso, que resurgía incesantemente, dividiendo su historia en dos períodos desiguales.

Las horas diurnas dedicadas a sus deberes de dama representativa, famosa en la ciudad, la mantenían en lo que ella llamaba su «primera época». Podía entablar discretas conversaciones con los señores de la catedral; asistía a juntas piadosas donde veneraban su palabra con un respetuoso silencio; concedía su protección a nuevas Ligas y Hermandades fundadas por imitadoras suyas, que hablaban incesantemente de la necesidad de combatir el pecado y la herejía, como si la soñolienta urbe acabase de ser asaltada por una horda de enemigos de Dios.

Continuaba siendo «la baronesa», pero envejecida repentinamente, como si los últimos años, con ser tan pocos, pesasen más que todos los de su vida anterior. Su perfil era más aguileño, de una curva autoritaria; sus ojos, más duros; su boca, al apretarse, mostraba un gesto de orgullo y amargura. En cambio, su prestigio manteníase intacto, o más bien parecía ganar en densidad y aristocrático perfume, como un vino rancio y noble. Muchos decían de ella que ayunaba la mayor parte del año, y bajo su vestido, siempre negro y modesto, tenía oculto un terrible cilicio, con las púas sangrientas hundidas en sus carnes. El periódico del Obispado empezaba a designarla con el nombre de «la santa baronesa».

Esto halagaba momentáneamente su vanidad, pero luego, en noches de insomnio, creía ver las cosas bajo una nueva luz, con extraordinaria y fatal clarividencia. ¿Qué había hecho ella al Señor, para ser castigada con tanta dureza…? Su vida era un continuo fracaso. Debía haber nacido varón. El prestigio de la familia se hubiera mantenido mejor que bajo la jefatura de su hermano, hombre, según ella, de notoria incapacidad. El título de baronesa de Cuadros lo poseía legalmente otra mujer, no menos insignificante. Había creído por un momento a su esposo capaz de figurar como hombre político, de mediocre y discreta celebridad, sostenedor de sanas ideas, y resultaba un calavera vulgar, un provinciano bajamente sensual, de los que alimentan con sus despilfarros la vida alegre de Madrid. Remediando las injusticias de la suerte con su energía incansable, había conseguido mantener en la antigua ciudad el esplendor patriarcal del noble caserón de los Cuadros. Su hija continuaría, gracias a un matrimonio conveniente, la tradición de su estirpe… Y cuando concentraba todas sus ambiciones en esta esperanza, sobrevenía el suceso más terrible de su existencia, dividiendo ésta en dos partes desiguales.

Había tenido que apelar a las mayores energías de su carácter duro, heredado sin duda del primer barón de Cuadros —fusilador implacable de los enemigos de la fe—, para salir de tal situación.

Los pecados de la carne los ha maldecido el cielo, haciendo que fructifique y se prolonguen para afrenta de sus autores y eterno trastorno de las familias. La baronesa tenía enemigos y envidiosos que soportaban su fama en hipócrita silencio. ¿Qué no hubiesen dicho al conocer la verdad…? Pero ella había conseguido suprimir la verdad llegando hasta el crimen. El Señor, que nos ve desde lo alto y nos juzgará a todos, era el único que podía conocer los secretos de su corazón.

El sacrificio había sido horrible, pero Dios no ignoraba sus intenciones. Sabía bien que lo había hecho por su gloria; por mantener el prestigio de una familia cristiana; por guardar el honor de su propia casta, en la que todos habían sido fieles servidores del Altísimo; por evitar que los impíos riesen infernalmente del infortunio inmerecido de los buenos.

Recordaba aún con inquietud la indignación del canónigo don Pablo. Era su confesor hacía muchos años. Lo escogió teniendo en cuenta su carácter, que le hacía considerar todas las cosas humanas con dulce optimismo, siempre que no tuviesen relación con sus trabajos históricos. Era ella la que dirigía en realidad, merced a su carácter enérgico, las opiniones de su confesor. Pero meses después de la fuga de «Judas», a continuación de una noche que ella llamaba en sus monólogos silenciosos «la noche terrible», el dulce don Pablo se había incorporado con gesto de espanto, en el interior de su confesionario, al escucharla como penitente. Las revelaciones de la baronesa iban más allá de todo lo que el bondadoso canónigo había oído en su vida de confesor, de todo lo discurrido al reflexionar sobre los pecados humanos.

Entre los dos se desarrolló durante muchos días una especie de duelo verbal en el secreto del confesonario.

—No puedo —decía el sacerdote—. Es tan horrible, que no hay penitencia que baste para obtener el perdón de Dios.

A lo que ella contestaba:

—Fue por el honor de mi casa; fue mi familia. Usted no puede comprender eso; usted vive solo y no tiene hijos.

Al fin, don Pablo se declaraba vencido por su penitente. Mejor dicho: su bondad natural acabó por sobreponerse a su indignación.

—El Señor, con su piedad infinita, juzgará en última instancia allá arriba, aprobando o rechazando lo que yo hago ahora.

Y la baronesa recibió la absolución a cambio de

largas penitencias, pudiendo, al fin, continuar sus costumbres devotas de siempre, una de las cuales consistía en la comunión semanal.

Marina, por su parte, al quedar sola, santíase asaltada inmediatamente por un mismo pensamiento. Renacía en su memoria «la noche terrible» con los profundos dolores de la maternidad, unidos a una vergüenza que la obligaba a cerrar los ojos cada vez que la baronesa se acercaba a su cama para vigilar los manejos de la diligente Fermina.

En medio del suplicio de su desgarramiento había tenido conciencia de que un pedazo de ella misma se desprendía de sus entrañas, entre sangre y líquidos abdominales que iban deslizándose tibiamente hasta sus rodillas abiertas. Creía haber oído un débil llanto. Luego, nada. Al salir de la inconsciencia reposante que sigue al acto doloroso se había visto sola, entre albas ropas, cuidada de un modo maternal por Fermina... pero absolutamente sola en su lecho. Y esta soledad había continuado siempre... ¡siempre!

Había momentos en que dudaba de la certeza de sus recuerdos. Luego las huellas que aquella crisis había dejado en su pobre cuerpo la convencían de que «la noche terrible» no era una pesadilla dolorosa, un negro ensueño persistente en su memoria.

Empezó a dominarla como una obsesión el deseo de conocer la suerte actual de aquel pedazo de carne lloriqueante desprendido de su desdoblamiento materno. Sólo había conocido su existencia por un débil llanto y la expulsión final y desahogadora que puso término a las torturas de sus carnes distendidas brutalmente. ¿Vivía...? ¿Había muerto...? En vano osaba mirar con fijeza a su madre cuando ésta, volviendo sus ojos a otro lado, la dejaba en momentánea libertad. Aquel rostro imperioso y grave no reflejaba la luz interior del recuerdo. Era inútil buscar en él.

Otras veces, a impulsos de una audacia que la asombraba a ella misma, pretendía hablar a la vieja criada de lo ocurrido aquella noche. Pero Fermina, que la vio nacer y la había tratado siempre con un cariño familiar, ponía el rostro ceñudo, volvía la cabeza, agitaba una mano y huía para librarse del interrogatorio.

Una nueva devoción fue desarrollándose en ella durante sus largas visitas a la catedral. Creía antes indistintamente en todos los santos de los altares, en todas las concepciones abstractas del dogma, expresadas por medio de imágenes, sin sentir ninguna preferencia. Ahora buscaba con sus ojos a las Vírgenes que tienen un pequeño hijo en sus brazos. Las hablaba latiendo en el fondo de su nueva adoración una envidia resignada y modesta.

—¡Oh, Señora! Mucho sufristeis al ser madre. Visteis morir a vuestro hijo; su cadáver descansó en vuestras rodillas; pero fue vuestro muchos años, pudisteis contemplar su rostro, oír su voz. ¡Piedad, Señora, para las madres que nunca conocieron a sus hijos...!

Ni la más leve palabra se escapaba de ella que revelase esta vida interior. ¿Para qué hablar...? ¿A quién dirigirse...?

Un imponente secreto parecía emerger de su madre, envolviendo a las personas en trato continuo con ella. Como todos los seres silenciosos, Marina poseía nuevos y raros sentidos, percibiendo en torno de ella las cosas inmateriales, adivinando por inducción el significado de una mirada rápida, de una palabra dicha con un tono que sólo podía comprender la persona a quien iba dirigida.

Don Pablo, antes tan bonachón y supeditado a la enérgica señora, la corregía severamente cuando en sus tertulias se expresaba con demasiada dureza sobre las cuestiones que interesaban a la ciudad.

—¡Calma, baronesa! Piense que Dios no ama las violencias. Sólo la dulzura y la resignación le son gratas.

Fermina, que siempre había temido a la señora, se mostraba menos sufrida en su trato con ella. Repetidas veces, con motivo de pequeños trabajos de la casa, se atrevió a discutir con doña Eulalia, mirándola fijamente, sin sentirse intimidada por la expresión altiva de sus ojos, que antes la hacían temblar.

Indudablemente, la baronesa tenía un secreto.

V

Pasaron nueve meses; pasaron nuevos años.

Doña Eulalia empezaba a envejecer, y su hija, que aún no había cumplido treinta y cinco años, parecía su hermana menor. Los vecinos las veían por la mañana, como siempre, camino de la catedral, para quedarse en ella varias horas. Sus paseos vespertinos ya no eran más que a pie, por los alrededores de la ciudad. Sólo de tarde en tarde iban a sus campos del valle. Marchaban de un modo automático, cruzándose entre ellas nada más que las palabras necesarias para entenderse.

Cuando hablaban con sus amigos, cada una se expresaba por separado, sin emitir nunca una opinión común. En realidad, era doña Eulalia la que hablaba, pues su hija no hacía más que responder con monosílabos a las preguntas, para que la dejasen tranquila en su silencio.

Un día, estando enferma, se atrevió a decir a su madre lo que llevaba pensando años y años. La baronesa sentía alarmada su instinto maternal por esta enfermedad. Fermina, ya viejísima, sufría desvaríos en su conversación, se equivocaba en el manejo de las cosas, y doña Eulalia creyó oportuno vigilar los medicamen-

tos recetados a su hija, temiendo que aquélla la enve-
nenase sin saberlo.

Animada la enferma por esta ternura momentánea
de su imponente madre, se atrevió a hablar.

—Yo quisiera, mamá... Por Dios le ruego que me
diga...

Mas la madre había leído el deseo en sus ojos antes
de que lo expresase con palabras.

—¡Marina...!

No dijo más; pero de tal modo profirió este nombre, que hizo de él a modo de un cuchillo, cortando
todo el raudal de súplicas que iba a surgir de la boca
de su hija.

Todavía, haciendo un esfuerzo, intentó la joven mirar a su madre con fijeza, protestando de la cruel ignorancia en que la mantenía, de su silencio, equivalente
a un suplicio. Al fin no pudo sostener la expresión acu-
sadora de los ojos de la baronesa, brillantes, con un
resplandor agresivo. Aquella maternidad ignorada de
todos, que le había comunicado un momentáneo valor,
acabó por desplomarse, vencida para siempre; y ya no
dijo más.

Fue el único choque entre la madre y la hija.

Siguió transcurriendo el tiempo. A Fermina la encontraron una mañana yerta, en su lecho. Había falle-
cido sin otra enfermedad que la vejez. La baronesa rezó
por ella y pagó numerosas misas para la salvación de
su alma.

—Mejor está en el otro mundo. Su cabeza funcionaba mal durante los últimos años. Sentía un deseo in-
moderado de hablar, diciendo muchas cosas falsas, y
aun las habría inventado peores de seguir viviendo. ¡Pobre Fermina!

La tertulia de la baronesa empezó a ralearse. Murie-
ron algunos de los visitantes, entre ellos el médico, y al
perder don Pablo a este fiel defensor mostró menos

interés por los problemas de la historia local. Apenas si hacía memoria en sus conversaciones de la célebre y discutida batalla, lo que dio motivo a que sus compañeros de cabildo formulasen fúnebres augurios.

Un incidente insignificante para la vida de la ciudad produjo el efecto de una explosión revolucionaria en la casa de los barones de Cuadros.

Judas había resucitado. Después de vivir en América, juntando unos cuantos miles de pesos, sintió Sebastián la necesidad de volver a su patria. Estaba haciendo gestiones para que le perdonasen el haberse fugado antes de cumplir su servicio en el Ejército. Llegaba dispuesto a dar el dinero que le exigiesen y a pasar en un cuartel el tiempo que fuese necesario.

Ya no vivía en la ciudad el famoso capitán Montálvez. Otro hombre providencial, de su misma clase, velaba por el público reposo. La respetable baronesa pidió por segunda vez que la librasen de la «víbora», y de nuevo fue llamado Sebastián, oyendo la «palabrita» que ponía a los hombres en fuga. Después de este aviso se apresuró a marcharse a Madrid, creyendo más segura la existencia allá que en su ciudad natal.

Marina se enteró sin emoción de la proximidad de este hombre. Casi lo había olvidado. Sólo pensó en él durante los primeros meses que siguieron a la «noche terrible». La imagen indeterminada del hijo desaparecido ocupaba por entero su pensamiento, no dejando lugar a los otros seres que habían intervenido en su pasado.

Una vida imaginativa, abundante de dulces emociones, se desarrollaba misteriosa dentro de ella. Encontraba la felicidad amontonando ilusorios incidentes sobre el momento inolvidable en que aparecería su hijo. Había acabado por considerar como verdad indiscutible el hecho de que su hijo existía. De haber muerto, se lo habrían dicho su madre y la vieja criada, por ser éste el modo más radical de terminar con las inquietudes y preguntas mudas que se adivinaban a través de su silencio. Si las dos habían callado, era porque el hijo existía en alguna parte, y procuraban no hablar de él para mantener en olvido tal vergüenza.

Dicho mutismo no podía prolongarse indefinidamente. Su madre era dura; mas no por eso dejaba de creerla buena. Todos respetaban sus virtudes de mujer superior, pronta a colocar el rudo cumplimiento del deber por encima de ternuras y sentimentalismos. Cualquier mañana la sorprendería con su generosidad, como los padres avaros que someten sus hijos a la miseria para asombrarlos finalmente con una herencia de millones. La temible doña Eulalia acabaría por revelar su secreto, entregándole el hijo, aunque fuese poco antes de su muerte. Y la pobre Marina, desorientada por su egoísmo maternal, casi deseó la pronta muerte de la baronesa, para que no se retardase el feliz descubrimiento.

Escuchó una noche, de boca de don Pablo, una gran verdad, la mayor de todas las que había podido cautivar en la tertulia maternal durante sus largos silencios. El amor dentro de la familia es en progresión descendente, como los ríos. Cada uno ama a sus hijos más que a sus padres. El agua baña por igual todas las riberas, pero no corre de abajo arriba. ¡Ay...! ¿Cuándo llegaría el momento de ver ella a su hijo?

Lo vestía ricamente en su imaginación; lo adornaba con toda clase de galas ilusorias; veíalo semejante a las muñecas de lujo colorinesco expuestas en los escaparates de la calle Mayor. Era el juguete de su vida.

Después una duda cruel cortaba sus ilusiones. ¿Era hijo o hija...? Algunas veces lo prefería varón, admirando los rudos atractivos de la gallardía y la fuerza. Luego contemplaba en su interior un rostro mofletudo, blanco y rosa, unos bucles rubios, una pamela enorme color de fuego, una sonrisa igual a la de las caritas de porcelana bajo la viva luz de las tiendas.

El privilegio de este ser ideal era no crecer ni sufrir transformación alguna. Siempre lo veía lo mismo. Se mantenía insensible a las modificaciones de la edad, mientras ella, salvando los últimos límites de la juventud, iba avanzando ya por los jardines otoñales de la madurez.

De pronto reconocía la existencia del tiempo transcurrido. Calculaba los años; sentía rubor al darse cuenta de que aquel hijo, nunca visto, podía ser ya un robusto adolescente, casi un hombre. Esto le hacía recordar con espanto al olvidado violador.

Luego aceptaba al hijo, exagerando su masculinidad. En sus mudos delirios imaginativos lo contemplaba vestido de oficial, con un sable al costado, como los subtenientes jovencitos, recién salidos de la Academia de Toledo, que llegaban a incorporarse al batallón de la ciudad. Sería parecido a aquel teniente que había rondado en otro tiempo las tapias de su jardín, y de cuyo rostro no guardaba el más leve recuerdo. Se veía paseando por la calle Mayor, apoyada en el brazo de su hijo con marcial orgullo, ella que nunca había salido de su casa sin ir al lado de su madre, la mantilla sobre los ojos, o vestida de oscuro, con un sombrero eterno que no pertenecía a ninguna moda.

Otra vez la duda cortaba sus ilusiones. ¿Era hijo o hija...? ¿Dónde estaba...? ¿Cuándo se decidiría su madre a revelarle el secreto?

VI

Experimentó un sentimiento contradictorio de tristeza filial y gozosa inquietud al ver que doña Eulalia se reconocía enferma de gravedad por primera vez en su vida, manteniéndose en la cama, renunciando provisionalmente a todas las actividades y honores de su pequeño mundo.

Se preocupó la ciudad entera de la enfermedad de la baronesa. Muchos hicieron cálculos para apreciar el número de sus años. No era muy vieja, pero ¡se había sacrificado tanto por el sostenimiento de las buenas costumbres...!

Las gentes que vivían en torno a la catedral atravesaban diariamente el portalón de la noble casa para enterarse del estado de su dueña. Su lecho estaba rodeado con frecuencia de sacerdotes importantes o personajes laicos directores de la vida local. La enferma acogía tales muestras de interés con cierto orgullo, no obstante su modestia cristiana. Era el glorioso fin de una noble existencia. Podía morir satisfecha.

Su Ilustrísima (el cuarto obispo que ella había conocido) vino en persona a visitarla dos veces, y enviaba todos los días uno de sus familiares a pedir noticias. Hasta en la capital de la provincia se hablaba en los papeles públicos de su enfermedad.

Sin miedo alguno a la muerte, se ocupó de la conducción de sus restos al panteón de los barones de Cuadros y de los oficios religiosos para la salvación de su alma, serenamente, como el que prepara un corto viaje. Dictó su testamento, mencionando la forma de su tumba y el orden de su entierro; dispuso detalladamente el modo cómo Marina debía entrar en posesión de sus bienes, y enumeró legados para viejos colonos y servidores de la familia.

Su Viático fue una verdadera procesión. La plazoleta existente ante la antigua casa de los Cuadros se llenó de hombres con faroles y cirios. En escaleras, corredores y salones, todas las damas de la ciudad estaban de rodillas, con vestidos negros, la mantilla sobre los ojos y el rosario en las manos, rezando quedamente. El deán de la catedral, como remplazante del obispo, llegó hasta la enferma, acompañado de cánticos litúrgicos y melodiosos lamentos de fagot, para darle la comunión.

—Muere lo mismo que una reina —dijo suspirando don Pablo—. ¡Que Dios la perdone...! Ahora me toca a mí.

La hija andaba de un lado a otro, como mueble inservible que estorba el paso y todos empujan. Sólo a altas horas de la noche pareció salir de su estupefacción.

Se vio sola en el dormitorio de su madre. La religiosa que la cuidaba en noches anteriores se había retirado, para dormir un poco, a instancias de Marina.

Ya se habían extinguido todas las luminarias encendidas para la visita de Dios. Tres cuartas partes del amplio dormitorio permanecían en la penumbra. La piadosa señora había hecho colocar sobre una mesa un crucifijo y dos cirios. Dicha imagen había presenciado la agonía de su glorioso bisabuelo, y ella quería morir contemplándola. Estas dos llamas rojizas e inquietas proyectaban sobre la pared inmediata al lecho las sombras de personas y cosas, considerablemente agrandadas.

Marina, hundida en un sillón, miraba fijamente a su madre. Varias veces suspiró la baronesa con una sonoridad de caverna, repeliendo instintivamente sus manos rígidas el embozo de la cama, como si apartase de su pecho una losa aplastante. A continuación tiraba de él, subiéndolo hasta su rostro, cual si la acometiera un escalofrío irresistible

—Me siento muy mal —dijo con voz tenue—. La muerte se acerca... ¿Qué harás tú, pobrecita mía, al verte sin tu madre...?

Se levantó Marina de su asiento lentamente, aproximándose a la cama. Dobló su cuerpo sobre la moribunda para hablarle de más cerca, con voz tenue.

—Madre... ¿dónde está? Dígamelo para traerlo. Ya es hora.

La baronesa abrió los ojos e hizo un esfuerzo para levantar su cabeza de las almohadas, cual si de este modo pudiese comprender mejor.

—¿Quién...?

—Mi hijo... su nieto.

Un largo silencio. La mujer que iba a morir habló ahora tímidamente, con una voz semejante a la de la otra mujer llena de vida.

—Murió al nacer... No lo esperes... No ha vivido nunca.

Otra vez se restableció el silencio; pero como si la madre necesitara justificarse, dijo, con la misma severidad que en sus días de salud:

—No me hables de eso. Olvidemos todos nuestras faltas. Ya ajusté mis cuentas con el Señor, y espero que me habrá perdonado... ¡Si supieras lo que lleva sufrido tu pobre madre...!

Pero los sufrimientos de su madre no conmovieron a Marina. De nuevo se dejó caer en su asiento al apartarse de la cama. Parecía que las anteriores palabras hubiesen restablecido entre la madre y la hija aquella separación en la que habían vivido tantos años.

Durante el curso de la noche abandonó Marina su sillón muchas veces para acercarse a la moribunda, deseosa de reanimarla y sin saber cómo. Al pasar una mano por su rostro, lo encontró húmedo y frío bajo el sudor que anuncia la muerte. Se inclinó para ver sus ojos, velados por el empañamiento agónico, para percibir la débil respiración que silbaba entre sus encías, pobres en dientes.

La breve conversación sostenida por las dos se había grabado, sin duda, en el pensamiento de la mori-

bunda. Hablaba inconscientemente, soltando palabras
sin ilación, y la hija, casi acostada sobre su busto, iba
espiando la salida de todas ellas, temerosa de que alguna se perdiese.

—¿Para qué lo querías...? Un estorbo... La vida es
larga... y lo que saben las gentes ya no lo olvidan...
¿Qué habrías hecho tú con un hijo ilegítimo...? ¡Además, la situación del pobrecillo al seguir viviendo como
bastardo...! En aquel momento, lo mismo le daba existir que morir. No se sufre... Fermina se encargó... Yo
se lo mandé... La cocina... una gran fogata... desaparecido en un instante. ¡Era tan pequeño...! Don Pablo lo
supo y nadie más... Seguramente que el Señor me ha
perdonado... ¡He sufrido tanto...!

Se incorporó la hija hundiendo los puños en el borde de la cama. Así quedó, rígida e inmóvil, como si el
asombro la hubiese cristalizado, dando a su cuerpo una
dureza homogénea.

Siguió con sus ojos más de una hora las contrac-
ciones y sobresaltos de aquella vida al extinguirse. Era
su madre, y sin embargo, no se preocupaba de ella. Su
pensamiento estaba en otra parte.

—¡Y no lo veré nunca...! ¡Y pasaré el resto de mi
vida sin que él me acompañe!

Empezó a palidecer el resplandor de los cirios. Su
luz rojiza fue proyectando sobre el muro, con menos
densidad, la sombra de la viviente, igual a una estatua
enorme de ébano. Otra luz turbia y violácea invadió la
habitación, sacando a tirones de sus ángulos la sombra agazapada. Amanecía. El rostro de la muerta pareció aún más lívido bajo este resplandor lúgubre.

La presencia de la mañana fue despertando a Marina de su embrutecimiento doloroso. Sus pupilas tuvieron un instante la agudeza hiriente del acero. Parecía
querer matar otra vez a esta muerta que se llevaba su
esperanza.

Sintió en su boca repentina humedad, un agresivo deseo de escupir. Luego pensó que era otra madre la que estaba tendida enfrente de ella, y volviendo el rostro, dejó caer el salivazo junto a la cama. Sus rodillas se doblaron, su cabeza se hundió en el borde del fúnebre lecho. Un estertor empezó a agitar su pobre espalda.

Ningún recuerdo para la muerta... Palabras entrecortadas por una irrupción de lágrimas:

—¡Oh, hijo mío!

PIEDRA DE LUNA

I

Todos los que van por primera vez a la ciudad de Los Ángeles, en California, desean visitar la vecina población de Hollywood.

Existe ésta solamente desde hace unos veinte años, o sea de la época en que el arte cinematográfico, monopolizado por los Estados Unidos, empezó a desarrollarse, hasta el punto de llegar a ser la quinta producción nacional.

Establecidas las grandes casas cinematográficas en Nueva York, tuvieron que luchar con la luz gris y brumosa del invierno a orillas del Hudson, y esto les hizo ir en busca de un país de cielo seco, siempre azul, de sol intenso, de atmósfera clara, acabando por fijarse en California, en el antiguo territorio de las Misiones franciscanas, cerca de la mísera parroquia de Nuestra

Señora de los Ángeles que fundaron los misioneros españoles, y es, en nuestros días, la famosa ciudad de Los Ángeles, estación invernal de multimillonarios.

A varios kilómetros de ella, el insignificante pueblecito de Hollywood ha crecido a su vez, en el transcurso de los últimos años, hasta convertirse en la gran metrópoli de la cinematografía.

Todo su vecindario se compone de actores del llamado «séptimo arte» y de los innumerables auxiliares que necesitan éstos para complemento de su trabajo. Artistas célebres en el mundo entero, que ostentan el título de «estrellas», se confunden con numerosos astros secundarios y una nebulosa inconmensurable de figurantes, escultores, decoradores, inventores de nuevas tramoyas, tallistas, carpinteros y audaces manipuladores de la electricidad. Y como único comercio de la población, tiendas de modistas y de sastres, con grandes escaparates ocupados por maniquíes vestidos y largas filas de sombreros de mujer, establecimientos muy visitados por las figurantas en los días de paga.

Cada editor cinematográfico posee un terreno de varias hectáreas, con potente máquina de vapor en la entrada para producir la fuerza eléctrica; edificios permanentes de hierro y cristal, enormes como estaciones de ferrocarril, para «impresionar» en su interior las escenas de toda historia que se desarrollen en locales cerrados, y campos yermos, sobre los cuales se levantan, con una rapidez mágica, en el término de unos cuantos días, calles y plazas, barrios enteros, que desaparecen poco después para dejar sitio libre a las nuevas construcciones de otra obra que será «filmada» a continuación.

Según los ayudantes de los directores de escena —hombres siempre atareados, corriendo de un lado a otro del pueblo en busca de un artista, necesario a última hora, o de algún objeto perdido en el fondo de los almacenes, y que conocen mejor que nadie la estadística de sus habitantes—, pasan de diez mil las mujeres avecinadas en Hollywood, todas jóvenes y no feas, preocupadas de parecer muy elegantes y hermosas, y llevando ante sus ojos el revoloteo dorado de la ilusión, la esperanza de obtener al día siguiente la riqueza y la gloria.

Los hombres son menos. De todas partes del mundo llegan aquí los peregrinos de la ambición cinematográfica; pero siempre resulta mayor el aporte femenino, no pasando los varones de cinco o seis mil.

No obstante la riqueza de su industria, célebre en el mundo, Hollywood tiene cierto aspecto de vida insegura, de opulencia transitoria, semejante al de las ciudades que surgieron junto a minas famosas y cuyos habitantes no sabían cómo gastar su dinero, ya que continuaban trabajando todo el día.

En Hollywood, ricos y modestos tienen la obligación de levantarse temprano para continuar su tarea. Existen familias de ordenadas costumbres, que llevan una vida de pequeños empleados, acostándose pronto, después de una tertulia en el comedor. Otros artistas, al vivir solos por su celibato, se mantienen en una existencia sin orden, buscando nuevas diversiones con rabiosa tenacidad, cual si hubiesen entablado una batalla con el tedio.

A pesar de las leyes prohibitivas del alcohol, circulan en Hollywood las bebidas terriblemente espirituosas. Además, entre las mujeres se esparce el uso de los estupefacientes. Cerca está la ciudad de Los Ángeles, con su vida invernal esplendorosa, sostenida por los multimillonarios venidos de Nueva York y Chicago. Pero los cinematografistas trabajan todo el día, y al cerrar la noche prefieren quedarse en su ciudad propia, divirtiéndose entre ellos.

Junto a los vastos «estudios» asoman las cúspides

de numerosos trípodes de madera de varios metros de altura. Cada tres postes formando pabellón indican la boca de un pozo de petróleo.

Las antiguas explotaciones petrolíferas han sido abandonadas momentáneamente. Resulta más productivo fabricar cinematografía sobre estos terrenos empapados de aceite mineral.

Cerca de Hollywood existió siempre una «reducción» de indios, campamento con enormes praderas anexas, ocupado por una de las antiguas tribus de pielesrojas. El jefe de la tribu tiene ahora teléfono en su tienda de cueros festoneados, y cuando alguno de los productores cinematográficos necesita figurantes indios para una de sus historias, los pide a cualquiera de las Agencias reclutadoras de personal, y ésta llama por teléfono al jefe de la «reducción», llámese *Águila Negra* u *Ojo de Bisonte*:

—Necesito para mañana cincuenta hombres, con sus caballos, sus mujeres, sus niños y sus perros.

Y a la mañana siguiente se presenta en el «estudio» el empenachado y pintarrajeado escuadrón.

Con el mimetismo extraordinario de los pueblos primitivos, estos pielesrojas han acabado por imitar los gestos y habilidades profesionales de los artistas cinematográficos, trabajando lo mismo que ellos. Algunos sólo se visten ya de indio cuando lo exige su actuación de comediantes, siendo clientes de los mismos sastres que los artistas blancos y llevando una vida idéntica.

Muchos visitantes, al entrar en Hollywood, creen haber caído en otro planeta, de variedad proteica, donde cambia diariamente el aspecto de paisajes y personas. Sus avenidas son de ciudad nueva, enormemente anchas, como las de todas las poblaciones que al nacer cuentan con terreno abundante y barato. La presencia de un «estudio» se revela por varios centenares de automóviles ante su entrada, todos ellos pequeños y abandonados, sin que se note la presencia de un solo chófer. Hasta los carpinteros encargados de las decoraciones llegan al trabajo guiando su vehículo.

Por encima de las empalizadas ve el transeúnte las más inesperadas perspectivas. En un «estudio» se yergue la torre Eiffel y el puente Alejandro lanza su curva sobre las dos riberas de un Sena falso. En otro ha sido edificado el palacio de los Dogas, entre canales venecianos que cortan varios puentes de empinado arco. Más allá se elevan los minaretes de una ciudad árabe o los campanarios de un pueblo de Méjico, según sea el lugar donde se desarrolla la historia cinematográfica.

Las avenidas principales de Hollywood están orladas de palmeras bajas entre jardines en talud, sobre cuyas cúspides de césped se alzan casas elegantes, todas de madera. Su principal riqueza interior consiste en mullidos tapices de Oriente que cubren sus entarimados.

Reconoce el visitante dichas avenidas: las ha visto muchas veces en el cinematógrafo. En ellas se desarrollan las carreras cómicas que hacen estremecerse de risa al público; las marchas extravagantes de los automóviles, que parecen ebrios, agitándose contra todas las leyes de la gravitación.

Los habitantes más antiguos de Hollywood (una antigüedad de veinte años) muestran al forastero las casas de los artistas más célebres como si fuesen edificios históricos.

El prestigio de unos nombres conocidos en la tierra entera parece agrandar las proporciones de estos edificios graciosos, cómodos, de apariencia frágil.

Y dichos guías voluntarios, al llegar a las afueras de Hollywood, sonríen, muchas veces, mostrando un edificio más grande que los otros, rodeado de arboledas, casi con el aspecto de una granja rica.

—Aquí —dicen a los forasteros con cierto orgullo
local— es donde vive Piedra de Luna.

II

Databa de los tiempos en que la cinematografía de
los Estados Unidos empezó a realizar sus primeros
avances para apoderarse de la tierra. Era la artista de
los *films* larguísimos, divididos en numerosos episodios, novelas de folletón expresadas por la imagen, en
donde la heroína pasaba incólume a través de los más
horrendos peligros y realizaba las más inverosímiles
hazañas.

Todos habían visto a Piedra de Luna montada en
corceles desbocados; nadando en pleno Océano, perse-
guida por tiburones o pulpos gigantescos; trepando por
el pararrayos de un «rascacielos»; sosteniéndose con
las manos de la última cornisa de un edificio de cuarenta pisos.

Algunas veces manejaba el revólver o el puñal, ma-
tando finalmente al traidor; pero en los más de los episodios se veía raptada por hombres enmascarados, la
condenaban a torturantes suplicios, la ofrecían el vaso
fatal de veneno o era encerrada en cavernas llenas de
serpentones. Mas siempre en el último momento surgía
una intervención superior y benéfica, que la salvaba
de tales angustias.

Piedra de Luna era inmortal, y todos habían perdido la cuenta de los sustos, fatigas y golpes que llevaba recibiendo en sus interminables aventuras, hasta el
punto de parecer inaudito que un organismo humano
pudiera llegar a tal grado de resistencia.

Celebraban las gentes de Hollywood la sencillez de

gustos de esta actriz de fama universal. En las cortas
temporadas que podía dedicar al descanso, sentíase
seducida por los alicientes de la vida campestre.

Iba por su granja de Hollywood mal vestida, con los
tacones torcidos, un cigarrillo entre los dedos de su
mano izquierda, examinando el crecimiento de los árboles frutales, hablando a tres cerdos enormes, blancos y sonrosados, a dos vacas y a numerosos gansos y
pollos, animalería alojada en un edificio superior a
muchas casas habitadas por seres humanos.

De pronto, dando al olvido estos placeres rústicos,
se escapaba a Los Ángeles para bailar en los *dancings*
y cenar a altas horas de la noche: la misma vida que
cuando estaba en su casa de Nueva York.

¿Dónde no era conocida Piedra de Luna...? Sus ojos
claros, su sonrisa dulce, que marcaba dos hoyuelos en
sus blancas mejillas, y la enorme cabellera rubia, anudada en forma de antorcha sobre el cráneo, con una
aureola de pelillos transparentes y luminosos, se mostraba todos los días, al mismo tiempo, en los más diversos lugares del planeta.

Multiplicada hasta el infinito por la fotografía mo-
vible, su imagen se desdoblaba en miles y miles de
ejemplares, lo mismo en el nuevo mundo que en el
viejo, saltando de isla en isla, atravesando océanos y
desiertos, llegando hasta los aduares árabes y las poblaciones de madera ocupadas por mineros. Aparecía a
idéntica hora en un cinema de gran capital, cuya atmósfera estaba saturada de drogas purificantes, y en
otros situados en puertos, que olían a tabaco mascado,
a *whisky* y a pipa vieja. Hombres amarillos o cobri-
zos la contemplaban silenciosos, con pupilas de brasa,
sentados en el suelo, las piernas en cruz, mascando be-
tel o fumando opio.

Todos encontraban acertado su nombre de artista:
Piedra de Luna. Era blanca, de una blancura selénica,

dulce y misteriosa como la luz del astro nocturno. Sus ojos zarcos tenían un azul claro que se armonizaba con esta blancura vagorosa; su cabellera, en fuerza de ser rubia, parecía casi blanca, como un oro cubierto de polvo.

Ésta era la Piedra de Luna que conocían todos los públicos del mundo. En Hollywood, las gentes del arte cinematográfico sonreían un poco al hablar de su fisonomía universal. Pero era una sonrisa bondadosa de profesionales, familiarizados con las modificaciones y falsías que impone la vida del teatro. A las gentes les gustaba de este modo; con tal aspecto había empezado su carrera, y así debía continuar.

La apreciaban unánimemente por su carácter franco y afectuoso de buena compañera, por la amistad que guardaba con sus camaradas de la época de oscuridad y pobreza, y también porque desconocía las vanidades y orgullos de otras «estrellas» que venían levantándose a sus espaldas.

No intentaba, como éstas, negar o desfigurar su origen. Ella misma había contado a los periodistas que le pedían detalles sobre su existencia anterior las privaciones sufridas en su niñez y las aventuras de su primera juventud.

El nombre verdadero de Piedra de Luna era Betty Hinston, nombre oficial que le impuso su padre. Pero ella prefería que las personas de su intimidad la llamasen Guadalupe Villa, por ser éste el nombre que le quiso dar su madre al quedar sola con ella.

Era hija de un irlandés, minero en Texas, y de una mejicana instalada en dicho país. En esta mestiza de sangres tan distintas, los ojos eran lo único que recordaba al padre. La raza indoespañola había hecho prevalecer su cobre originario, y Betty (el irlandés había impuesto este nombre por ser el de su madre) tenía la tez morena y la cabellera negra, abundante y un poco dura. Esto lo ignoraba el mundo, y sólo lo sabían, como secreto de poca importancia, los que trabajaban con ella en las historias cinematográficas.

Había muerto el irlandés o había abandonado a la mejicana: nunca se puntualizó bien tal suceso, y la misma Piedra de Luna se abstenía de precisarlo. Guadalupe Villa vivió con su hija, hasta que ésta tuvo catorce años, en un pueblo de Texas, soportando sacrificios y privaciones para que Betty continuase estudiando en la escuela, al lado de las mejores señoritas del país.

Miraba la mejicana con asombro y cierta animosidad patriótica el citado edificio, sobre cuya puerta ondeaba la bandera de las rayas y las estrellas. Indudablemente, dentro de él enseñaban cosas maravillosas, pero en inglés, lengua que la pobre mujer no había llegado a poseer, después de tantos años de vida en Texas. Además, ¡esta tierra que pertenecía a Méjico y la habían robado los yanquis antes de que ella naciese...!

Dejó encargada a unas amigas suyas la vigilancia de su pequeña Lupe. Tenía que ir a Méjico para reclamar cierta herencia de familia, de la que venía hablando muchos años. Esto le permitiría atender mejor a la educación de la niña, haciendo de ella una profesora.

Mas la niña, que parecía haber heredado de su padre el gusto del vagabundeaje, la predisposición a cambiar de oficio, el amor a la vida aventurera, apenas vio lejos a la mejicana empezó una nueva existencia. Huyó de aquel pueblo de Texas, cuya vida monótona la hacía bostezar.

En la escuela había adquirido la intrepidez de las mujeres norteamericanas y dos reglas de conducta que son comunes a la mayor parte de ellas. Debía «vivir la vida a su gusto», con absoluta libertad, y para ello la primera condición era trabajar, ganándose el propio sustento, sin tener que acudir a protecciones ajenas. Debía también «hacer experiencias», conocer por sí misma todo lo que la vida guarda de bueno y de malo.

Y guiada por estos dos principios enérgicos, pasó de Estado en Estado, ejerciendo las más diversas profesiones: dependienta de tienda, dactilógrafa, obrera de fábrica, hasta que, encontrándose en una ciudad de Kansas, creyó haber acertado su verdadera vocación.

Uno de los numerosos circos propiedad de los continuadores de Barnum vino a instalarse en dicha población por unas semanas. Betty, empleada en una pequeña imprenta, recibía los encargos de los clientes. Esto la puso en relación con el director del circo, obligado a visitarla para la impresión de sus anuncios.

Era ágil y de una fuerza muscular algo hombruna. En la escuela había llamado la atención como gimnasta. ¿Por qué no hacer lo que aquellas otras mujeres que obtenían salvas de aplausos al voltear en el aire, vestidas de oro y plata, como insectos voladores, envueltas en un chorro de luz? Debía intentar esta «experiencia». Y con el afán de novedad, el atrevimiento juvenil y la fácil adaptación de su raza, concreción vigorosa de todas las razas de la tierra, pasó de la imprenta al circo, empezando su vida de acróbata.

Mostróse satisfecho el director de la rapidez con que aprendía sus lecciones. Apreciaba además su juventud y el arte instintivo con que sabía hermosearse para el público. A las pocas semanas ejecutaba arriesgadas suertes de trapecio junto a la techumbre del circo ambulante.

No era gran cosa su trabajo, pero el público la aplaudía, seducido por su sonrisa, sus ademanes graciosos, su fresca y ágil juventud, la esbeltez escultural de su cuerpo, todo él bien marcado por la ajustada vestimenta de gimnasta.

Así fue recorriendo, durante un año, la mayor parte de los Estados Unidos, hasta que una noche cayó del trapecio, rompiéndose un brazo. Esto la hizo tener miedo a su nueva profesión. Hasta entonces había ignorado la parte terrible de ella, seducida por los aplausos, halagada por la admiración carnal que entreveía en muchos de los espectadores.

Le fue imposible continuar en el circo. Además, esta vida errante había aumentado su afición ambulatoria, heredada del padre. Deseó viajar, pero viendo lejanos países, gentes que hablasen otras lenguas y tuvieran diversas costumbres. No le inspiraba miedo la pobreza. Sentía ciega confianza en su destino. Siempre en el último momento lograba encontrar el dinero necesario para seguir adelante.

Es verdad que algunas veces, antes de que llegase tal auxilio, había sufrido grandes privaciones; pero ¡ella las conocía tanto desde su infancia...! La célebre Piedra de Luna confesaba, sonriendo, en su lujosa vivienda de Nueva York, haber estado en cierta ocasión cuarenta y ocho horas sin comer.

Se embarcó como camarera en un vapor que hacía viajes desde Nueva Orleáns a la América del Sur: Venezuela, Brasil, Río de la Plata. En otros viajes navegó a lo largo del Pacífico, del puerto de San Francisco al de Valparaíso.

Callaba, al recordar esta existencia, sus primeras sorpresas afectivas, sus encuentros iniciales con el amor. Se limitaba a indicar discretamente que en Buenos Aires había abandonado su buque para dedicarse a «artista», cantando en una taberna de La Boca a la que concurrían los marineros de lengua inglesa.

Era una cancionista bilingüe. Podía entonar estrofas lánguidas en español, oídas a su madre, y todas las romanzas y baladas en inglés aprendidas en Texas y en sus viajes de volatinera. Pero su voz era débil, quebradiza, una voz de niña en la que no ha hecho mutación alguna la adolescencia.

Además, este lugar donde había empezado como cantante, resultaba por momentos más peligroso que el circo. Mostrábanse los espectadores bestialmente atrevidos con las llamadas «artistas»; muchas noches el espectáculo degeneraba en pelea, cruzándose entre el público tiros y cuchilladas. Un viejo payaso inglés, desdentado y alcohólico, que trabajaba igualmente en el mencionado establecimiento, propuso a sus camaradas de tablado la colocación de un letrero rogando al público que se abstuviese de tirar contra acróbatas y cantores, pues éstos no tenían culpa de nada.

Volvió Betty a ser camarera de vapor; pero esta última domesticidad la aceptó nada más que para regresar gratuitamente a Nueva York. Quería ser cómica, y lo consiguió gracias a la energía de su carácter, llevando una existencia tan pobre como antes, pero embellecida por la ilusión, por la eterna esperanza del mañana.

Al verse ahora célebre en el mundo, reconocía modestamente que nunca habría llegado a ser notable en el teatro.

Iba de un lado a otro, a través de la enormísima República de los Estados Unidos, donde se viaja, como en el océano, de Este a Oeste, teniendo que adelantar o atrasar todos los días el reloj, ya que se cambia de meridiano cada veinticuatro horas. Era actriz en una de las numerosas compañías llamadas de «una noche», porque sólo dan una representación en cada ciudad. Del teatro se marchan los cómicos al tren, duermen en el vagón, y al día siguiente vuelven a representar la misma obra en un pueblo situado a trescientos o cuatrocientos kilómetros de distancia. ¡Imposible obtener renombre en esta existencia de bólido, pasando ante los públicos más apartados sin fijarse en ellos, sin crear relaciones de afecto, sin que nadie llegue a enterarse del nombre de los actores...!

Afortunadamente surgió un nuevo arte, para el cual parecía que la hubiesen venido preparando misteriosamente las «experiencias» y los proteicos cambios de su vida.

Había sido mediana como gimnasta, como cantora y como actriz; pero todo esto, unido a su intrepidez natural, a su gusto por la aventura, a su osadía ante el peligro, a su afán de continua transformación, la convirtieron en un personaje irremplazable para la cinematografía, que empezaba a interesar a todo el mundo.

III

Siguiendo sus hábitos de comedianta pobre y ambulante, las primeras veces que fue protagonista de historias cinematográficas se pintó el rostro de blanco, colocándose como remate una gran peluca rubia. Sus ojos zarcos la permitían disfrazar de este modo, sin ninguna inverosimilitud visible, su tez de un moreno algo verdoso y su cabellera negra y fuerte, de mestiza.

Dicha peluca rubia hacía más claras sus pupilas azules, dándolas una transparencia de cristal luminoso. Además, con el rostro embadurnado de blanco fotogénico, se notaban mejor los dos hoyuelos de sus mejillas, aliciente principal de una sonrisa simpáticamente contagiosa para el público.

Cuando intentó representar tal como ella era, sus empresarios se opusieron. El público la había conocido de este modo y así deseaba siempre. ¡Quién podía tolerar a una Piedra de Luna morena, pelinegra, con una belleza agresiva y ruda, algo salvaje...!

Aceptó Betty su peluca rubia por toda la vida, y lo gracioso del caso fue que las otras «estrellas» cinematográficas surgidas detrás de ella la imitaron en esto, trabajando siempre con una peluca rubia no menos grande, aunque tuviesen los cabellos naturalmente del mismo color.

Durante varios años sólo se vieron en las historias cinematográficas de los Estados Unidos mujeres de ojos claros, cara muy blanca y una cabellera abultadísima, casi alba y luminosa en fuerza de ser rubia. Algunas aumentaban excesivamente el volumen de su peluca, como si ésta pudiese ejercer un influjo misterioso y benéfico en sus éxitos, sin tener en cuenta la propia estatura, imponiendo al gusto del público universal un modelo de mujer pequeñita, con monadas infantiles y exageradamente cabezona.

Conoció Betty la celebridad antes que la riqueza. Los primeros héroes de la cinematografía fueron pagados mediocremente. El negocio no había llegado aún a su grandioso desarrollo internacional. Además, tardó mucho ella en amoldarse a la regularidad disciplinada y metódica de dicho trabajo.

Sus primeras ganancias las gastó en establecerse en Nueva York con arreglo a su creciente fama de «estrella». Su madre, la mejicana, había venido a compartir con Betty esta nueva prosperidad. Luego, cuando aquélla murió, Piedra de Luna, viéndose con cinco mil dólares ahorrados, sintió un deseo vehemente de conocer Europa. Era un viaje más en su existencia, pero ahora de pasajera independiente, en otras condiciones que los que llevaba realizados por el Atlántico y el Pacífico.

Dicho viaje lo hizo como rubia. Era demasiado reciente su gloria para renunciar a ella. En Europa, los cinematógrafos empezaban en aquel momento a popularizar las primeras aventuras emocionantes de Piedra de Luna. Seis meses le bastaron para esparcir alegremente sus ahorros, y tuvo que escribir a sus empresarios de Nueva York pidiéndoles que le facilitasen el viaje de vuelta.

Quiso conocer, de un golpe, la vida de los famosos

multimillonarios, tantas veces descrita en los periódicos de su país. Era una «experiencia» más, que podía servirla cuando tuviese que representar en historias cinemáticas a las grandes damas que frecuentan los hoteles mejores de Europa.

Predispuesta instintivamente al *bluff*, aceptó sonriendo, sin negar ni aprobar, el que la tomasen por una rica de su país. Toda mujer elegante que viene de los Estados Unidos a Europa debe ser forzosamente hija o mujer de un multimillonario.

Bailó en los hoteles más célebres de Londres, París, Niza y Roma. Pasó como una exhalación deslumbrante por las playas veraniegas de moda o las estaciones invernales que empezaban en aquel momento a verse concurridas.

En Italia se creyó próxima a casarse con un marqués. Éste, que visitaba diariamente los mejores hoteles de Roma, esperando una americana con millones para hacerla su esposa, se imaginó haber encontrado su negocio al hacer amistad con Betty. Le convidaba ésta a comer, escuchando complacida las descripciones de sus viejos palacios, siempre en espera de una nueva marquesa capaz de restaurarlos; de sus colecciones artísticas, necesitadas de que alguien las sacase del poder de los usureros que actualmente las tenían en cautiverio.

Una noche, el marqués hizo un esfuerzo de generosidad e invitó a Betty a un cinematógrafo. Sonrió ésta levemente al verse a sí misma en la pantalla. El italiano, que era despierto y receloso, mostró de pronto cierta inquietud, cortando el curso de sus palabras apasionadas y sus disimulados manoseos, favorecidos por la penumbra del salón.

Miró de reojo a la mujer que tenía a su lado, comparándola luego con la cabeza enorme que casi cubría la pantalla. Los ojos zarcos de Betty delataron su iden-

tidad. ¡La millonaria era simplemente Piedra de Luna,
comiquilla de cinematógrafo que empezaba a conseguir
en aquellos momentos un vago renombre...!

Betty no volvió a ver al marqués, y precisamente
en los mismos días fue cuando por falta de dinero tuvo
que pedir auxilio a Nueva York.

Al venir a Europa, proyectaba terminar su excursión con una visita a España. Su madre la había hablado con entusiasmo de este país, nunca visto por ella.
Como la mayoría de los criollos, aludía la mejicana a
la existencia de remotos abuelos españoles, todos, como
era de esperar, de rancia nobleza y ocupando altos car-
gas que les habían dado los reyes. Betty, por su parte, deseaba ver corridas de toros... Pero ¿qué puede
hacerse en el mundo sin dólares? Ya volvería otra vez.

Pasaron años y años sin que pudiese cumplir esta
promesa hecha a sí misma. La celebridad la fue envolviendo, elevándose en torno a ella como una torre sin
puerta.

Hablaron los diarios de sus enormes ganancias, de
los contratos que había firmado con las mayores casas
cinematográficas, exagerando como de costumbre las
cantidades; pero de todos modos resultaban considera-
bles. Unas veces representaba sus novelas mudas de
aventuras en los «estudios» de Hollywood. En otras
ocasiones trabajaba sin salir de Nueva York, yendo desde su casa a los enormes edificios de vidrio que las empresas cinematográficas han levantado para sus producciones en Long-Island o al otro lado del río Hudson, en
tierra de Nueva Jersey.

Cuando dichos trabajos eran en verano, la «estrella»
abandonaba su casa en Park Avenue, trasladándose a
un jardín que había comprado en Long-Island.

Sentía la misma afición de los multimillonarios por
las cosas antiguas, en este país extremadamente joven.
Por eso adquirió una vivienda algo vieja, construida

por una antigua familia de holandeses, con unas cuantas docenas de árboles vetustos en torno. Tal vez no llegaban a contar cien años construcción y arboleda; pero esto representaba para Betty y sus convecinos una respetable antigüedad.

No tenía aquí los animales de corral que tanto la recreaban en su granja de Hollywood; pero sentía una satisfacción vanidosa de dama aristocrática instalada en un castillo al contemplar sus árboles enormes, muchos de ellos rajados por la exhalación eléctrica o por los años, con emplastos de ladrillos y cemento que rellenaban sus oquedades, contribuyendo a su sostén.

La vida íntima de la «estrella», irregular para un moralista, resultaba aceptable y correcta para el gran público.

Sacudida con frecuencia por repentinos apasionamientos, necesitaba Piedra de Luna cambiar de compañero. Las continuas transformaciones de aspecto y posición social a que la obligaba su arte parecían reflejarse en su vida de hogar. No pasaban dos o tres años sin que remplazase al hombre que había admitido a vivir con ella. Pero conocedora de los escrúpulos morales de su público, realizaba estas transformaciones siempre de acuerdo con la ley y las conveniencias religiosas.

En resumen: Piedra de Luna se casaba y se descasaba, valiéndose de todas las crecientes facilidades que el divorcio iba alcanzando en su país. Muchos, al hablar de ella, quedaban indecisos, no pudiendo fijar con certeza el número correspondiente al marido actual en la lista formada por sus antecesores. ¿Era el quinto o el sexto de los esposos de Piedra de Luna...?

Celosa de su reciente adquisición, vigilaba al nuevo cónyuge, hacía que la acompañase a todas partes, creyendo tenerlo así más seguro; lo diputaba como plenipotenciario absoluto para que tratase, en su nombre, con empresarios y directores; lo besaba con toda tranquilidad en presencia de las gentes. Un músico, un escritor, un militar bizarro recién venido de la guerra de Europa, un artista cinematográfico célebre por su belleza y dos simples hombres de negocios figuraban, sucesivamente, en la dinastía marital de Piedra de Luna.

De pronto desaparecía el esposo, como un personaje de teatro que se va por el escotillón, y otro nuevo acompañaba a la «estrella» día y noche, envuelto en un ambiente de celos y adoraciones.

Hasta hubo una época en que Piedra de Luna se sintió poseída de místico entusiasmo. Fue tal vez un reflejo de la devoción de su madre, la mestiza, que todos los días pasaba media hora de rodillas ante una estampa de la Virgen de Guadalupe. Quiso ser religiosa en un convento de California, pero la comunidad acabó por sacudirse dulcemente a esta novicia, adivinando lo falso y teatral de su vocación.

Al verse fuera del convento, se apasionó por un gran predicador protestante, joven, hercúleo, de varonil elegancia. Quiso casarse con él, importándole poco el cambio de religión.

—Dios —decía— está sobre todo lo que inventaron los hombres.

Mas el predicador, bajo la influencia de su familia escandalizada, acabó por huir de Betty, teniendo ésta que renunciar a ser pastora de hombres durante los cortos años que habría durado tal matrimonio.

Prescindía ahora en su vida íntima de aquella peluca rubia que había sido una de las razones de su éxito, y a la que empezaba a odiar como algo eterno y fatal que gravitaría sobre su persona hasta el momento de la muerte. Deseaba gustar a los hombres tal como era ella, con su belleza ardiente y algo oscura, con el encanto un poco exótico y picante de las beldades producto de sangres mezcladas.

Cuando iba de su casa de Long-Island a Nueva York, guiando ella misma su pequeño automóvil, era morena, algo cetrina, con la cabellera negra. Esto le permitía moverse de un lado a otro con entera libertad, sin que nadie reconociese a la famosa Piedra de Luna. No quería imitar a otras «estrellas» más jóvenes que, al trasladarse de California a Nueva York, procuraban que su aspecto en las calles las recordase tal como aparecían en la pantalla, para que así las gentes se fijaran en ellas, acabando por aglomerarse a la puerta de las tiendas donde entraban a hacer sus compras.

Betty parecía odiar a la muñeca rubia y blanca que ostentaba en el cine el nombre de Piedra de Luna, cual si fuese un remedo caricaturesco de su propia personalidad. Gustaba de que los hombres la deseasen tal como la había hecho la suerte: morena, pelinegra, con una gracia algo varonil, intrépida y ruidosa; todo lo contrario de la otra, con su sonrisa de hoyuelos y la cara fría de jugadora de *poker* con que arrostraba toda clase de peligros.

Pero era la muñeca de peluca rubia, la Betty del cinema, la que obtenía los mayores triunfos, la que contaba los adoradores por millares y millares. La Betty morena, sin engaños ni afeites, sólo llevaba conseguidos unos triunfos muy limitados. ¿Qué hombres, en realidad, habían existido en su vida?

Siete maridos, contando el actual, que ya iba hacia el ocaso, y al que tendría que licenciar de un momento a otro. Además, los varones fugaces y sin nombre que habían atravesado su juventud sin dejar recuerdos, manteniéndose en su memoria como fotografías borrosas y casi disueltas. En total... ¡poca cosa!

Pieda de Luna, en cambio, recibía cartas de amor de todas las naciones de la tierra. La Casa editorial de Nueva York que la había contratado para varios años tenía que destinar un empleado a la recepción de la enorme correspondencia dirigida a su «estrella».

Una de las muchas oficinas de dicha Empresa, que ocupaban diecisiete pisos en un «rascacielos» del Broadway, se preocupaba de juntar todas las cartas llegadas para la célebre artista, sin otra indicación que: «Miss Piedra de Luna.—New-York.» Ni más ni menos. Como si le escribiesen al presidente de la República de los Estados Unidos. Llevaban los sobres todos los sellos del mundo. Tres o cuatro veces por semana, un mensajero de la Casa, montando un *side-car*, entregaba esta correspondencia a la «estrella» en su dominio de Long-Island.

Manteníase inmóvil el enviado, después de entregar dos o tres columnas atadas de cartas a la doncella de la artista. Esperaba que le diesen los sellos de los sobres. Con ellos llegaría a formar una colección de todos los timbres existentes.

Pero la doncella y el criado de Piedra de Luna le despedían de mal modo. También ellos formaban colección con el correo de la señora.

IV

Inútil es decir que la «estrella» no se enteraba nunca de esta correspondencia voluminosa. Hubiese necesitado para ello todo su tiempo.

En los primeros años de su carrera, leía repetidas veces, con una vanidad de mujer segura de sus medios de seducción, las contadísimas cartas de adoradores incógnitos que llegaban a sus manos. Luego fueron aquéllas tantas y tantas, que consideró dicha afluencia epistolar algo natural y fatigoso, comparable con las necesidades ineludibles y poco gratas de nuestra existencia física.

Su doncella, una italiana avispada y aficionadísima a las intrigas, y también su ayuda de cámara, irlandés de genio quisquilloso, muy dado a las cosas imaginativas, atendían con una curiosidad insaciable al examen de estas remesas epistolares. Los dos se trataban hostilmente y sostenían frecuentes disputas en los otros asuntos de la casa; pero se buscaban y ayudaban para la lectura de este correo universal. Cerca del comedor habían colocado un enorme cajón de madera blanca, antiguo embalaje de un gramófono gigantesco, y en él iban arrojando las cartas que consideraban dignas de conservación, después de arrancar los sellos de sus sobres.

El irlandés había llegado a imitar, de un modo casi perfecto, la firma de la señora, encargándose voluntariamente de escribir los autógrafos breves de Piedra de Luna, solicitados por miles de admiradores. La italiana, que era fea y sentimental, podía darse el placer de vivir una existencia imaginativa como no la había conocido ninguna de las grandes enamoradas de la Historia.

Llevaba adelante a un mismo tiempo varias docenas de *flirts*, tenía enamorados en todos los continentes e islas de importancia, hombres de diversos colores y temperamentos, que sostenían una correspondencia amorosa en inglés, en español o en francés, tres lenguas dentro de las cuales encerraba ella sus distintas procedencias.

Contestaba a todos la doncella, usurpando la adorada personalidad de Piedra de Luna. No parecía fatigarse de este carteo amoroso con todo un harén masculino. Iba agotando en dichas misivas el romanticismo suspirante aprendido en sus novelas favoritas, entusiasmándose a sí misma con dichas pasiones epistolares a enorme distancia. Luego hacía reír a su señora con el relato de tales amoríos. Su letra femenina y una atención concentrada para imitar la de la famosa artista engañaban a todos aquellos adoradores, desorientados por los ilusorios espejismos de la ausencia.

Reía también la italiana, pero sintiéndose al mismo tiempo cautiva de su propio engaño. Estas cartas, que eran, según ella decía, de «tono elevado» y sin nada «materialista», verdaderas cartas de amor puro, acababan por conmoverla, creando en su interior predilecciones instintivas.

A muchos les contestaba de un modo maquinal, reproduciendo la misma carta para El Cabo, Shanghai, Milán o Valladolid. Otros le interesaban, sin saber por qué; tal vez una frase feliz que había despertado en ella misteriosos ecos; tal vez una predilección geográfica, sentida en otros tiempos; y a tales favoritos los distinguía, como si estuviese enamorada de ellos.

Algunas veces, para librarse del remordimiento de su engaño, mostraba un deseo vehemente de enviarles una corta limosna de verdad.

—Señora, su enamorado de Sevilla pide un nuevo retrato. Debe usted enviárselo, pero con su firma auténtica. ¡Pobre muchacho! ¡Escribe tan bien! Hay días en que, después de reírme como una loca, me entran ganas de llorar leyendo sus cartas.

En otras ocasiones pedía un retrato con dedicatoria «de verdad» para un austríaco o para un joven francés que estaba empleado en un puerto de la China.

Piedra de Luna, abandonando por unos momentos la alta torre de su vanidad, se mostraba incrédula:

—¿No harán eso por reírse de mí...? ¿No escribirán por entretenerse, a falta de una diversión más interesante...?

La doncella protestaba. No había más que leer unas cuantas de aquellas cartas para convencerse de la veracidad de los hombres que las suscribían. Consideraba especialmente como un modelo de sinceridad y apasionamiento las del joven español protegido por ella. ¡Pobrecito! ¡Dieciocho años nada más...!

Y rebuscando en los miles de cartas de la caja inmediata al comedor, pescaba una, guiándose por la letra del sobre, la primera que venía a sus manos, para leer a su señora algunos fragmentos de lo escrito por el español. Piedra de Luna hablaba dicha lengua, y la italiana sentíase atraída por el parentesco de ésta con su idioma nativo.

«Ayer la vi, señorita, en un nuevo *film*, encontrándola más hermosa aún que en los otros, si esto es posible. Luego no pude dormir en el resto de la noche. Le diré que siento unos celos insufribles. Ríase usted, pero la amistad que existe entre nosotros dos no me permite ver con calma cómo besa usted varias veces en el curso de la obra al hombre que ama y por el cual arrostra tantos peligros. ¡Si yo pudiese algún día ser tan afortunado como él...!»

Y así continuaba el joven desconocido sus vulgares e ingenuas declaraciones de amor, formuladas casi al otro lado de nuestro planeta.

Otra carta:

«Ayer recibí su nuevo retrato. No se enfade, no me riña, como otras veces. Sé los respetos que usted merece. Le he jurado, como me pedía, amarla con un amor puro, elevado, sin materialismos; pero no puedo resistirme a la tentación de hacerla saber que puse su retrato en la almohada de mi cama para hablarle, para besarlo un sinnúmero de veces, acabando por caer en el más dulce de los sueños, como si usted estuviese junto a mí ...¡Ay, cuándo podré verla! Un viaje a los Estados Unidos es ahora mi única ilusión. Y lo que deseo ver ahí es usted, sólo usted. ¿Qué pueden importarme las maravillas que cuentan de Nueva York?»

Y Piedra de Luna aspiraba este incienso de adoración llegado de todos los extremos de la tierra.

Un holandés rico, establecido en Java, quería casarse con ella para llevarla a vivir, como una princesa de cuento oriental, en una de las islas Molucas, bajo arboledas que producían las especias más olorosas, entre grupos de bambúes altísimos y arbustos floridos que se movían como incensarios, revoloteando en torno a ellos colibríes de innumerables colores y sedosas aves del Paraíso. Un joven caíd que la había visto en los cinemas de Argel y Túnez la enviaba poesías en árabe, ininteligibles para ella, pero de las cuales parecía ser el alma un perfume ambarino escapado del papel. El heredero de un principado alemán suprimido por la guerra esperaba una palabra suya para ir a Nueva York a ofrecerla su mano, y un duque francés insinuaba con más elegancia idéntico deseo.

En realidad, de seguir ella misma la correspondencia con estos lejanos adoradores y tomar en serio sus deseos, no habría sabido por cuál decidirse. Todos le hablaban de sus ojos clarísimos, que, agrandados por la proyección, quedaban fijos en el público, conmoviéndolo con la dulce ingenuidad de su mirada; todos hacían elogios de su blancura lunar, de su cabellera de oro transparente, alabándola como la beldad rubia más asombrosa de la tierra.

Y mientras la italiana iba leyendo, algunas veces en voz alta estas muestras escogidas de una correspondencia universal, Betty, sentada ante el espejo de su tocador, examinaba su hermosura de mestiza indoirlandesa.

En su cabellera empezaban a marcarse algunas canas, que aún parecían más vistosas por el rudo contraste con la negrura inmediata.

Iba a ser necesario apelar al engaño del tinte, lo mismo que cuando se acicalaba para las representaciones cinematográficas.

Ya no podía sostener con orgullo la superioridad de

su belleza auténtica, morena y sin artificios, sobre aquella muñeca pintada y empelucada célebre en el mundo entero.

V

¡Cuarenta años...! Pero esta cifra sólo la conoce Betty.

Su cuerpo sigue tan ágil y graciosamente juvenil como en los tiempos que subía al trapecio en un circo ambulante.

El paso de la edad sólo lo nota ella a solas, examinando su rostro. Ha bebido demasiado champaña en los *dancings;* se ha acostado muy tarde, teniendo que levantarse al día siguiente casi al mismo tiempo que el sol, por ser su arte muy mañanero; se ha casado y descasado más allá de los límites admitidos en un país donde tanto abunda el divorcio.

Ella, que sólo atendía antes a los cuidados higiénicos de su persona, menospreciando, por innecesarios, los adornos de tocador, tiene que concentrar actualmente toda su atención en el hábil disimulo de los desperfectos de su rostro.

Ya no sale a la calle con la epidermis al natural, algo tostada por el sol y el aire libre, pátina reveladora de sanos deportes. Este descuido sólo pueden permitírselo las jóvenes. Disimula la naciente hinchazón de sus párpados con círculos azulados; se pinta en público los labios, espolvorea su rostro con polvos rojos, que dan a su rostro una tonalidad de ladrillo cocido. La negrura azulada de su cabello corto ha aumentado en intensidad gracias a la tintura que oculta sus canas.

Esta decadencia física que empieza a iniciarse y disfraza ella hábilmente le quita entusiasmos para su trabajo. Han surgido muchas artistas jóvenes, cuyos nombres avanzan y avanzan hasta ponerse al nivel del suyo, y algunas empiezan ya a ir más lejos.

Cree llegada la hora de retirarse, pero con lentitud, lo mismo que un combatiente que aún no está vencido y retrocede de espaldas, dando siempre la cara, para defender su gloria. Tiene contratos por varios años con las casas cinematográficas que ella enriqueció, recibiendo una parte de sus enormes ganancias. Seguirá trabajando, pero sólo unos meses cada año. Quiere hacer un largo viaje por Europa. Siente un repentino y exuberante entusiasmo por el viejo mundo.

En su país, donde sólo se admira lo que es joven, empiezan a hablar de ella cual si ya hubiese desaparecido. Otras «estrellas», por la fuerza de la novedad, han ocupado su sitio. En cambio, continúa siendo popular en Europa.

Al otro lado del Atlántico suena aún su gloria, como esos ecos lejanos que siguen retumbando mucho después de haberse extinguido la detonación inicial. Los periódicos de Londres y París la nombran ahora con más frecuencia que los de Nueva York. Decididamente, tiene el deber de ir a Europa.

Recuerda que su primer viaje, con el dinero contado y casi desconocida, fue incompleto. Le quedan muchos países por conocer.

Su hombre de negocios le expone el estado de su fortuna. Podía ser enormemente rica, pero dos de sus maridos la metieron en malos negocios, saliendo de ellos casi arruinada y con el imperioso deber de redoblar su trabajo para rehacerse. Otro de sus esposos la robó, huyendo al extranjero. De todos modos, su situación económica resulta desahogada y halagüeña. ¡Ha ganado tanto en quince años de labor incesante...!

Aparte de sus propiedades, tiene en Bancos y en negocios de rendimiento seguro cerca de millón y medio de dólares. ¿Qué más puede desear, ahora que se considera completamente libre, por haberse jurado a sí misma no casarse otra vez, despreciando la fácil emancipación ofrecida por el divorcio?

Piedra de Luna se embarca. El viaje va a durar un año nada más. Luego volverá a Nueva York para hacer dos *films*, emprendiendo un nuevo viaje a Europa. Para ella la navegación en un trasatlántico es como tomar el tranvía.

Los diarios de París publican su retrato. Algunos periodistas la interrogan para que el público conozca sus «impresiones» de Europa. En los bulevares ve su nombre con letras de luz eléctrica sobre las puertas de varios cinemas. Aún es aquí la famosa Piedra de Luna.

Dos semanas después, los sucesos políticos y la llegada de otros viajeros célebres la empujan al olvido; ningún periódico la nombra. Y se dedica a viajar por Italia, por Alemania, hasta por los países balcánicos.

Ha dado permiso a su doncella para que pase unas semanas en Nápoles con su familia. Va a España, en compañía de un director de escena cinematográfico y su esposa, avecindados en California, a los que conoce muchos años.

Betty realiza este viaje con la misma emoción que si empezara a leer una novela de aventuras. ¡Oh, España...!

Conoce bien este país, que evoca en su memoria un sinnúmero de episodios novelescos. Varias veces, terribles bandidos con patillas y aros de cobre en las orejas salieron al camino para robarla, deteniendo su automóvil a puro tiro de pistola y de trabuco... Pero esto fue en historias cinematográficas.

Espera vagamente que la realidad le ofrecerá iguales sorpresas, y se muestra algo desencantada al ver que llega a Madrid con sus compañeros, después de haber viajado en automóvil por varias provincias, sin otros incidentes que la rotura de unos cuantos neumáticos a causa de los malos caminos. Ya no quedan en la vida episodios interesantes, trajes pintorescos ni tipos extraordinarios. ¡Todo igual!

Se consuela asistiendo a las corridas de toros. Ella ha visto en Hollywood muchos toreros, también con patillas cortas, aros de oro pendientes de las orejas y faja de seda con gran lazo al costado, llevando franjas doradas. Por la fuerza de la costumbre le parecen más interesantes y mejor vestidos los matadores vivientes en su imaginación que estos otros auténticos vistos en el redondel, menos grandes y musculosos.

Además, cuando los encuentra fuera de la plaza se sorprende de que vayan trajeados, muchos de ellos, lo mismo que los *gentlemen*. Uno se ofende cuando la antigua «estrella» le pregunta si no usa alguna vez pendientes.

—¿Por quién me ha tomao usté...? —protesta, escandalizado, el torero—. Aquí, en mi tierra, a un hombre que saliese a la calle con esas cosas en las orejas lo mataban por... escandaloso.

Otra desilusión para Piedra de Luna.

Ha procurado no dar su nombre célebre. Es simplemente mistress Betty Hinston, millonaria yanqui que visita a España por ser procedentes de ella sus abuelos maternos. Ve sus retratos colorinescos en la entrada de muchas salas de cinema, pero nadie puede reconocerla. En todos ellos, la dama intrépida, a caballo o defendiéndose pistola en mano del traidor que la persigue, es siempre blanca y rubia, la eterna Piedra de Luna conocida en todo el mundo.

Sus compañeros de viaje la abandonan para irse a Gibraltar. Deben embarcarse en un trasatlántico inglés que los llevará a Nueva York.

Betty quiere hacer una excursión por Andalucía antes de regresar a París, y toma para ello el tren. Teme aburrirse mucho viajando sola en automóvil.

Vive unos días en Sevilla, acogiendo con escándalo y vanidad al mismo tiempo los atrevidos requiebros que ciertos hombres garbosos, con el sombrero de ala plana sobre las cejas, dicen en voz baja al pasar por su lado. Encuentran interesante a la extranjera. Un poco madura y muy pintada, pero de todos modos merece que la digan algo, aunque no lo entienda...

Y ella lo entiende todo.

VI

El viaje de Sevilla a Granada lo hace de día, en un vagón de primera clase. Entran y salen numerosos viajeros durante el largo trayecto.

Quien permanece más tiempo es un joven vestido con cierta elegancia, de finas maneras, algo tímido. A pesar de esta última circunstancia, adivina Piedra de Luna que dicho joven iba en otro vagón, y al verla en una de las estaciones, ha cambiado de departamento su equipaje portátil, sentándose luego frente a ella.

Pronto entablan conversación. Este joven considera que es un deber patriótico dar explicaciones sobre el paisaje a las damas extranjeras y ofrecerse como rendido servidor. Así no sufrirán el desencanto de creer muerta para siempre la hidalguía española, que él se imagina célebre en todas las partes del mundo.

Al saber que es de los Estados Unidos, se apresura a decir:

—¿Conoce usted a Piedra de Luna...?

Esta demanda inesperada sorprende a la «estrella» y le hace vacilar en su contestación. ¿La habrá reconocido...?

Luego, al darse cuenta de que la pregunta ha sido hecha con inocente espontaneidad, contesta afirmativamente.

Conoce a Piedra de Luna. Es amiga de ella. Hace algún tiempo que no se tratan; pero en el pasado vivieron con cierta intimidad. Seguramente volverán a verse cuando ella regrese a Nueva York.

A partir de este momento, el joven tímido y cortés empieza a hablar con entusiasmo.

También conoce él a Piedra de Luna. En realidad, no la ha visto nunca; pero existen entre los dos relaciones amistosas, algo íntimas; puede afirmarlo.

Tiene en su casa de Sevilla tres retratos de ella con afectuosas dedicatorias, y varias docenas de cartas formando paquetes, como un tesoro escrito que en días melancólicos vuelve a abrir para recrearse con su lectura.

Lleva años pensando en un viaje a los Estados Unidos. Tal vez pueda hacerlo muy pronto. Su padre ha muerto, hombre severo que le echaba en cara la inutilidad de su vida perezosa, llena de «fantasmagorías», según él. La casa está dirigida actualmente por su madre, buena señora que acaba por hacer todo lo que pide su único hijo. Ya está próxima a concederle la autorización y los medios para dicho viaje a Nueva York. Lo ha conseguido con el pretexto engañoso de estudiar los grandes negocios de aquel país. Ahora va a reunirse con ella en un pueblo, cerca de Granada, donde han heredado unas tierras de un hermano de su padre.

Betty le escucha con cierto asombro, acordándose, tras largo olvido, de la gran caja de madera blanca llena de cartas; de su criado irlandés, al que despidió hace mucho tiempo; de su doncella italiana, que vive en Nápoles, y de la correspondencia internacional, grato recuerdo de ésta.

—¿Y usted, cómo se llama? —pregunta—. Quiero

conocer su nombre, para hablar a Piedra de Luna cuando la vea.

El joven se apellida Linares Rioja. Oído horas antes dicho nombre, no hubiera tenido para la célebre artista ninguna significación. Ahora, tras las explicaciones del joven, lo reconoce inmediatamente. Es aquel admirador de Sevilla, protegido de su doncella, que tantas veces intercedió por él pidiendo dedicatorias auténticas.

Empieza a sentir la viajera cierta conmiseración ante el entusiasmo con que habla el joven de las cartas de Piedra de Luna. Esta correspondencia, escrita por la italiana, tiene para él un poder semejante al de los fetiches milagrosos. Adivina que las debe haber besado muchas veces creyendo que la mano de ella pasó sobre el papel.

Linares parece olvidar la existencia de la mujer que tiene delante, hablando sólo de la otra. Únicamente aprecia en ella la valiosa condición de haber conocido a Piedra de Luna y llamarse amiga suya. Va mencionando todas las obras cinematográficas en las que aparece la célebre artista. No hay una sola que él ignore. Las ha visto en Sevilla, en Madrid cuando era estudiante, en otras ciudades. Hace comparaciones entre ellas, apreciándolas según los papeles más o menos interesantes que desempeña Piedra de Luna, los trajes que luce o la terrorífica dosificación de sus aventuras.

De pronto interrumpe tales recuerdos para pedir nuevos datos a la viajera norteamericana:

—¿Cómo es Piedra de Luna en la intimidad...?

Su carácter lo tiene por dulcísimo. Se adivina en su rostro.

Betty sonríe con una ligera malicia que no puede comprender su interlocutor, y dice para cortar tantas preguntas:

—Piedra de Luna es, poco más o menos, como yo. Muchos dicen que nos parecemos.

La sorpresa del joven es tan enorme, que casi resulta insolente:

—¡Oh, señora...! ¡Imposible...!

Luego da explicaciones para justificar su respuesta. Piedra de Luna es rubia, y ella, aunque muy «distinguida», tiene una belleza de otro género. Y se calla la parte más importante de su pensamiento. Piedra de Luna continúa siendo joven en la pantalla de los cinemas, y su compañera de viaje ya empieza a salirse de la juventud, sin que por esto deje de ser interesante.

Cuando él cambió de vagón llevaba en el pensamiento varias aventuras amorosas en ferrocarril, descritas por algunos novelistas. De no haberle ella manifestado su nacionalidad, tal vez estaría en el presente momento acosándola con ciertas peticiones... Pero es una amiga de Piedra de Luna, lo que borra de su pensamiento todo mal propósito, haciéndole volver a la pasión que llena su juventud y que él titula «idealista».

Este viaje a los Estados Unidos, en el que concentra todos sus deseos, es el gran episodio de su porvenir. Repetirá allá, ante la famosa artista, lo que tantas veces la ha dicho en sus cartas. Y ella podrá declarar, a su vez, de viva voz lo que sólo ha dejado entrever al escribir las suyas, con la prudencia de una mujer célebre que no quiere mostrarse demasiado sincera en unas relaciones sostenidas a tan larga distancia.

Miente de buena fe, enardecido por la casualidad de haberse encontrado con una amiga de Piedra de Luna. Por vanidad juvenil exagera el alcance de las relaciones entre él y la famosa artista. Tiene retratos, tiene numerosas cartas... ¡no quiero decir más! Y adopta el aire discreto de un caballero que ha jurado no revelar los grandes éxitos de su vida amorosa.

Aún siente Betty el primer asombro de tal encuen-

tro. ¡Tomar el mismo tren que este·joven, al que conoce, y que hace varios años le escribe cartas de amor
desde España! Las sorpresas de la vida... ¡Y pensar
que ella ha reído muchas veces de los encuentros, ama-
ñados e inverosímiles, en historias cinematográficas
de las que fue protagonista!

Acaba por irritarse un poco ante la pueril fatuidad
con que este hombre de veintidós años habla de sus
relaciones con Piedra de·Luna. Siente la tentación de
hacerle saber el gran secreto. Quiere mostrarle los re-
sortes ocultos de la muñeca célebre: su falsa peluca, su
cara de blancura artificial y fotogénica.

—¿Qué diría usted si yo le hiciese saber que Piedra
de Luna es morena, como yo?

Repite el joven su gesto de inmensa extrañeza, lo
mismo que cuando la viajera habló de su semejanza con
la famosa artista. Luego se echa a reír, como si hubiese escuchado algo inaudito. Cree absurdo que Piedra
de Luna no sea blanca y rubia, después que así la han
conocido todos los públicos de la tierra.

—Eso se sabría —dice con acento de convicción
inquebrantable—. Se sabría en Sevilla y en todas partes.

Siente Betty desvanecerse la creciente irritación que
la impulsaba a decir la verdad. ¿Para qué? Es mejor
que el joven siga creyéndola rubia, tal como aparece
en las pantallas cinematográficas. ¡Feliz el que cuenta
en su vida con una ilusión inconmovible...!

Cuando a ella la acometa el tedio, allá en Nueva
York, en días de soledad, tal vez le consuele el recordar
que existe muy lejos, en España, un joven que piensa
en ella y cuyo nombre habrá olvidado de nuevo.

Linares Rioja baja al atardecer en una estación. Se
despide de la americana morena y elegante, como si no
la viese, hablando siempre de la otra. Antes de marcharse le pregunta su nombre.

—Betty Hinston —dice ella—. Piedra de Luna lo conoce muy bien.

Él anuncia que al día siguiente escribirá a Nueva York contando a la gran artista este encuentro.

Hace varios meses que sus cartas quedan sin contestación. Tal vez está ella en California, trabajando mucho. No importa. Él le relata siempre todos los sucesos interesantes de su propia existencia.

La saluda desde el andén de la estación, agitando el sombrero, mientras su compañera de viaje se va alejando, acodada en una ventanilla.

Cree ver de pronto a la otra. En el momento de la separación columbra en sus ojos algo que le hace recordar a Piedra de Luna. Bien puede ser que se parezcan y él no haya sabido adivinarlo.

—¡Buen viaje, señora...! Encantado de conocerla... Crea que no olvidaré nunca este encuentro... ¡Adiós...! ¡A...di...ós...!

No puede decir más. El tren ha partido, y la viajera se retira de la ventanilla.

Queda en su asiento con aire meditabundo, el rostro apoyado en ambas manos.

Las mejores historias de nuestra vida son, tal vez, las que salen a nuestro encuentro, nos rozan un instante y se alejan, sin haber empezado nunca. ¡Quién sabe...!

—¡Adiós para siempre! —dice ella.

Y no se vieron más, ni el joven recibió nuevas cartas de Piedra de Luna.

«Debe haberla hablado mal de mí —piensa algunas veces— aquella yanqui morenucha que encontré en el tren.»

EL REY LEAR, IMPRESOR

I

Todas las tardes a la misma hora sonaba el timbre de la elegante cancela, y el hombre que esperaba en el zaguán decía al presentarse el servidor, unas veces criado *gringo*, con chaleco de mangas, puesto ya de frac si la tarde era de recepción; otras, doncella francesa o tudesca, que pronunciaba trabajosamente las palabras españolas:

—Avise a don Martín que aquí está Pepe Terneiro.

Nunca quiso pasar de esta entrada con friso de azulejería y muros de arabescos multicolores, imitación mediocre de la Alhambra, en pleno Buenos Aires. Su antiguo patrón le había instado muchas veces a que viniese a buscarle en sus habitaciones; pero él temía los encuentros en el interior de aquella casa de un solo piso, vastísima, que se extendía hasta la otra calle paralela, dédalo de corredores, patios y grandes salones, construida sin tener en cuenta el aprovechamiento del terreno, con la amplitud de una época en que los solares alcanzaban escaso precio.

No deseaba ver a las hijas de don Martín, damas elegantes, de cuyas fiestas se ocupaban con entusiasmo los periódicos, y que él había conocido siendo niñas. Le irritaban sus gestos protectores y algo desdeñosos. Era para ellas a modo de un mueble viejo y olvidado que la casualidad colocaba ante sus pasos, como un estorbo.

Venía a esta casa únicamente por su antiguo protector. El resto de la familia no existía para él. Y continuaba en el zaguán entreteniéndose en la contemplación de azulejos y alicatados, recuerdo de la remota patria, lo único que se mantenía intacto de los tiempos de don Martín, cuando éste era realmente el amo de la casa.

Llegaba por la entreabierta cancela el eco de unos pasos sobre el mármol; oía toses y una voz gangosa de vejez, autoritaria, acostumbrada a dar órdenes, pero que con frecuencia se entrecortaba para ser alegre y zumbona. Luego aparecía don Martín, el famoso don Martín Cortés, cuyo nombre era conocido en todo el país.

—Usted, patrón —decía Terneiro—, se ha plantado en los sesenta y cinco, y de ellos no hay quien lo saque.

Parecía insensible a las transformaciones que traen los años. Había disminuido en estatura a consecuencia de un arqueamiento de su espalda y del achicamiento que sufre todo organismo al acartonarse con la momificación de una extrema ancianidad; pero pisaba fuerte, hacía instintivamente un esfuerzo para mantenerse con la cabeza alta y sus ojos conservaban una viveza juvenil. La vejez, después de sus primeros estragos, se había detenido, no osando continuar su obra

destructora. Sufría el suplicio interior de una enfermedad de cálculos, que le obligaba a recurrir de tarde en
tarde a dolorosas operaciones; mas sabía ocultar esta
esclavitud dolorosa y se mostraba de un optimismo
sonriente en sus pláticas, repitiendo cuentos y chistes
de su juventud, que muchas veces resultaban nuevos
para los oyentes.

Una barba que le llegaba hasta el pecho, blanca,
fina y rizosa, parecía dar cierta frescura a su rostro,
ocultando gran parte de sus arrugas. Aun en las mañanas más frías de invierno, rechaza el uso del gabán. Gustaba de ir a cuerpo, moviendo los brazos y contoneán-
dose con cierta petulancia juvenil.

Terneiro, que conocía su edad —más próxima a los
ochenta años que a los sesenta—, admiraba este vigor
extraordinario.

—Ya estoy cerca de los sesenta y cinco, patrón, y necesito ponerme la zamarra así que sopla el «pampero».

Y señalaba el paletó con que se cubría, apenas empezaba a barrer las calles de la ciudad el viento frío
procedente de las llanuras de la Pampa.

Cuando don Martín se presentaba en el zaguán
acompañado de Gertrudis, vieja criada española que
había conocido la época feliz en que aún vivía su esposa, gobernando a su modo aquella casa enorme, los
tres compatriotas conversaban unos momentos sobre
noticias y recuerdos de la lejana patria, hasta que el
señor decía alegremente:

—Los dos muchachos van a dar su paseo de todos
los días.

Y continuaba, guiñando un ojo y sonriendo a la
vieja:

—¡Las diabluras que vamos a hacer...! Cuidadito:
no lo cuentes a nadie.

Este paseo duraba hasta la noche. Rara vez dejaba
de ser por las mismas calles, inspirándoles el aspecto

de éstas unos comentarios, siempre idénticos, que a ellos les parecían completamente nuevos.

Habían presenciado los dos la inmensa transformación de la ciudad. La vida de Buenos Aires era su propia vida. La conocieron enorme poblachón, con aceras de ladrillos cocidos y calles profundas como barrancos, unas veces polvorientas, otras invisibles bajo el agua verde de sus charcas, y los que pasaban por ellas a caballo eran más que los de a pie, entre carretas de lento y chirriante rodar tiradas por bueyes. Ahora transcurrían ellos ante enormes escaparates en los que se amontonaban todos los objetos de lujo y de comodidad enviados por Europa y los Estados Unidos de América. Era preciso marchar con precaución por unas calles que ya resultaban exageradamente estrechas para la vida tumultuosa de esta ciudad incansable en la eterna progresión de su crecimiento. Los tranvías se sucedían con intervalos de pocos segundos, casi rozando las aceras; los automóviles se agrupaban ante la cachiporra blanca del agente de policía, en todas las encrucijadas.

El suelo sobre el cual se habían ido elevando tantos edificios flamantes evocaba igualmente los recuerdos de los dos viejos. Aquí estaba medio siglo antes la casa de cierto «doctor» elocuente que había impreso varios periódicos en el establecimiento de don Martín, y casi llegó a ser presidente de la República. Un vasto espacio de acera, al que daban las fachadas de un restorán de moda, un sastre famoso y varias joyerías, les obligaba a detenerse en su diario paseo. Fuese cual fuese el rumbo de éste... acababan por atravesar dicha calle.

—¿Te acuerdas, Pepe? —decía Cortés—. ¡Cómo ha cambiado todo esto...! ¡Lo mismo que nosotros!

Terneiro sentía siempre la misma emoción. Aquí había existido la primera imprenta de don Martín, en un caserón de los tiempos coloniales, que se caía de puro viejo, con una portada de piedra «a la española» destacándose sobre los muros blancos de cal, y extensos patios interiores techados de madera, en los que estaban los talleres. Aquí se había presentado él como emigrante recién desembarcado, ofreciéndose para las gruesas labores de la imprenta, y gracias a la bondad falsamente brusca de su compatriota el patrón, acababa por aprender el arte tipográfico. Aquí se había unido también a la familia de don Martín, instalándose finalmente en la casa, como un pariente pobre que se presta por cariño familiar a los trabajos domésticos.

Cincuenta años después se veía sin hacer nada, a modo de rentista, con un sueldo excesivo para su soledad de célibe, que le iban pagando todos los meses los sucesores de su protector. Ya no podía vivir con éste. Una familia modesta de españoles lo tenía hospedado en su casa, tratándole con grandes miramientos por ver en él un personaje casi rico. A causa de las relatividades de la existencia, el eterno protegido de don Martín podía darse aires de protector con otros que se hallaban situados más abajo.

Este final cómodo y tranquilo, prolongándose sin sobresaltos ni inquietudes, no le impedía pensar con nostalgia en los tiempos que la fortuna de don Martín era precaria y él trabajaba muchísimo, mezclándose además en las aventuras políticas del país.

Muchos comerciantes se fijaban en el diario paseo de los dos viejos, siempre a la misma hora, como esas figuras de los relojes antiguos que aparecen exactamente y se deslizan con una movilidad isócrona durante años y siglos. Paseaban uno junto al otro, avanzando sus pies con instintiva igualdad. Tenían en su marcha el avance simultáneo y regular de un tronco de caballos viejos, seguros de que harán siempre lo mismo, hasta que uno de los dos caiga.

Algunas tardes huían de las calles donde era extraor-

dinario el tránsito, impidiendo el gentío de las aceras
que marchasen los dos en la misma línea, lo que dejaba
a Terneiro detrás de su patrón. Tomaban un carruaje
para pasear luego por las avenidas del Parque de Pa-
lermo sin que se interrumpiese su marcha regular en
pareja.

Cuando al anochecer volvían a la ciudad, encontraban deslumbrante de luz las fachadas de los comercios.
Parecía haber caído en las calles una lluvia de estrellas
multicolores. Palpitaban los anuncios luminosos, se ex-
tinguían, para ser escritos de nuevo sobre el fondo de
la noche por una mano invisible.

Marchaban ambos, sin acuerdo previo, hacia la Avenida de Mayo, arteria principal de Buenos Aires. Aquí
estaban los edificios más altos, construcciones de múltiples pisos, que aún parecían más gigantescas por el
contraste con el resto de la ciudad, toda ella de casas
a estilo colonial o con un solo piso superior.

Dicha avenida, comparable a las de muchas capitales de provincia de los Estados Unidos, tenía sus fachadas rutilantes de luz durante las primeras horas nocturnas. Los dos hacían alto maquinalmente para mirar a
cierta distancia un establecimiento de diversos pisos
con las ventanas rojas, grupos de curiosos ante sus escaparates y un nombre gigantesco como rótulo, cuyas
letras estaban ribeteadas de bombillas eléctricas.

Todo Buenos Aires conocía esta tienda. Era una
librería y en ella estaba la dirección de la imprenta más
importante del país. Allí venían a buscar las damas los
papeles elegantes de sus cartas y los artículos más fi-
nos para escribir; allí también las grandes casas de comercio encargaban todo lo necesario para sus oficinas,
y los innumerables «doctores», así como los personajes
políticos, gestionaban la impresión de sus tesis universitarias, de sus tratados de Derecho político o sus
tomos de versos. Volumen no impreso en dicha casa

venía al mundo sin el prestigio aristocrático que parecía conferir su «pie de imprenta». Además de la oficina de su director, instalada en lo más hondo del entresuelo, partían órdenes para la producción de millones y millones de libros, con láminas de colores, destinados a todas las escuelas de la República.

Esta librería enorme, dividida en multiples secciones, repleta de volúmenes impresos en diversas lenguas, con vitrinas iguales a las de los museos conteniendo estatuillas de bronce, objetos tallados en cristal, pisapapeles artísticos, portaplumas de oro, parecía ejercer una dictadura sobre la nación, acaparando la venta de todo lo que sirve para leer o escribir.

El antiguo amo de Terneiro sonreía con amargura al mirar el nombre centelleante sobre la fachada: «Martín Cortés.»

Era su propio nombre el que vencía a la oscuridad durante las primeras horas de la noche, esparciendo una aurora roja sobre la Avenida de Mayo. De día, los rayos solares hacían brillar de un modo cegador el oro de las mismas letras... Y sin embargo, hacía muchos años que él no había pasado la puerta sobre cuyo dintel rutilaba su nombre, popular en todo el país. Venía a ver su casa desde lejos, en compañía del fiel Terneiro, sintiéndose irritado por su esplendor, por su creciente grandeza, y orgulloso al mismo tiempo.

Algunas veces esta vanidad contradictoria desaparecía, y el sentimiento de indignación resultaba más grande. En tales momentos era cuando su fiel acompañante le había oído murmurar:

—¡Ah, bandidos...! ¡Yo os haré una!

II

Martín Cortés, nacido en el centro de España, había pasado su juventud en Barcelona, donde aprendió el arte de imprimir, embarcándose luego para las Repúblicas del Río de la Plata, agitadas en aquellos tiempos por continuas revoluciones y guerras intestinas.

Contaba con orgullo su llegada a Buenos Aires, en barco de vela, cuando la ciudad aún no tenía puerto y para desembarcar era preciso trasladarse del velero a un bote y de éste a una carreta de bueyes hundida en el agua hasta los ejes, que lentamente iba trasladando a la orilla, de fango y piedra tosca, personas y equipajes.

Él mismo no se daba exacta cuenta de cómo pudo saltar de obrero a patrón, viéndose propietario de una pequeña imprenta. Su carácter enérgico, predispuesto a la aventura y amante del peligro, le ayudó en aquella época de continuas revueltas. Empezaba a formarse el país políticamente, después de la luenga tiranía de Rosas, pero entre convulsiones frecuentes, luchando unas provincias con otras, y todas juntas contra la preponderancia de Buenos Aires.

Aún no había llegado la hora de la gran riqueza para los argentinos. Se vivía al modo criollo, con enorme abundancia alimenticia y poco dinero. Martín Cortés fue el impresor de los «doctores» jóvenes y los militares inquietos que abominaban del gobierno constituido, con el propósito de ser gobierno a su vez.

Sufrió grandes apuros pecuniarios por ser sus clientes tan pobres como él, mas gracias a su ingenio y a su carácter alegre, pudo realizar el milagro de que sus periódicos de oposición se publicasen regularmente.

Arrostraban además con un valor sereno los peligros y amenazas que le valían sus funciones de impresor revolucionario.

En el viejo caserón que albergó su primera imprenta, los redactores escribían muchas veces con pistolas sobre las mesas. Los soldados del gobierno venían a atar las riendas de sus caballos en las rejas del edificio y esperaban junto a la puerta para dar «un susto» a don Martín y a sus clientes, teniendo éstos que escapar por las casas inmediatas.

Transcurrió el tiempo. Los «doctores» de verbosidad sonora y pluma florida que aún adeudaban a Martín Cortés miles de pesos por la impresión de sus periódicos se transformaron en personajes oficiales, ocupando por derecho propio la Casa Rosada, palacio que alberga al presidente de la República y a varios ministerios. Los nuevos gobernantes le pagaron con su protección, y Martín Cortés, más activo que nunca al verse en un ambiente favorable, llegó a ser en pocos años el primer impresor del país. Acaparó los trabajos de carácter oficial, se hizo proveedor de las escuelas, editó cuantos libros eran necesarios para la vida pública, quiso acoger todas las máquinas recién inventadas que le ofrecían de Europa y la América del Norte. Sus talleres se extendieron de tal modo, que se vio obligado a instalarlos fuera de la ciudad. El desenvolvimiento de su industria le hizo ser vendedor de libros, y su librería fue engrandeciéndose igualmente en la calle más céntrica del Buenos Aires de entonces.

Se había casado durante un breve viaje a España. Su esposa era hija de un modesto impresor de Barcelona en cuyo taller había hecho él su aprendizaje. Doña Calixta, que nunca pudo desprenderse, en la América del Sur, de su acento catalán, se portó como una fiel compañera, admiradora de las habilidades y éxitos de su esposo, obediente a sus órdenes, preocupada de la limpieza de la casa, de su aspecto ordenado, de la salud de su prole.

Cuatro hijas y un hijo dio a don Martín, viniendo al mundo la última de aquéllas cuando ya la buena doña Calixta estaba en los últimos límites de su madurez. Esto dio motivo a que el impresor, acordándose de las Santas Escrituras y del patriarca Abraham, llamase a la última de sus hijas «el milagro de Sara».

Bajo la influencia de ciertas lecturas novelescas, y por imitar la predisposición de las damas criollas en favor de los nombres raros, la esposa de Cortés fue designando a sus hijas, en el acto del bautismo, de un modo que hacía torcer el gesto al cura español, amigo de la casa, encargado de imponer tal sacramento. La mayor se llamó Atala; la segunda, Zulema; la tercera, Corina, y la última recibió el nombre de Delia.

Al hijo lo llamaron Gonzalo, y don Martín, que era un padre a uso antiguo, sin dejar de querer a su descendencia femenina, concentró en este único heredero varón todas sus ambiciones y esperanzas. Si él había llegado a conquistar una fortuna saliendo de la nada, ¿qué no haría su hijo, propietario de la primera imprenta y librería del país...?

Además, el padre, con las ganancias de su industria, había comprado terrenos, cuyo precio iba ascendiendo rápidamente. Su casa, que Cortés había hecho decorar por todos los artistas vagabundos llegados a Buenos Aires, reproduciendo con mejor voluntad que éxito las bellezas arquitectónicas españolas, representaba ya un valor de varios millones. El día que la demoliesen podrían elevarse en su solar, que iba de una calle a otra, en el centro de la ciudad, varios edificios suntuosos.

Gonzalo Cortés era un heredero de más calor que muchos hijos de personajes célebres del país. El padre admiraba vanidosamente su agresiva robustez. Pasaba por los colegios sin que le inspirase curiosidad el contenido de aquellos libros salidos de la imprenta paternal. Las ciencias y las artes no guardaban para él ninguna recompensa. En cambio se llevaba los premios de gimnasia, de esgrima, de equitación: todo lo que representase destreza y fuerza.

Su deseo era que le permitiesen vivir en una estancia que acababa de adquirir Cortés en el interior del país. Quería domar potros bravos, aprender a echar el lazo, hacer vida de gaucho, tal como la había oído describir, con acompañamiento de guitarra, en los romances populares. Don Martín, por toda contestación, le mostraba la librería, con sus dependientes atareados y sus grupos incesantes de compradores.

—Créeme: ninguna estancia es como ésta. Aquí no hay sequías, inundaciones, mortandad de reses, ni heladas y pedriscos. La cosecha siempre es segura.

Membrudo y atlético a los quince años como un hombre cuajado, no admiraba el joven la obra paternal. Quería ser estanciero rico, asistiendo a rodeos de miles de vacas, persiguiendo al galope tropeles de yeguas libres.

Mostraban sus hermanas ambiciones menos rústicas. Se habían educado en los mejores colegios, teniendo por compañeras a hijas de familias célebres por su riqueza o su abolengo. Querían mantenerse al nivel de éstas en gustos y vanidades, haciendo toda clase de esfuerzos y sacrificios para no perder tales relaciones después de terminada su educación escolar.

Se avergonzaban de la franqueza bonachona y las sencillas costumbres de su madre; rehuían un poco su compañía, para que las amigas no se burlasen de su acento catalán. Les gustaba que su nombre fuese conocido en todas partes. Eran las hijas de don Martín Cortés, el célebre impresor y librero. Al mismo tiempo se quejaban interiormente contra el Destino, que no había hecho de su padre un «doctor», dedicado a la política, o un general. Cuando algunas señoras regañaba con ellas, las zaherían inmediatamente designándolas con el apodo de «las libreras».

El continuo engrandecimiento de las industrias de Cortés había ido creando en torno a su persona un núcleo de colaboradores preferidos que le secundaban en sus trabajos, enorgulleciéndose de los progresos de la casa.

Un alemán joven, llamado Keller, había entrado en su librería como tenedor de libros, y por ser tenaz y asiduo en el trabajo, se adueñaba poco a poco de la administración central de todas las industrias implantadas por don Martín. Por consejo de Keller, añadió éste al ramo de librería el de papeles y objetos de escritorio, que finalmente se convirtió en el más fructífero de sus negocios. El alemán iba todos los años a Europa para enterarse de las novedades y hacer directamente las compras. Vigilaba la imprenta, agrandándola con toda clase de máquinas de su país; se entendía con los clientes, por ser incapaz de ablandamientos y de rebajas en los precios, como hacía don Martín, siempre acomodaticio y amable después de una cordial conversación con los que llegaban.

Cortés conocía la pericia de este hombre en el manejo de sus negocios, y al mismo tiempo le inspiraba cierto temor su dureza para perseguir el dinero, la obsequiosidad con que acogía al poderoso y la sonrisa glacial con que contestaba a las demandas de los inferiores. A su hijo Gonzalo se lo presentaba como un modelo de vida futura.

—Aprende a trabajar. Haz como él, y serás un mozo de provecho.

Otras veces, estando a solas con Pepe Terneiro —el cajista gallego que, falto de familia, se había introducido en la suya, sirviendo de consultor y de ayudante a doña Calixta—, le decía guiñando un ojo:

—Ese alemancito... ¡qué tipo de cuidado! ¡Ay del que caiga enteramente en sus manos...! Por suerte, yo lo mantengo en su lugar, y dejo que me sirva, pagándole bien.

Un día, Atala, la hija mayor, que era la de carácter más resuelto, imponiéndose a su madre en el gobierno de la casa, habló a don Martín sin vacilaciones. Ella y Guillermo Keller querían casarse. La madre conocía sus amoríos y los aceptaba. (¿Qué no había aceptado la buena doña Calixta de cuanto le exigían sus hijos?) El alemán iba a hablar a su patrón, y ella esperaba que su padre aprobaría dicho casamiento. ¿Qué podía decir contra un hombre que trabajaba tanto por el engrandecimiento de la casa...?

Don Martín quedó perplejo... Efectivamente, nada podía decir contra aquel mozo rubio, de ojos azules y miopes resguardados por gruesos cristales y eterna sonrisa inexpresiva. No le entusiasmaba dicho matrimonio, pero al mismo tiempo le era imposible aducir razones contra él.

Acabó Keller por entrar en la familia, y su casamiento fue un acto trascendental, cuya influencia empezó a sentirse a los pocos días.

Gonzalo, que ya había pasado los veinte años, siguió los consejos de su cuñado. Éste también se mostraba enemigo, como el padre, de que fuese hombre de campo, pero le abría otros horizontes que los de la imprenta. Era rico, como los hijos de los grandes estancieron, y podía dedicarse a las carreras poco productivas, pero de gran brillo, que siguen los altos servidores del Estado. Debía representar a su país en el extranjero; cónsul en una capital importante, o secretario de una legación. Y el hijo de don Martín aceptó entusiasmado tales sugestiones pensando en los placeres que guarda Europa para un hijo de familia rica que puede añadir las liberalidades paternales al sueldo que le envía su gobierno.

Dejó de ver don Martín a este joven fornido, cuyas peleas nocturnas en los bailes y restoranes de Buenos Aires le enorgullecían y le indignaban a un mismo tiempo. Ahora le escribía desde París, y como respuesta a sus cartas daba órdenes negligentemente a Keller para que el cajero de la casa enviase «plata» al muchacho.

Pocos años después, otro matrimonio. Keller, para el mejor funcionamiento de los talleres, había ido admitiendo a compatriotas suyos en los puestos más importantes, barriendo con diversos pretextos a los protegidos de don Martín, todos españoles.

Un mocetón de pelo rubio, casi albino, cara ancha, recién afeitada siempre, y unos brazos robustos, carnosos, de piel blanquísima, que, según Cortés, incitaban a clavar en ellos la dentadura, había sido traído de Léipzig para dirigir el funcionamiento de las primeras máquinas de tricomía. Don Martín lo apodaba «Sigfrido», por encontrarle semejanza con el héroe de *El anillo de los Nibelungos*, al que había oído cantar una noche en el Teatro Colón. Su verdadero nombre era Goldmann. Incansable en su labor, gustaba de pasar el día entero dedicado al trabajo, tal vez porque esto le permitía ejercer autoridad, mandar a los demás bruscamente, reñirlos, insultarlos, lo mismo que le había ocurrido a él tantas veces en su país, dentro de talleres y cuarteles.

Zulema, la segunda hija, habló un día a su padre con el mismo tono que la primera. Ella y Goldmann querían casarse. El hábil mecánico era ahora jefe de todos los talleres tipográficos, y tan absorbente resultaba su dirección, que Cortés, el verdadero dueño, empezaba a no encontrar gusto en visitarlos. Todo lo encontraba hecho en forma distinta a como él lo ordenaba en otra época, y debía reconocer forzosamente que estaba mejor. Una voluntad sonriente, supeditada en apariencia, pero dura e irresistible como una muralla en movimiento, le iba empujando lentamente de aquellos talleres creados por él, como si fuese algo viejo, incompatible con el momento actual. Lo mismo le ocurría al visitar el establecimiento de la Avenida de Mayo. Toda crítica suya era acogida por Keller con una profunda inclinación de cabeza, que tal vez ocultaba leve sonrisa de conmiseración. Si daba una orden, tenía que reconocer inmediatamente su ignorancia. Otras veces sus mandatos eran interpretados al revés, y debía aceptarlo así, en vista de su oportunidad.

Zulema era la más parecida a doña Calixta por sus gustos caseros. Mostraba un talento especial para las operaciones de cocina y sentía entusiasmos artísticos ante un armario bien repleto de ropa blanca. Goldmann, director de los talleres, bastaba a sus ambiciones. ¡Era tan guapo y de aspecto tranquilo...! Keller ejercía una influencia tutelar sobre él, lo mismo que su hermana Atala la había dominado siempre a ella por el prestigio de sus aficiones aristocráticas.

Apoyó doña Calixta tal demanda cerca de su esposo. Era la felicidad para su hija, y ellos dos, después de haber reunido tan considerable fortuna, podían darse el lujo de tener yernos pobres.

—¡Otro alemán en la familia! —dijo don Martín.

Y al aceptar a Goldmann, preguntó a Pepe Torneiro si aún quedaba en las diversas dependencias de su casa algún otro de la misma nacionalidad, temiendo que viniese a pedirle la mano de Corina, su tercera hija.

Ésta, la más frívola de todas, con un afán insaciable de trajes, alhajas y afeites, siempre ávida de conocer la última moda y pintándose el rostro desde su salida del colegio, se casó con uno del país.

Keller, director oculto de la casa, oído siempre por su mujer y sus cuñadas, y altamente respetado por su suegra, patrocinó la entrada en la familia del doctor Poza, joven abogado, nieto de un personaje político de segundo orden, al que había conocido don Martín en sus tiempos heroicos de impresor. El alemán creía conveniente la existencia en la familia de un argentino representativo, capaz de renovar la antigua influencia de Cortés, poniendo la casa en relación con los nuevos hombres del país, neutralizando la influencia de otros establecimientos rivales que habían surgido en los últimos años.

Todos creían en el porvenir de este «doctor», solemne de gestos, puesto siempre de chaqué, que hablaba con una verbosidad lenta e incansable, escogiendo las expresiones más alambicadas, las palabras menos en uso. Lo había conocido Keller con motivo de la impresión de cierto tratado de Derecho internacional, obra de este joven, que era a la vez catedrático de dos universidades —la de Buenos Aires y la de la vecina ciudad de La Plata—, y ejercía de abogado de varios Bancos, dedicándose además a la compra y venta de terrenos. A él, por su parte, ser yerno de Martín Cortés y asociado de Keller le parecía un buen negocio, y aceptó el matrimonio con Corina, apreciando su belleza «versallesca», sus gustos suntuarios, exagerados y costosos, como alicientes que podían ayudar a su carrera política.

Después del casamiento de su tercera hija murió doña Calixta, cuando la cuarta sólo contaba doce años. Ésta no parecía pensar en el matrimonio. Sus hermanas la consideraban casi como una hija, y habían pretendido dominarla, pero tuvieron que desistir de su tiránica protección.

Delia era la única de la familia aficionada a la lectura, menospreciando a sus hermanas mayores a causa de sus gustos frívolos y vulgares. Al salir del colegio había continuado sus estudios hasta conseguir el grado de maestra superior. En plena frescura primaveral, desdeñaba las modas, yendo vestida con una comodidad que resultaba incompatible muchas veces con sus gracias femeninas.

—Quiero ser mujer libre —decía a su padre, sin prestar atención a la sonrisa irónica con que éste interpretaba tales palabras—. No voy a imitar a mis hermanas, cacatúas orgullosas de su plumaje, que hacen toda clase de bajezas para ser admitidas como amigas por otras que ellas consideran superiores. Debo servir de algo a mis semejantes; deseo trabajar para el porvenir.

Con sus ambiciones desinteresadas y sus «romanticismos humanitarios» —como decía don Martín— representaba para éste algo así como un árbol tierno y rumoroso a cuya sombra podía descansar. ¡Ay, las otras hijas, siempre sonrientes para pedir...!

Hablaba con la pequeña sin miedo a que le exigiese algún sacrificio. Tenía que rogarla para que aceptase sus liberalidades. Hacía alarde de pobreza. Su deseo era emanciparse de las necesidades que impone la existencia social, limitando su número.

Atala y Zulema vivían con sus maridos en el gran edificio propiedad de don Martín. Corina y el doctor Poza estaban instalados en una casa nueva, donde el abogado tenía su despacho. Las tres hermanas se veían todos los días, y siguiendo el consejo de sus esposos, habían ido menudeando sus peticiones al padre, fingiendo preocuparse de su salud y tranquilidad.

—Estás viejo, estás enfermo; debes pensar sólo en cuidarte y en vivir bien. Deja que los jóvenes trabajen, y no les regatees los medios para ello. ¿No harías lo mismo si estuviese aquí Gonzalo?

Gonzalo seguía en el viejo mundo. Había contraído

matrimonio con una inglesa, ejercía el cargo diplomático de «Encargado de negocios» en una pequeña
capital del norte de Europa, y enviaba a la familia
retratos suyos con casaca de pecho bordado y espadín
al cinto, pidiendo a cambio de tales recuerdos cantidades de importancia, que Keller se apresuraba a enviar. El diplomático consideraba a su cuñado el alemán como el mejor y más inteligente de los hombres.

Ya que el hijo único había renunciado a preocuparse de la suerte de aquella empresa que era la obra
más grande de don Martín, éste debía entregar el gobierno absoluto a sus yernos, cada uno de los cuales
representaba una fuerza distinta: Keller, la dirección
financiera; Goldmann, la dirección industrial; el doctor Poza, la influencia política y la sabiduría jurídica
para llevar la casa como un buque, entre los escollos
de reclamaciones y pleitos.

Eran seis contra don Martín, acosándolo incesantemente con palabras dulces o sonrisas de muda su-
misión. Las hijas se mostraban ahora más tiernas con
su padre que cuando eran niñas. Corina lo besaba,
acariciándole luego casi impúdicamente. Zulema había
inventado para él platos nuevos, preocupándose de su
cama y de sus ropas, hasta llegar a los más inespera-
dos refinamientos. La imponente Atala, al hacer el
elogio de su esposo, lo describía como un simple discípulo de Martín Cortés, suplicando al maestro que
no regatease a su continuador los medios de triunfar
sobre los nuevos rivales que iban surgiendo.

Si se resistía a tales insinuaciones, la coqueta se
mostraba indiferente en sus palabras y suprimía sus
caricias; la hacendosa olvidaba su alimentación y otros
cuidados, y la más soberbia se expresaba con amargura, declarando que la ingratitud y el orgullo eran
para ella los pecados más inadmisibles.

¿Cómo defenderse de esta familia que le rodeaba

a todas horas, sucediéndose en el ataque, asediándolo por turnos, para derribar los últimos obstáculos opuestos por su voluntad...?

III

—Yo soy el rey Lear... el rey Lear, impresor.

Y al darse cuenta de que Terneiro no entendía el significado de su afirmación, Cortés le iba explicando el famoso drama de Shakespeare.

El antiguo cajista de imprenta sabía quién era Shakespeare, del mismo modo que estaba enterado de muchos asuntos literarios y científicos, «siempre a medias», como él afirmaba, no habiendo podido hacer en su vida una lectura completa, conociendo de artículos y libros únicamente las cuartillas que le habían entregado para componerlas en letras de molde.

Su antiguo patrón le enumeraba las semejanzas entre su propia historia y la del infortunado rey Lear, monarca de los tiempos legendarios, que por amor a sus dos hijas mayores iba cediendo cuanto poseía a éstas y a sus esposos, viéndose tratado con la más negra ingratitud apenas se daban cuenta los de la familia de que ya no podían sacarle nuevas donaciones.

Vagaba el rey Lear, pobre y abandonado, sin otro compañero que un personaje de los más humildes, el cual no había querido abandonarle en su desgracia.

—Ése soy yo —decía Terneiro con orgullo.

—Sí, Pepe; ése eres tú.

Y Cortés sonreía interiormente, procurando no decir a su acompañante que el único hombre fiel al monarca había sido su antiguo bufón.

Terneiro no ocultaba su cólera contra las hijas de

don Martín, expresándose rudamente, como hombre de corazón simple, que no puede transigir por miramientos sociales con lo que considera nocivo.

—La culpa fue de doña Calixta, demasiado buena, dejándose dominar siempre por sus hijas... Y también de usted, patrón, que, pensando en sus negocios, sólo sabía decir «sí» a todos los caprichos de unas niñas orgullosas. ¡Conmigo debían habérselas visto...!

Don Martín no quería recordar lo ocurrido después de la muerte de su esposa. Sentíase avergonzado de su debilidad.

Keller, el grande hombre de la casa, había amotinado a toda la familia en favor de una solución que representaba grandes economías. El nombre de Martín Cortés debía convertirse en un simple título de asociación mercantil. Todos sus bienes industriales e inmuebles podían constituir el capital de una sociedad anónima por acciones, llamada «Martín Cortés y Compañía». Así, en caso de muerte y herencia, no era preciso hacer particiones y se libraban de pagar al Estado enormes derechos de sucesión. De este modo, también los negocios podían desarrollarse con más agilidad y amplitud. Y tras una larga resistencia de don Martín, que presentía en dicho plan la anulación absoluta de su persona, acababa por constituirse la sociedad, tal como la deseaban sus hijas y sus yernos. El doctor Poza había redactado los estatutos a su gusto, como perito en la materia, acostumbrado a realizar iguales trabajos para sociedades importantes.

Cortés se sintió perdido entre tantos capítulos y artículos, redactados en oscuro estilo jurídico. Toda la fortuna se le fue de las manos. Hasta entonces había sido ésta algo sólido, inconmovible, asegurada por escrituras de carácter individual; ahora los bienes se fraccionaban en acciones, y estos valores parecían echar alas y volar lejos de él, para ir a posarse en las distintas personas de su familia, que de este modo lo heredaban en vida.

Cada objeción suya provocaba escandalizadas protestas de cariño en hijas y yernos. ¿Qué podía importarle que las cosas se arreglasen de un modo o de otro, si todo quedaba dentro de la casa...?

Al principio los accionistas lo nombraron presidente, reconociéndolo como personalidad insustituible a la cabeza de la asociación. Dos años después se preocuparon a todas horas de su salud. Debía pensar en vivir y nada más. Representaba para él un trabajo enorme poner su firma en los documentos administrativos de la casa, muchas veces sin leerlos. Hasta su hijo el diplomático escribía desde Europa mostrándose de acuerdo con sus hermanas. Era preciso evitar a papá todo trabajo. Y Keller, sacrificándose por el bien de los suyos, ocupó el cargo de presidente, añadiendo esta nueva labor a la gerencia de todos los negocios de la asociación.

El único accionista partidario de la presidencia de don Martín había sido su última hija. Pero Delia no era aún mayor de edad, y su parte de acciones la monopolizaba Keller, no dando jamás cuenta sobre ellas.

—No tenía el infeliz rey Lear solamente el consuelo de ese amigo fiel, tan parecido a ti. Le quedaba su hija más pequeña, la inocente y abnegada Cordelia, que, despojada de sus bienes por sus hermanas, le acompañó a todas partes hasta la muerte. Yo también tengo mi Cordelia. Ya sabes quién es, mi maestrita, que no sabe decir palabras dulces como las otras, parece enfurruñada siempre, apenas sonríe, ve las cosas de la vida con una gravedad de persona vieja; pero es la única de la familia que quiere a su padre.

Delia olvidaba a veces sus preocupaciones de «mujer libre», como ella decía, sus estudios y sus conferencias de propaganda, para pensar en don Martín.

Vivía en la misma casa ocupada por sus hermanas, pero con toda independencia, como un muchacho, empleando para entradas y salidas una puerta de servicio en otra calle, paralela a la de la entrada principal.

Rara vez se sentaba a la gran mesa de familia. Prefería alimentarse en los comedores de estudiantes, o en restoranes económicos, frecuentados por intelectuales «rebeldes» recién llegados al país y mujeres semejantes a ella. En su casa se resistía a aceptar el auxilio de las domésticas.

—Tengo dos criadas magníficas que son mis brazos —decía a Gertrudis, la vieja española, cuando ésta intentaba ayudarla.

Su actividad seguía al expansionarse los más diversos rumbos. Unas veces daba conferencias en los barrios obreros sobre cuestiones artísticas.

—El pueblo tiene derecho a la belleza.

Y explicaba, con poco éxito, a las mujeres de los trabajadores —casi todas extranjeras recién llegadas a la Argentina— cómo debían adornar sus casuchas, con cierto arte, para que el hombre sintiese la atracción del hogar y no fuese a beber al «boliche». En épocas de agitación política asistía a las reuniones de los socialistas, entregando para las necesidades del partido todo el dinero que podía sustraer a Keller con falsos pretextos de adornar su persona. Ofrecía cierto encanto ambiguo. Era a modo de un bello adolescente vestido de mujer. Su carita pálida, con grandes ojos negros, sólo conocía el contacto reanimador de las abluciones de agua pura. Esta higiene simple y verdaderamente limpia representaba, según ella, una compensación de familia, ya que sus hermanas habían llevado siempre el rostro enmascarado de blanco y rosa, con rayas oscuras.

Don Martín se burlaba de esta carencia de vanidad femenina. Criticaba sus zapatos de confección or-

dinaria, demasiado amplios para la pequeñez de sus
pies; su pelo cortado a lo paje (cuando aún no era de
moda este peinado), sus largos gabanes ingleses, que
la evitaban el preocuparse del vestido, oculto debajo
de ellos.

—Debes ser más coqueta —añadía el padre—. No
digo que imites a tus hermanas, pero eres mujer y
algún día te enamorarás de un hombre, como todas
las de tu edad.

Delia contestaba levantando los hombros:

—¡El amor...! Tal vez. Nadie debe creerse libre de
esta enfermedad moral. Los que más abominan del
amor acaban por caer en él.

Pero mientras se mantuviese sana consideraría que
venimos al mundo para cosas más serias y útiles que
el amor. De pronto sentía por su padre el mismo interés que le inspiraban los trabajadores ignorantes, y
don Martín decía a su fiel Terneiro:

—Mañana no vengas... No lo digas a nadie. He hecho una conquista... Una niña de menos de veinte años
desea raptarme.

Era día de fiesta extraordinaria para el viejo Cortés. Marchaba con Delia orgullosamente por las calles
de la ciudad; almorzaban juntos en los suburbios, para
visitar luego alguna escuela nueva. Otras veces entraban en una sala de reuniones, escuchando profetizar
líricamente a varios oradores cómo iba a ser la «ciudad
futura», habitada por una humanidad perfecta.

Sentíase don Martín a los pocos minutos aburrido
y desorientado. Él en su juventud había seguido los
mismos entusiasmos de sus clientes políticos. Creía en
la libertad, en la democracia, hasta en la paz universal... pero ¡eso de repartirse todo lo existente, de que
no hubiese tuyo ni mío...!

La vecindad de su hija le hacía encontrar de todos
modos un encanto primaveral a tales excursiones. Le

parecían infinitamente superiores a ciertas escapadas que había hecho durante su segunda juventud, en el Buenos Aires antiguo, con algunas comediantes venidas de España, pecadillos amorosos que nunca llegó a conocer doña Calixta.

Después de haber acompañado la «dulce Cordelia» a su rey Lear en este plácido vagabundaje, expuso un día gravemente cierto proyecto que venía acariciando y sobre el cual había solicitado el consejo de diversos personajes admirados por ella.

—Keller es un ladrón, y no lo creo por eso peor que la mayoría de los burgueses. Todos ellos carecen de moralidad cuando se trata de dinero. Él, mis hermanas, mis cuñados, te han robado, y creo que yo también sufro parte de despojo. ¡Vamos a defendernos! Debes recobrar lo que es tuyo. Será difícil, pero en la vida debemos intentar siempre lo imposible.

Había consultado el caso con varios abogados de los que figuraban en el partido socialista. Todos habían torcido el gesto. La empresa era aventurada. Aquel doctor Poza sabía construir bien sus torres de engaño, sin dejar el menor portillo abierto; mas ¡quién sabe si no podrían tomarlas con un asalto violento y destruirlas...!

Quería Delia que su padre intentase un pleito contra la propia familia, escándalo inmenso en todo el país, por ser su nombre tan conocido. Además, ella se encargaba de que los periódicos comentasen ruidosamente el asunto. Si era preciso, conseguiría que los obreros se colocasen de parte del despojado. Surgiría una huelga general en todos los establecimientos de «Martín Cortés y Compañía». Keller y los suyos iban a verse aislados como pestíferos.

Escuchaba el viejo impresor, con asombro y miedo, cómo esta jovencita le proponía las mayores violencias, mirando a lo alto, separando los brazos de su cuerpo, abriendo sus manos, en una actitud de inspirada.

—Veremos... Hay que pensarlo con calma —decía, seducido por la proposición y temiendo al mismo tiempo sus consecuencias.

Continuaba Delia su avance a través del porvenir. Contemplaba ya a su padre en posesión de todo lo suyo, dando órdenes, como dueño absoluto, en la enorme librería, en los talleres de imprenta, encuadernación y grabado, que formaban un pueblo cerca de Buenos Aires, teniendo alojados en torno más de mil obreros.

—Entonces, papá, realizas una cosa que hará inmortal tu apellido. Dentro de tu casa planteas por anticipado la gran revolución que ha de dignificar a los hombres, haciéndoles agradable por primera vez la existencia. Transformas tu propiedad individual en propiedad colectiva. Convocas a los obreros y les anuncias que en adelante todos serán dueños de tus talleres y de sus producciones. Tú sólo figurarás entre ellos como uno de tantos. ¡Que emoción en la tierra entera...! ¡Qué ejemplo! Tu nombre pasará a la Historia...

¡Un demonio! Don Martín no admitía bromas en lo tocante al dinero. La «plata» le parecía cosa sagrada, no un juguete de niños para permitirse con ella irreverentes ligerezas.

Oyendo a la «inocente Cordelia» tales monstruosidades, se sentía empujado hacia las otras hijas. Eran malas e ingratas, pero se consideraba más ligado a ellas, por una comunidad de opiniones tradicionales, por el respeto a las cosas establecidas.

IV

Otra vez el rey Lear volvió a sus paseos con el fiel Terneiro, admirando los lugares que le recordaban su juventud, viendo de lejos la librería famosa con su propio nombre en oro, centelleante bajo el sol y luminoso al cerrar la noche.

El antiguo cajista y la vieja criada española eran en realidad su única familia. Podía hablar con ellos como en los tiempos en que aún era el amo. Continuaban respetándole, creían en su importancia y abominaban de los otros habitantes de la casa por los atentados contra su persona.

No era que sus hijas le odiasen. Tal vez le querían con un afecto instintivo, oscuro e irresistible, pero le consideraban un estorbo dentro de su nueva existencia, se avergonzaban de su origen, sin pensar que a este origen debían su bienestar. Se repetía una vez más la eterna historia de todos los países de colonización. Los hijos, al nacer en la riqueza, consideran ésta como algo que les corresponde por natural derecho, y desean verse libres de sus padres, antiguos emigrantes que al seguir viviendo les recuerdan a todas horas su procedencia. Quieren nivelarse con los demás del país que se consideran superiores a ellos y son simplemente nietos o bisnietos de otros emigrantes ya olvidados, iguales a los suyos.

Atala, consejera suprema para sus hermanas, como su esposo lo era para los maridos de éstas, encontraba todos los días motivos de queja en la conducta de su padre. ¡Aquel Terneiro, hombre de gustos ordinarios, su único amigo y acompañante...! ¡Aquella Gertrúdis, confianzuda y de lenguaje exageradamente franco, que

se consideraba como de la familia por haberlas conocido a todas ellas muy niñas, desentonando por sus
gestos burdos y su voz ruidosa entre las otras domésticas de la casa, francesas o alemanas, vestidas como
señoritas y con ademanes rebuscados...!

Era preciso licenciar a la tal Gertrudis, dándola una
pensión como a Terneiro, con el compromiso de que
no se presentase más en la casa. Pero no osaba aún
formular esta propuesta, temiendo la indignación de
don Martín. ¡Quitarle la única persona con quien podía
hablar de su difunta esposa, y cuyos servicios le eran
gratos, por conocer como nadie sus gustos y manías...!

El rey Lear y la «inocente Cordelia» vivían como
dos fantasmas en aquella casa enorme: entrando y saliendo sin que nadie se fijase en ellos.

Cortés también evitaba, como su hija menor, las
comidas en familia, haciéndose servir por Gertrudis
en sus habitaciones, que daban a un pequeño patio en
el fondo del edificio. Sentíase aislado cuando de
tarde en tarde le rodeaban sus hijas. Era para ellas
un extranjero; no comprendían muchas veces lo que
él quería decir, y si llegaban a entenderle, bajaban
los ojos y una sonrisa disimulada parecía vagar sobre sus labios.

Todas las semanas, Atala y Zulema daban recep-
ciones vespertinas, acudiendo a estos «tés» las damas
más famosas de Buenos Aires. Ellas dos y Corina no
tenían otra preocupación que aumentar el número de
sus amistades, yendo a la caza, con toda clase de adu-
laciones, de aquellas que por ser más orgullosas y de
origen histórico creían desmerecer en su prestigio tra-
tándose con las hijas del «librero Cortés».

Al salir éste de su vivienda se cruzaba con grupos
de señoras que descendían de sus carruajes, yendo a
engrosar la tertulia, reunida en tres vastos salones,
cuyas sillerías, alfombras y cuadros eran un motivo

de orgullo para la familia. Casi ninguna de las invitadas conocía personalmente al renombrado don Martín Cortés. Debían tomarlo por un pobre hombre que salía de hablar con el poderoso Keller para proponerle un negocio o pedirle demora en el pago de una deuda.

¡Qué soledad la de su vida...! Sus tres hijas casadas le iban dando nietos, pues todas ellas unían a su elegancia y sus petensiones aristocráticas esa fácil maternidad, propia de los países de escasa población, todavía no llegados a su última fase constitutiva. Sentíase el abuelo igualmente solo en medio de este enjambre infantil, robusto, gritón e insolente. Educados en una libertad excesiva, eran tiranos de sus padres, alborotándolo todo con sus caprichos nunca corregidos. Tenían el vigor molesto de unos organismos sobradamente alimentados.

—En este país de carne abundante —decía Terneiro— a los niños los destetan con bisteques.

Llegaban en algunas ocasiones los nietos de don Martín hasta los modestos dominios de éste, a través de corredores y salas, poniéndolo todo en revolución con sus gritos, persecuciones y golpes. Al encontrarle lo contemplaban asombrados, como si viesen a un desconocido. Otras veces adivinaba que era para ellos el señor de quien se ha oído hablar con tono de cansancio, deseando verlo desaparecer.

Él también se reconocía sin ningún afecto hacia estos nietos, que le parecían de otro. Uno de ellos, más hablador, no huía de él. Don Martín acariciaba maquinalmente su cabeza de un rubio casi blanco. Era «un cachorro de alemán», como decía Terneiro al hablar de los nietos de su patrón. La escuela y el ambiente habían hecho de él un argentino. Jugaba con banderitas nacionales, cantaba himnos patrióticos, repetía dentro de su casa lo que le iban enseñando fuera de ella.

—Dime, tatica —preguntó un día a don Martín con burlona superioridad—. ¿Es verdad lo que dice mamá, que tú eres «gallego»...?

«Gallego» significaba «español». Los padres de estos niños le herían igualmente en sus afectos y aficiones. Dentro de la casa apenas quedaba rastro de los tiempos en que él dispuso su adorno, de acuerdo con doña Calixta. Sus hijas lo encontraban todo anticuado y de mal gusto. Sólo había merecido perdón el zaguán, estilo Alhambra, porque la viuda de un «doctor» ilustre, muy aficionada a los versos, lo declaró «de mucho carácter».

Goldmann arrojaba de la imprenta, con absurdos motivos, a los viejos trabajadores de la época de don Martín o a sus hijos, que éste protegía con afecto paternal. Keller hacía lo mismo en la librería, y el doctor Poza tomaba en presencia de su suegro una actitud protectora, como si viese en él a un antiguo servidor de su familia enriquecido por caprichos de la suerte, como si su abuelo, personaje político de quien nadie se acordaba, hubiese sido en otro tiempo el amo de don Martín.

A estas contrariedades morales se unía de vez en cuando el dolor físico. Su enfermedad crónica de cálculos lo aplastaba de pronto bajo su pesadez torturante, le hacía lanzar rugidos de suplicio, exigiendo con urgencia una penosa operación quirúrgica. ¡Y cada vez se veía más solo...! Ya estaba cerca de los ochenta años. ¿Valía la pena el prolongar una existencia monótona, dolorosa, sin las satisfacciones que iluminan dulcemente otras vejeces...?

Este pesimismo le hacía concentrar toda su indignación sobre los que le rodeaban, hablando de ellos agresivamente.

—Yo les haré una —decía a Terneiro en sus tardes de mal humor—. Yo les haré una, ¡te lo prometo!

A solas en sus habitaciones, se enfurecía contra aquellas hijas olvidadas de él. Ya no tenía nada que entregarles.

Muchas noches llegaban hasta su oído ruidos de fiesta, procedentes del comedor y de los salones. Su familia daba un banquete; iban llegando a los postres nuevos invitados.

Le irritaban también los «tés» vespertinos, las reuniones benéficas de señoras para organizar fiestas de caridad. Y desdoblándose de un modo inverosímil, como si existiesen dos personalidades de Martín Cortés, una dolorosa y vencida, otra inmortal y vengadora, decía sombríamente:

—¡Yo les arrojaré un día mi cadáver en medio de sus fiestas!

V

Cuando creía haberlo dado todo, aún le sometieron a nuevos despojos. Sus hijas le arrebataron su pasado.

Don Martín, «producto de sus obras», como él decía, relataba con cierta vanidad su propia historia. Había nacido pobre, pero en la más extrema pobreza, conociendo durante su niñez el hambre, las noches de frío mordedor, la envidia sin esperanza ante las comodidades que rodean a otros desde su nacimiento; y sin embargo, antes de llegar a la madurez de su vida «doblaba el cabo del millón», o lo que es lo mismo, había visto progresar su fortuna más allá de la mencionada cantidad que marca el principio de una verdadera riqueza. ¡Y todo lo hizo él solo...!

Mostraba un orgullo de artista al relatar a otros menos afortunados las miserias de su juventud, para que así resultase más visible el contraste con la prosperidad actual. No se avergonzaba de confesar su largo viaje a América, durmiendo sobre la cubierta de un velero, nutriéndose con ranchos de legumbres averiadas, teniendo que vender sus prendas de vestir a otros compañeros de emigración para proporcionarse con su producto el vaso de vino o la taza de café suplementaria, voluptuosidad suprema de todo el rebaño emigrante. Luego el desembarque en lancha y en carreta, que se llevaba sus últimas monedas; la hospitalidad concedida como una limosna por humildes compatriotas durante sus primeras semanas en Buenos Aires; el trabajo manual de peón; la existencia común y las peleas con gente grosera; hasta que al fin conseguía abrirse camino como impresor.

Este pasado era a modo de una pesadilla para sus hijas. Una de ellas especialmente, la coquetuela esposa del «doctor», no podía transigir con la historia paternal. Consideraba preciso que fuese mentira, una invención jactanciosa de don Martín, deseoso de aumentar sus méritos. Tal vez lo había imaginado todo para molestia de sus hijas.

Podían sus hermanas admitir con resignado silencio dicho relato; sus maridos eran antiguos emigrantes; pero ella estaba casada con el nieto de un patricio argentino y quería igualarse con él, salir del estado de inferioridad en que la colocaban estos alardes democráticos... Y la vanidosa Corina inventó toda una historia, que las otras dos hermanas acogieron con entusiasmo, poniéndola en circulación entre sus amistades. ¡Iban transcurridos tantos años desde que su padre llegó al río de la Plata! Cortés era uno de los pocos supervivientes de aquella época, y quedó absorto al enterarse fragmentariamente de su propia historia, que nunca había conocido.

No le hacían sus hijas monarca, como el infortunado rey Lear, pero había sido en España el segundón de una nobilísima familia abundante en títulos de rancia historia, y por aventuras de su vida alegre, así como por haberse mezclado en empresas políticas, tuvo que escapar a América. La afición a la lectura le impulsó a convertirse en impresor. No podía escoger otro arte. En la antigua España era tan noblemente apreciado, que los reyes concedían a los impresores el uso de la espada, lo mismo que si fuesen caballeros.

Al resto de la historia era difícil añadirle nuevas desfiguraciones, por ser conocido en todo el país, pero las tres hermanas insistían sobre el origen de su padre. Cuantos parientes tenían aún en España ostentaban títulos de marqués o de conde. El apellido paternal les hacía aludir a Hernán Cortés, conquistador de Méjico, indudablemente un abuelo suyo. De querer don Martín, podía reivindicar numerosos títulos nobiliarios, repartiéndolos entre su familia; pero «el viejo» no daba importancia a tales cosas, y ellas, por su parte, eran muy argentinas, riendo igualmente de los honores del viejo mundo.

Se irritó el impresor al conocer su segunda historia.

—Me ponen en ridículo. ¿Para qué tantas mentiras...? Se avergüenzan de mi origen, después que les di cuanto llevo ganado con mi trabajo.

Acabó por aceptar irónicamente la filial invención, y cada vez que se tropezaba con una de las tres hijas, intentaba remedar un saludo de corte, diciendo ceremoniosamente:

—El conde don Martín Cortés presenta sus nobles respetos a la señora marquesa.

Mas este buen humor senil con que hacía frente a su destino, sólo de tarde en tarde encontraba ya ocasión para manifestarse. Aquella dolencia, tormento de su ancianidad, había vuelto a reaparecer. Los médicos le hablaban de una pronta operación. Dolores desgarrantes, repitiéndose todos los días —siempre que necesitaba satisfacer una necesidad corporal—, le recordaban la oportunidad de dicho consejo... ¡Y la tal operación habría que repetirla años adelante...! ¡Y así sería hasta el momento de su muerte...!

Nuevas contrariedades de orden doméstico vinieron a empeorar su situación.

La «dulce Cordelia» le declaró que en adelante no podría invitarlo a nuevos paseos. La había acometido, al fin, la más terrible enfermedad que sufren los mortales. Estaba enamorada.

Su padre no debía suponerle un vulgar deseo carnal, como el de las burguesas. Delia y Sergio, al juntarse, pensaban más en la futura felicidad de los desheredados que en la de ellos dos. Si no se iban a vivir juntos y esperaban el arreglo de los papeles del emigrado ruso para casarse oficialmente, era porque ella pensaba exigir a Keller la entrega de su fortuna, aquellas acciones que monopolizaba indebidamente. La causa del pueblo necesita siempre dinero.

Delia le presentó a su «camarada», mocetón rubio y blanco, como los otros ingeridos en su familia, de rostro dulce y muy supeditado en apariencia a su compañera. El antiguo impresor lo miró, sin embargo, con cierta inquietud. ¡Aquella sonrisa de querubín terrorista...! ¡Aquellos ojos verdes, prontos a derramar lágrimas sobre las miserias de los humanos...! Además, llevaba melenas. Este yerno acabaría seguramente por arrojar bombas. Casi le gustaban más los otros.

Y dio por perdida a su última hija.

Atala, la mayor, fue a buscarlo una mañana en sus habitaciones para hacerle saber que no podía tolerar más tiempo en su casa a la vieja Gertrudis. Hablaba mal de ella y de sus hermanas; se había atrevido a dudar de la honradez de Keller y sus cuñados; des-

cribía a don Martín como si fuese una víctima de su
familia, robado por todos y olvidado después.

—¡Una infamia! —clamó la majestuosa señora—.
Una mentira de esa «gallega», a la que tú y mamá dis-
teis siempre demasiadas libertades. ¿Qué te falta a ti...?
¿En qué te molestamos...? ¿No haces lo que quieres...?
¿No trabajan tus hijos para continuar tu obra y que
tú descanses?

El pobre rey Lear quedó mirándola fijamente y
en silencio. Le temblaba la barba rizosa y blanca, cual
si fuese a salir de sus profundidades, en forma de palabras, todo lo que llevaba pensando años y años. Luego levantó los hombros y se limitó a decir enérgica-
mente:

—Si Gertrudis se va, yo me iré con ella.

VI

Un asunto más importante para toda la familia
dejó en olvido momentáneo esta querella doméstica.
El marido de Corina iba a llegar a la cumbre de su
carrera política.

Aún existía algo más allá: ser ministro (esto era
casi seguro), ser presidente de la República (¡quién
sabe!), mas por lo pronto iba a verse elegido diputado, cargo que da acceso a las mayores alturas; no
diputado de provincia, pues lo había sido ya varias
veces; diputado nacional, de los que legislan bajo la
enorme cúpula que cierra y corona el fondo de la Avenida de Mayo.

Todos en la casa se preocuparon de dicha elección,
menos don Martín. Al pasar éste, camino de sus habitaciones, ante una de las piezas en cuyo interior hablaban sus hijas del nuevo prestigio que tal aconteci-

miento iba a dar a la casa, el viejo murmuró con expresión vengativa:

—¡Farsantes...! ¡Yo os haré una!

Olvidó Keller un poco los asuntos sometidos a su gerencia para ayudar al cuñado. Había impreso tesis universitarias y tratados de Derecho internacional escritos por personajes que figuraban en la vida política. Conocía a muchos directores de periódicos. Explotó su calidad de *gringo* rico y simpático, al margen de todos los partidos, para aportar nuevos aliados al doctor Poza.

Aunque el triunfo de éste era esperado por los de casa como un suceso indudable, lo acogieron con grandes extremos de gozo. Todos los de la familia, a excepción de Delia, creyeron haber crecido en importancia.

Corina, la coquetuela, empezó a dar mayor gravedad a sus movimientos de mariposa, hablando con tono solemne a sus dos hermanas, como si empezase a protegerlas. Keller y su compatriota, el director de los talleres «Martín Cortés y Compañía», creyeron oportuno organizar una gran recepción en honor del nuevo diputado.

Esta fiesta debía ser por la tarde, en los salones de la casa, capaces de contener más de trescientos convidados; lo mejor de Buenos Aires.

Ninguno se preocupó de invitar a don Martín. Se habían acostumbrado a prescindir de él. Les inspiraba cierto miedo. ¡Quién sabe lo que puede decir de pronto un viejo casi ochentón y de mal carácter para escandalizar a las gentes! Atala se encargaría de invitarlo en el último momento, valiéndose de tales formas que el viejo «gallego» contestase negativamente.

A pesar de esta preterición, los organizadores de la fiesta se cuidaron de no olvidar ciertos detalles que recordasen el noble origen de la familia Cortés. Una orquesta de bandurrías y guitarras alternaría sus aires andaluces con otra orquesta de músicos italianos. Bailarían en el salón dos parejas de danzarinas españolas, cedidas a Keller por el empresario de un teatro. La graciosa Corina exigió además que invitasen a cierta cancionista de Madrid que le inspiraba entusiasmos casi amorosos.

En el fondo del edificio, donde estaba el gran salón de billar, instalarían una mesa enorme, con más de una docena de criados para servir todos los vinos, dulces y fiambres comprendidos bajo el título de «té». En las habitaciones inmediatas podrían conversar, fumando sus cigarros, los hombres políticos, los periodistas importantes, los diputados y senadores, después de estrechar la mano a su nuevo colega.

Keller, siempre batallador y duro para defender el dinero, quiso gastar miles de pesos en dicha fiesta. ¿Quién sabe si se forjaría en ella el triunfo final y glorioso de su cuñado y de toda la casa...?

Cuando llegó el día esperado, Atala entró a media mañana en las habitaciones de don Martín. Venía con falsa modestia a preguntarle si los suyos tendrían el gusto de verle en la reunión.

El padre no contestó. Otras preocupaciones llenaban su pensamiento. Además, se movía nerviosamente en el sofá, como atenaceado por sordo dolor.

—Gertrudis acaba de anunciarme que se marcha —dijo al fin—. La habéis tomado pasaje en el primer vapor que sale para España. Tu marido le promete una pensión para que viva en su pueblo con sus sobrinos y otros parientes. La habéis «trabajado», despertando en ella un amor repentino por una familia que no conoce y tenía olvidada... Todo para que yo viva más aislado, para tenerme sometido a vuestra conveniencia. Cualquier día hasta negaréis la entrada al pobre Terneiro en esta casa que hice yo. Con razón se resiste Pepe a poner el pie más allá de la puerta. ¡Márchate...! No quiero veros, ni a vosotros ni a ese parlanchín que celebráis como si fuese un grande hombre... Ya no os inspiro respeto... pero os equivocáis creyéndome vencido. ¡Yo os haré una! ¡Te lo juro!

Dspués de contestar con hipócritas protestas, Atala abandonó al viejo.

Tenía mucho quehacer; la preocupaban los preparativos de la fiesta. Además, ¡había oído tantas veces esta amenaza de su padre...! Después de dicha entrevista sintió la misma alegría del que ha salido de un paso difícil. Ya estaba enterado don Martín del viaje de Gertrudis; ya había ocurrido la explicación que le inspiraba tanto miedo.

Al anochecer, la policía de a caballo trotó frente a la casa de los Cortés para poner en línea numerosos vehículos, luego que descargaban éstos ante la puerta sus lujosas ocupantes. Los agentes de a pie mantenían expedita la acera para que los curiosos no cerrasen el paso a tanta dama vestida con elegancia y a sus acompañantes, algunos de ellos personajes célebres, cuyos nombres eran repetidos en voz baja por los transeúntes y provocaban saludos militares de los guardadores del orden.

El zumbido de los diversos diálogos pareció tender un cortinaje ensordecedor ante los bullangueros pasodobles de las guitarras o las romanzas melancólicas de los violines. Un cuádruple repique de castañuelas hizo correr a los invitados, formando apretado círculo en el más grande de los salones. Una voz bravía y fresca resonó luego en otra habitación inmediata. El ambiente parecía espesarse, bajo los racimos de luces, con el hálito de las carnes perfumadas que empezaban a transpirar, con los olores dulzones del té, de los vinos espumosos, de los emparedados y los pasteles.

Atala, Zulema y Corina, reunidas en grupo por la

solidaridad del triunfo, recibían emocionadas las felicitaciones de los amigos. Goldmann, hombre de pocas palabras, se limitaba a seguir, como un escudero, al doctor Poza, su ilustre cuñado. Keller se movía aparte, buscando saludos y manos que estrechar, lo mismo que un autor orgulloso de su obra. Todos se hacían lenguas de la fiesta.

De pronto, la esposa de Keller se despegó de sus hermanas al ver que su doncella predilecta, una mocetona germánica, le hacía señas apresuradamente entre las dos hojas de un cortinaje.

—Venga en seguida, señora... ¡Una desgracia enorme!

Guiada por ella trotó hacia las habitaciones de su padre. Presentía lo ocurrido antes de que la doncella hubiese acabado sus explicaciones, entrecortadas por el balbuceo de la emoción. Creía escuchar otra vez la voz de don Martín: «¡Yo os haré una! ¡Te lo juro!»

La doméstica alemana había oído algo así como un chasquido de látigo en las habitaciones del señor. A los pocos segundos, unos lamentos desesperados de la vieja Gertrudis la hacían correr hacia dicho lugar. El señor estaba de espaldas en el suelo, con los brazos abiertos, un agujero en la frente, una máscara roja sobre el rostro.

Así lo vio también Atala al entrar en aquella habitación donde horas antes había escuchado la voz colérica de su padre. Aún conservaba las últimas tibiezas del calor vital. Su fúnebre inmovilidad se alteraba de tarde en tarde con estremecimientos espasmódicos.

—¡Ay, mi pobre amo...! ¡Ay, mi don Martín! —gemía la vieja española.

Su cabellera entrecana se había esparcido bajo los tirones de unos dedos crispados que arañaban el cráneo para expresar mejor su desesperación de plañidera. Se había arrodillado junto al moribundo, manchándose cara y manos con su sangre.

En medio de su estupefacción, la señora de Keller se sintió irritada por este dolor clamoroso e insistente como un aullido.

—¡Que se lleven a esa mujer!

Pero nadie se preocupó de obedecerla. Su doncella no la escuchaba, absorta en la contemplación del muerto. Tres mujeres más, venidas de la cocina, se agrupaban en la puerta, mirando con igual asombro el cuerpo caído.

Rompió la señora de pronto este obstáculo para correr hacia los salones. Una instintiva precaución la impulsó a recogerse la parte baja de su falda, examinándola con nerviosa rapidez. «Nada.» La seda de color violeta no había recibido ninguna mancha de aquel líquido rojo que se extendía por el piso de la habitación paternal después de salpicar las paredes.

Levantó un cortinaje y volvió a entrar en sus salones, apretando los labios, arqueando la nariz, con una tirantez en todo el rostro que pretendía ocultar su emoción.

Habló en voz baja a sus hermanas, y éstas parpadearon, llevándose el abanico al rostro, lo mismo que cuando reían. Ninguna de ellas, atolondrada por la sorpresa, supo qué decir.

Corrió Atala en busca de su marido, y ambos fueron luego hacia donde estaba el doctor Poza. La noticia sólo arrancó al alemán una exclamación de contrariedad.

Los dos cuñados, tras breve silencio, cruzaron una mirada semejante a la de los caudillos que improvisan una nueva acción, rápidamente, después de la primera sorpresa. Keller admiró al doctor. ¡Qué hombre! Era tan sereno como él.

—¡Que encierren en seguida a la «gallega»! —dijo el esposo de Corina—. ¡Que nadie la oiga! Hay que evitar perturbaciones que desluzcan nuestra fiesta, pues los invitados piensan seguir bailando lo menos hasta las siete... En cuanto a don Martín, no debe morir hasta mañana, y morirá buenamente de su dolencia crónica, que todos conocen... Yo lo arreglaré todo.

LA DEVORADORA

I

Cuando entraba en el Casino de Monte-Carlo, los porteros la acogían con la misma reverencia que a los personajes célebres. Luego, mientras ella iba alejándose, hacían comentarios sobre el aspecto y los adornos de su persona.

—Todavía le queda mucho que jugar. Las joyas que trae hoy no las habíamos visto nunca.

Otros empleados más jóvenes preferían discutir, entre ellos, sobre la belleza de esta bailarina célebre.

—La Balabanova aún parece una niña, y debe haber cumplido los cuarenta. Tal vez tiene más.

Vista a cierta distancia no resultaba fácil adivinar la edad de esta mujer, pequeña, ágil, de graciosos y sueltos movimientos, vestida siempre con una elegancia juvenil. Era preciso que los viejos concurrentes al

Casino, atraídos por el brillo de sus alhajas, se fijasen en ella, recordando su historia.

Todos conocían a Olga Balabanova, la célebre bailarina del Teatro Imperial de San Petersburgo, por haber tenido amoríos con varios individuos de la familia reinante, y hasta se murmuraba que, durante unos meses, logró monopolizar los deseos del último de los zares, frío y distraído en sus afecciones.

La ruina del Imperio y el triunfo de la revolución la habían sorprendido en su magnífica casa de Cap d'Ail, regalo de un gran duque. Lo mismo que tantos príncipes, generales y altos funcionarios de la corte rusa refugiados en la Costa Azul, había visto desaparecer instantáneamente su riqueza. Era un náufrago más del buque imperial, enorme y majestuoso, perdido para siempre.

Una cantidad considerable de joyas, recuerdo de la munificencia de diversos amantes, le servía para prolongar su quebrantada opulencia. Los demás sobrevivientes del régimen zarista descendían poco a poco en rango social, apelando, al fin, para poder vivir, al trabajo de sus manos. En los puertos de Niza y de Marsella, antiguos generales eran mozos de carga; solemnes diplomáticos dirigían un bodegón o un pequeño café; damas de la corte imperial hacían colectas entre sus amigos para establecer una sombrerería o una casa de huéspedes. Otros «nuevos pobres», menos dignos y enérgicos en su miseria, se dedicaban simplemente a pedir dinero a todo el mundo, con la ilusoria esperanza de proseguir irregularmente su misma vida de antes.

Mientras tanto, la Balabanova continuaba habitando su lujosa vivienda, como si nada hubiese ocurrido en Rusia. Conservaba su automóvil, su servidumbre de siempre, no privándose de ir, tarde y noche, al Casino de Monte-Carlo para jugar. Algunas joyas célebres por su valor, y muy conocidas por haberlas lucido Olga sobre su persona, figuraban ya en los escaparates de los grandes joyeros de Niza y de París.

Al principio fue vendiendo lentamente estos valiosos recuerdos del pasado. La catástrofe de su mundo aconsejó una momentánea prudencia a esta mujer, especie de mariposa, que parecía guardar en su cerebro la misma ligereza estupenda de sus pies.

En los primeros meses redujo el personal doméstico de su casa, se quedó con un solo automóvil, procurando limitar su funcionamiento; hizo otras economías, y sobre todo, juró por los santos más milagrosos del calendario ruso no volver a pisar los salones privados del Casino de Monte-Carlo, ni el inmediato edificio del «Sporting Club». Era preciso limitar los gastos, sosteniéndose con la venta ordenada de sus cuantiosas joyas. Mas la necesidad de socorrer a ciertos compatriotas venidos a menos la obligó a admitirlos en su casa como servidores. Su automóvil, guiado por un antiguo coronel de Ingenieros, ahora chófer, emprendió el camino todos los días del citado Casino, lo mismo que antes de la revolución, y las ventas de joyas empezaron a sucederse con una rapidez creciente.

Tenía la Balabanova una lógica en armonía con su carácter un poco incoherente de eslava. Ya había realizado ella las economías necesarias, y su conciencia estaba tranquila. Si después de esto la vida la empujaba lo mismo que antes, ¿qué podía hacer...? *Nitchevo*.

Y seguía su destino, quejándose de la suerte al hablar con sus compatriotas, mostrándose a continuación, para los extraños, sonrientes, graciosa, y al mismo tiempo altiva y distante, igual que en los tiempos que la respetaban por haber sido unos meses zarina de la mano izquierda, y durante largos años amante declarada del gran duque Cirilo Nicolás. A medida que desaparecían sus alhajas más célebres, iba sacando a la luz otras, olvidadas en la época de prosperidad, y que ahora, con la desgracia, parecían haber adquirido nuevo valor. Todas las gemas más preciosas, montadas en platino (el metal de su país), figuraban en el tesoro de la Balabanova.

Pero la ruina es semejante a las inundaciones de crecimiento continuo, que arrastran, al fin, las cosas más sólidas y enraizadas en apariencia. Olga parecía sostener con el Destino una lucha incesante. Sacaba de su escondrijo nuevas joyas, para verlas al poco tiempo arrebatadas por su mala suerte. Hacía gala de otras, y en un plazo todavía más breve desaparecían de igual modo... Era que, después de los primeros meses de cordura, se había entregado al juego con una fe quimérica, creyendo en influencias supersticiosas, en mágicas combinaciones para esclavizar a la ganancia.

En su época triunfante había jugado por ostentación, para que la admirase el público, ya que no le era posible bailar en los escenarios de la Costa Azul. ¡Qué podía darle el juego que no le regalase su Cirilo Nicolás...! Ahora jugaba para ganar.

Como todos los acostumbrados al manejo, sin tasa, del dinero, imaginóse que éste acudiría obediente al menor esfuerzo de su voluntad, lo mismo que una persona de buena educación, incapaz de volver la espalda a sus antiguas relaciones. Y el dinero se escapaba de sus manos como si ya no la conociese. Alguna vez retrocedía hacia ella en pequeñas cantidades, merced a una ganancia precaria, pero lo hacía traidoramente, para llevarse con él nuevas masas de su misma especie, en el pánico de las grandes pérdidas.

Cada mes presenciaba la partida sin retorno de un collar, de una pulsera o de pendientes, suntuosos como los de un rajá, que todos habían conocido colgando de sus pequeñas orejas arreboladas de rosa artificial.

Para las gentes que la rodeaban en el Casino, fingía no dar importancia a esta continua pérdida. Era «un

simple contratiempo», como si viviese aún en Cap d'Ail
con el gran duque.

Cuando volvía a su magnífica «villa», en las horas
nocturnas próximas al amanecer, gustaba de asomarse
a una terraza inmediata a su dormitorio, viendo a sus
pies el jardín, con las oscuras masas de su arboleda
dormida y los redondeles acuáticos de sus fuentes, en
cuyo fondo de ébano vibraban las estrellas. Luego, levantando los ojos, contemplaba el mar y sus arrugas
de vagorosa fosforescencia en la noche, llanura inquieta a través de la cual se había ido «él» para siempre,
con su majestad de dios muerto, llevándose a remol-
que la fortuna.

Ahora, completamente a solas, su rostro terso como
el de una estatua, bruñido por una juventud artificial,
podía reflejar sin miedo las impresiones internas. Dos
lágrimas caían lentamente de sus ojos, ennegreciéndose
con el *rimmels* de sus pestañas y la sombra azul que
servía de aureola a sus párpados.

—¡Ay, los tiempos pasados! —gemía—. ¡Oh, *Kiki*!
¡Quién hubiese podido sospechar lo que ahora ve-
mos...!

II

Durante los últimos años del Imperio había sido
considerado como una gloria nacional. Los novelistas
de Rusia hacían sentir su influencia en todas las litera-
turas; sus músicos figuraban en todos los conciertos,
y los bailes eslavos venían a dar nueva vida al arte de
la danza.

Era la Balabanova la primera bailarina de su país.
El director de los teatros imperiales sólo la había per-
mitido breves y contados viajes fuera de Rusia. Sus

habilidades coreográficas pertenecían a su patria, o mejor dicho, a la corte del zar.

Parecía impulsada por una fuerza misteriosa, enemiga de todas las leyes de la gravitación. Se despegaba del suelo, manteniéndose en el aire cual si fuese de una materia sutil, emancipada de las atracciones terrestres; iba de un lado a otro del escenario con fáciles saltos, iguales a vuelos. Inspiraba a los hombres un amor que tenía algo de místico, como si perteneciese a una raza aparte, superior a la humana. Repetía en la realidad la existencia inmaterial de las sílfides y otras hembras intangibles, hijas del aire o del fuego, descritas por los cabalistas, y que en la Edad Media copularon con los humanos.

Esta atracción, producto de su graciosa ligereza, la había sentido el mismo zar, y recuerdo de un capricho, que sus cortesanos llamaban «artístico», fue el suntuoso palacio, en lo más céntrico de San Petersburgo, que la célebre bailarina recibió como regalo.

Llegó la emperatriz a preocuparse de ella, distinguiéndola con una celosa animosidad, y otras mujeres de la corte la acompañaron en este agresivo sentimiento, esposas de grandes duques o de simples príncipes multimillonarios, las cuales pretendían seducir al soberano, más por el honor que esto representaba para su orgullo que por verdaderos deseos amorosos.

La sorda hostilidad de las señoras de la corte enorgullecía y molestaba al mismo tiempo a la Balabanova. Había llegado a no conocer el valor de las cosas. El despilfarro de una corte suntuosa, que nunca supo hacer cuentas, parecía agobiarla con sus incesantes regalos. Además, gozaba de cierta influencia política cerca de los ministros del emperador y de los personajes palatinos.

Un día, no obstante sus triunfos, se manifestó dispuesta, con gran asombro de todos, a renunciar a tanta gloria. Tenía para ello un motivo, que no dijo nunca. Su arte asombroso sólo podía desarrollarse en plena juventud. Se aproximaba ya a los treinta años, y más de una vez se dio cuenta de que sus miembros obedecían con menos vigor a los impulsos de su voluntad. Estos desfallecimientos únicamente los notaba ella. Aún le era posible bailar diez años más, pero mostrando una decadencia, magistralmente disimulada al principio, que el público acabaría por conocer.

Mejor era marcharse en pleno triunfo, dejando el recuerdo de un ser excepcional.

Encontró un pretexto para justificar dicha retirada: su amor al gran duque Cirilo Nicolás, que vivía casi públicamente con ella, cual si fuese un marido morganático. Era un tío del emperador, tan deseoso de monopolizar esta herencia de su sobrino, que no vacilaba en ir contra las tradiciones de su familia y los escrúpulos oficiales de la corte. Siendo soltero, ofreció lo que no podían dar los otros amorosos de la célebre bailarina, todos ellos casados y con miedo a una ostentación de relaciones demasiado audaz.

Grandote, de barba rubia, ojos claros y nariz algo achatada, sonriendo con cierta expresión infantil, era «el gigante bueno», el eslavo fácil de manejar, aunque en ciertos momentos, arrastrado por repentina y gritona cólera, se mostraba capaz de las mayores violencias. Con el permiso del emperador se marcharon los dos a la Europa Occidental, acabando por instalarse en la Costa Azul, donde el gran duque compró a Olga una lujosa «villa» cerca del Mediterráneo.

Varios años duró la vida común de Cirilo Nicolás y la Balabanova. Él aún sabía contar menos que ella. Pasaba el dinero por sus manos sin que éstas lo notasen, por ser manos de príncipe, que parecían recibirlo todo gratuitamente. Cuando Cirilo Nicolás perdía en las mesas de juego, era en forma de fichas de diversos colores, que él apreciaba como juguetes de niño, sin valor alguno.

El público de todos los lugares de placer conocía a esta pareja célebre. Ella, pequeñita, graciosa, caminando como si sólo tocase el suelo con las puntas de sus pies, vistiendo siempre trajes extraordinarios, las últimas invenciones de los modistos, cubierta de joyas inauditas, que hacían aproximarse a las mujeres bizqueando de envidia. Él, cada vez más grande, cada vez más grueso, de pies pesadísimos, acogiendo con igual sonrisa de bondad a los amigos íntimos y a los pequeños empleados, satisfecho de desempeñar lejos de su país el papel de gran señor democrático, sencillo de gustos.

Olga lo trataba públicamente con protectora amabilidad, cual si fuese un niño grande, de limitada inteligencia, que necesitase en todo momento guía o consejo. Cirilo Nicolás aceptaba sumiso tales mandatos. Todo lo de ella parecía inspirarle amor y agradecimiento, hasta las palabras un poco cortantes con que le afeaba sus torpezas, en días de histérica nerviosidad.

Nada perdía callándose el gran duque, pues, según afirmación de las enemigas de la Balabanova, tenía la costumbre de embriagarse cada quince días con *vodka*, el licor nacional, en recuerdo de la patria lejana, dando a continuación una paliza a la sílfide. Pero las más de las veces sólo recibía ésta los primeros golpes, pues apelando a su antigua agilidad, lograba colocarse a una salvadora distancia.

Cuando la bailarina se imaginaba como algo eterno esta existencia de peregrinaciones a los lugares más elegantes de Europa y felices invernadas en su casa de Cap d'Ail, ocurrió de pronto el fallecimiento del gran duque.

Nunca pudo saberse con certeza de qué había muerto este personaje, al que ella apodaba familiarmente

Kiki. Siempre le fue difícil comprender, ahora que estaba instalada en la Costa Azul, cómo al otro lado de Europa existían más de cien millones de seres acostumbrados a considerar casi de origen divino a este rubio barbón que tomaba el sol en la terraza, al lado de ella, con batín semejante a un dolmán de húsar y pantalones anchos en forma de embudo.

Los médicos no dijeron con claridad a qué se debió la muerte fulminante de este gigantón de manos atléticas, que muchas veces, a los postres de una comida, para admirar a sus comensales, enrollaba una bandeja de plata cual si fuese un cigarro. Tampoco se mencionó en ningún papel público que el tío del zar había muerto en casa de la Balabanova. La «villa» de Cap d'Ail figuró por algunos días como si fuese propiedad del gran duque y éste la habitase solo.

En aquel tiempo, Francia se preocupaba de halagar a Rusia por todos los medios, viendo en ella su única aliada ante las amenazas del porvenir, y a causa de esto, el fallecimiento del gran duque revistió en toda la Costa Azul la solemnidad de un duelo nacional.

Entre los numerosos mandos y honores que su nacimiento había atribuido al difunto figuraba el de almirante de la marina rusa, y una división de la flota del mar Negro vino a anclar en la bahía de Villefranche para llevarse sus restos.

El embarque, en plena noche, fue de una majestad teatral. Nunca la Balabanova había danzado en un baile que tuviese tan impresionante decoración, y eso que llevaba pasada su juventud bajo chorros luminosos que la perseguían en sus evoluciones, deslizándose como una libélula entre bosquecillos de jardines maravillosos. Tres acorazados blancos, venidos para recoger el cuerpo de su almirante, marcaban sobre las aguas oscuras su albo color de cisnes gigantescos. De sus lomos surgían mangas de luz verde. Los enormes proyectores tenían una lente de dicho color para la ceremonia fúnebre. De las montañas inmediatas surgían otros surtidores luminosos, intensamente blancos, paseando con lentitud su resplandor de soles artificiales por las aguas en calma de la vasta cuenca marina.

Varios acorazados franceses, venidos de Tolón, saludaban con lento cañoneo al pariente del monarca aliado. Las piezas de los navíos blancos contestaban con la misma acompasada majestad. Iban llegando hasta la costa músicas lejanísimas, con el largo ritmo de las marchas fúnebres. Eran las bandas de los acorazados. La marinería rusa, abundante en cantores, entonaba coros rituales, y estas voces humanas se confundían armónicamente como los instrumentos de una inmensa orquesta.

Sonaban más frecuentes los cañonazos; músicas y cánticos subían de tono; las mangas de luz color de esmeralda y color de diamante se concentraban sobre un pez negro que iba cortando lentamente las aguas, escoltado por otros peces más pequeños: la lancha con el cadáver del gran duque.

Olga, que había venido a presenciar, desde el camino de la Cornisa, este espectáculo extraordinario, lloró de pena y de orgullo a un mismo tiempo. Tan ruidoso duelo era por un hombre que días antes vivía en su casa, puesto de zapatillas y batín, con todas las dulces intimidades y los vulgares defectos de un esposo. Las tropas de tierra habían tomado sus armas en plena noche; tronaban las piezas de artillería; grandes buques que, bajo el resplandor eléctrico, parecían de marfil, habían venido desde el fondo del Mediterráneo; miles y miles de hombres de guerra estaban inmóviles en aquellos momentos, en solemne formación, sobre los acorazados o al borde de la costa; muchedumbres más numerosas se mantenían ocultas en la sombra, esparcidas en los caminos, en los olivares, en las cumbres inmediatas a la rada, los ojos muy abiertos para no perder detalle de esta ceremonia, que el misterio nocturno hacía más imponente y dramática... y todo por *Kiki*... ¡Cuán dolorosa su pérdida...! ¡Qué satisfacción para su vanidad!

Durante algunos meses se dio aires de viuda de príncipe. Escogió vestidos oscuros; fue parca en el uso de joyas; se abstuvo de fiestas ruidosas. Mantenía trato amistoso con personajes de la corte imperial, amigos del difunto. Además, le parecía indudable que los polizontes zaristas daban informes de su conducta. Debía mostrar la majestad dolorosa de una mujer que ha pertenecido a la familia de los zares, aunque sea torcidamente. Un luto austero impondría cierto respeto a las señoras de la corte, siempre enemigas suyas.

Su única diversión fue jugar, y jugó más que antes. Podía hacerlo sin miedo, pues el difunto la había dejado una parte considerable de su fortuna particular. Ella poseía también en Rusia cuantiosos bienes, amasados en su época de esplendor. Podía permitirse los despilfarros de cualquiera multimillonaria americana que viene sola a Europa, mientras su marido sigue trabajando allá.

Sobrevino la gran guerra, luego la revolución en Rusia, y al ver destronado al zar y muertos... fugitivos o amargados por la miseria a todos los que habían pertenecido a su mundo, tuvo la certeza de que esta catástrofe era simplemente un estremecimiento precursor de otras que iban a echar abajo la armazón de las demás naciones europeas.

Las remesas de dinero, achicadas considerablemente desde los primeros meses de la guerra, se cortaron para siempre con la revolución. Olga, pájaro alegre, de brillante plumaje, hizo coro a las lamentaciones de sus amigos, pero al poco tiempo pareció cansarse de ellas. Había que vivir, y acabó por acostumbrarse a su nueva existencia, que aún continuaba siendo lujosa, aunque a ella le parecía abundante en privaciones.

Un ruso ya entrado en años, Sergio Briansky, que vivía siempre en la Costa Azul, y al que sus amigos apodaban «el Boyardo», por haber sido sus ascendientes grandes señores feudales de los que ostentaron dicho título, hablaba algunas veces con la Balabanova en el Casino de Monte-Carlo. Amigo oficioso y gran señor «venido a menos», estaba siempre enterado de cuanto ocurría en torno a él, para comunicarlo a los demás. Su cara rojiza, de una frescura juvenil, flanqueada por dos patillas blancas, que unía como puente un bigote corto, era visible a todas horas en las salas del Casino, a pesar de que «el Boyardo» rara vez jugaba.

—Muchos de mis compatriotas —decía Briansky— se presentan ahora como empobrecidos por la revolución, y antes de ella eran igualmente pobres. Yo soy más franco. Cuando la Balabanova se daba aires de gran duquesa, yo tenía el mismo dinero que tengo ahora: ¡nada!

Hablando con los que no eran rusos, les advertía que se guardasen de imitar a sus compatriotas cuando maldecían el régimen de los Soviets.

—Por un patriotismo excesivo se acuerdan repentinamente de que los «rojos» son rusos también, y acaban por enfadarse si un extranjero los critica.

Olga parecía justificar a veces, con sus contradicciones de carácter, esta afirmación de Briansky. Odiaba a los bolcheviques como seres pertenecientes a otra especie, necesitaba su exterminio, pero esto no impedía que cuando en su presencia algún extranjero insultaba a Lenine, acabase por decir con rudeza:

—Es un ruso, un grande hombre. Ya quisieran muchas naciones de Europa tener otro igual.

Al escuchar «el Boyardo» estas incoherencias de su célebre compatriota, recordaba a muchas damas de la aristocracia rusa, residentes en Biarritz y en Monte-Carlo, antes de la caída del Imperio. Eran nihilistas, daban dinero para los atentados revolucionarios, y llamaban siempre al zar «nuestro padre», derramando lágrimas si su vida corría algún peligro.

—Nuestro cerebro —continuaba Briansky— es a modo de un guante. Unas veces nos sirve por el derecho, otras por el revés; es el mismo y no es el mismo. Por eso asombramos con nuestras contradicciones. Todos tenemos algo de loco. Dostoievsky, un desequilibrado de inmenso talento, es nuestro verdadero novelista. No podía ser otro: él solo estaba preparado para conocernos.

Con una curiosidad de filósofo cínico, acostumbrado a sobrellevar apuros y privaciones, iba siguiendo el lento naufragio social de esta mujer, antigua predilecta de la fortuna caprichosa. Llevaba la cuenta de sus pérdidas en el juego... de sus alhajas, que iban desapareciendo, de sus economías, siempre de corta duración, remplazadas por nuevos despilfarros.

—Un día u otro llegará al fondo del saco. Ya usa alhajas que tenía olvidadas. Debe rebuscar por la noche en los rincones de sus cofrecillos y muebles... ¡Admirable serenidad! Guarda el aire satisfecho de sus mejores tiempos, a pesar de que su ruina no tiene remedio. Murió el zar, se acabaron los grandes duques. Además, no hay quien corra detrás de las bailarinas cuando han pasado de los cuarenta años... ¡Pobre mariposa!

III

El hombre de carácter más grave y bien equilibrado de todo el Comité, que se reunía en el palacio de la Balabanova, era Boris Satanow.

Dicho Comité, cuyas funciones eran múltiples y mal definidas, estaba compuesto, en su mayoría, por jóvenes que antes de la revolución se dedicaban a perseguir inútilmente la gloria en los campos de las Letras o de las Artes. En realidad, los organismos directivos de la República de los Soviets los habían ido eliminando, hasta aislarlos en este Comité sin finalidad determinada, a causa de la versatilidad de su carácter o su sensualismo extremado. Dicho sensualismo, franco y ruidoso, era incompatible con la austeridad de aquéllos, preocupados únicamente de brutales descuajamientos y supresiones crueles para implantar la soñada reforma social.

No tenía el grupo instalado en el palacio de la Balabanova ningún poder ejecutivo. Sus órdenes carecían de curso al llegar a las otras organizaciones. Las quejas de sus miembros las acogían los personajes importantes de la revolución con la sonrisa del padre que escucha a un hijo travieso incapaz de trabajos serios.

Casi todos ellos eran antes de la caída del zarismo oscuros periodistas, escultores y pintores, más aficionados a exponer a gritos sus teorías artísticas, extremadamente raras, que a una labor seria y continua. Al verse investidos de autoridad, como delegados del pueblo, querían someter las Letras, y especialmente las Artes, a nuevos procedimientos, asombrando al resto de la tierra con sus innovaciones.

Guiados, sin saberlo, por un oscuro instinto de «artistas a la antigua» que aún dormitaba en su interior, habían escogido como residencia el palacio de la Balabanova, regalo del difunto zar, construcción de estilo «versallesco», cuyos salones guardaban aún muebles y telas adquiridos en la época de la gran Catalina.

Algunas de dichas tapicerías irritaron al Comité. Eran del siglo XVIII, con damas de amplia faldamenta danzando sobre praderas de violetas, acompañadas por los violines de unos músicos con peluca blanca y en mangas de camisa, teniendo sus ricas casacas caídas en el césped. El Comité echó abajo muchas estatuas y rasgó estos tapices, recuerdos del zar, escogidos especialmente como una alusión a las habilidades artísticas de la mujer a quien regalaba el palacio. Después de tal destrozo adornaron los salones con simple tela roja, símbolo de la revolución. Y si dichos tapices, convertidos en trapos, no se perdieron para siempre, fue por la intervención del compañero Lunatcharsky, comisario del pueblo, algo así como ministro de Bellas Artes, al cual odiaban los del Comité por su manía reaccionaria de conservar las obras del pasado, sin tener en cuenta su significación.

En los primeros tiempos del régimen comunista, este grupo de jóvenes había adoptado el proyecto de erigir en una de las plazas de Petrogrado una estatua colosal de Luzbel, ángel de la rebeldía. El boceto lo ejecutó a golpes de mazo cierto individuo del Comité, cuyas obras escultóricas ofrecían la rudeza brutal del arte primitivo. Pero tuvieron que desistir del citado proyecto en vista de que otros camaradas habían lanzado la idea de elevar un monumento a Judas Iscariote, confesándose, finalmente, vencidos en esta continua persecución de la paradoja. Luego siguieron reuniéndose para hablar de todo sin ningún propósito determinado, con la facundia dulce de los rusos, y para quejarse de que la revolución no era revolución, ya que los mantenía a ellos relegados en aquel palacio.

Boris Satanow se mostraba el más silencioso. No bebía; escuchaba a todos con los ojos vagos y un aire distraído, como si su pensamiento estuviese siempre a enormes distancias.

De sus camaradas apreciaba con bondadosa predilección al más loco y peligroso, joven poeta que había adoptado como nombre definitivo el pseudónimo con que firmaba sus versos, *Floreal*, sacado del calendario de la Revolución francesa.

Tampoco Satanow se llamaba así. Su verdadero apellido era Abraminovich, y había nacido judío, lo mismo que otros directores de la revolución comunista, aunque no eran éstos tantos como se imaginaban en el resto de la tierra. Acostumbrado a firmar con el pseudónimo de *Satanow* sus artículos subversivos, había acabado por adoptarlo como nombre, viendo en él un recuerdo de sus persecuciones y sufrimientos en la época del zarismo. Siendo todavía niño lo hirieron en un motín. Repetidas veces se había visto llevado a la cárcel. Conocía los tormentos del hambre, del frío, y después de la victoria de los suyos continuaba sin esfuerzo amigo de la pobreza.

Este revolucionario de veintiocho años admiraba a los directores del gran trastorno, detrás del cual esperaba ver surgir una humanidad completamente nueva. Quería imitar a Lenine, dueño de toda Rusia, que se alimentaba parcamente, siendo el primero en respetar las restricciones dictadas en vista de la miseria general. Junto a él encontraba a muchos, igualmente de gustos ascéticos, imponiéndose con el ardor del fanático todas las privaciones que consideraban necesarias, por creer que siendo duros con ellos mismos podrían serlo con los demás, haciendo triunfar finalmente sus doctrinas. Pero veía también, dirigiendo la vida de Rusia, como innoble levadura de toda revolución, un gran número de ambiciosos y de sensuales, anhelantes de gozar, y muchos fracasados del antiguo régimen, que sólo buscaban en la nueva era roja la satisfacción de sus agrios rencores.

Apreciaba a *Floreal* por ser un instintivo. Un sincero e irrazonado amor al pueblo había empujado a la revolución a este poeta. Además, sentía la necesidad de expansionar en las revueltas populares sus gustos

salvajes, exacerbados por el alcohol. Los otros individuos del Comité se gozaban en embriagarlo, envidiosos
de su fama popular como versificador. En el palacio de
la Balabanova tenía *vodka* en abundancia, y apenas empezaba a dominarle la embriaguez, despertaban en su
interior las almas de cien abuelos *mujiks* que habían
vivido en servidumbre milenaria, aguantando latigazos,
y querían a su vez vengarse destruyendo.

Bebía y bebía hundido en un sillón de madera dorada tapizado de seda rosa. Su cuerpo joven y vigoroso
se elevaba repentinamente del suelo con simiesco salto;
sus manos se agarraban a una gran araña de cristal;
ésta, no pudiendo resistir la pesadez de su cuerpo, se
desprendía del techo, y el poeta rodaba sobre la rica
alfombra —abundante ya en manchas y jirones—, bajo
una lluvia de cristales y pedazos de metal, que le herían,
haciendo correr su sangre.

En otras ocasiones era un espejo lo que caía con él,
o los transparentes cuarterones de una vidriera. Necesitaba estrépito, destrucción, algo que se derrumbase con
él, haciéndole derramar sangre: un simulacro en pequeño del cataclismo revolucionario.

Al ver sus manos y su rostro cubiertos por las crecientes ondulaciones del líquido escarlata, exigía a gritos una pluma. Necesitaba escribir. Había llegado el
momento de la inspiración. Sus versos sólo le parecían
buenos escritos con sangre, e insensible al dolor, sin
permitir que su amigo Boris le vendase, iba trazando
sobre el papel estrofas rojas a la gloria de la humanidad futura, o simples versos de amor a mujeres que
habían huido de él, cansadas de recibir golpes casi
mortales y verle luego a sus pies derramando lágrimas,
llamándolas «madrecita» para conseguir su perdón.

El silencioso Satanow presenciaba con cierta repugnancia las embriagueces de sus compañeros y sus violencias carnales. Obsesionado por sus doctrinas, crue-

les y humanitarias a un mismo tiempo, no había dejado lugar en su existencia a los goces de la sensualidad. La comunión de los sexos sólo la había conocido en su vida muy contadas veces, y éstas más por curiosidad que por deseo, cumpliendo la función genésica distraídamente. Vivía más en su pensamiento que en la realidad. Como decía *Floreal*, su abstención de alcohol y su ascetismo para alimentarse hacían de él una especie de misógino. Prefería las mujeres miradas de lejos a como eran en una intimidad real.

Muchas veces le recordó el palacio de la Balabanova uno de los sucesos más interesantes de su adolescencia. Una noche, siendo estudiante de Liceo, había conseguido penetrar en un teatro, durante una fiesta de caridad en la que danzaba la dueña de este edificio, la amiga del emperador.

Era la visión de un mundo en el que Satanow no había entrado nunca; mundo de ociosidad dulce, de opulenta riqueza, de placeres desconocidos para los que viven abajo. Y la Balabanova quedaba en su memoria como un cuerpo inmaterial, hecho de oro fluido, semejante al surtidor de luz que acompañaba sus ligeros saltos, envolviéndola en un halo de gloria.

Tal recuerdo le hizo evitar más de una vez, con disimulada prudencia, la destrucción del palacio de la Balabanova, como si aún quedase algo de ella en aquel dormitorio lujoso por donde *Floreal* y otros camaradas habían hecho pasar a sus diversas amigas. En otros momentos, al acordarse de que el emperador había regalado este palacio, acogía con indiferencia todas sus devastaciones.

Dos sucesos trastornaron en pocas semanas la vida de Boris. Su amigo *Floreal* murió en una de sus embriagueces rojas. Tal vez, dedicado a escribir versos con sangre, se olvidó de que ésta seguía manando de sus venas cortadas, sumiéndose finalmente en una inconsciencia mortal... Y como si la desaparición del borracho inspirado se llevase la única razón de existencia del menospreciado Comité, éste fue disuelto. Otro organismo más activo y enérgico tomó posesión del palacio de la Balabanova, y el grupo de artistas paradójicos, viéndose sin local, se esparció, uniéndose fragmentariamente a nuevos núcleos.

Satanow, muy apreciado por los «padres graves» del comunismo, a causa de sus austeras costumbres y su prudencia silenciosa, recibió el encargo de una misión importante en la Europa burguesa.

Rusia se veía traicionada por muchos de sus enviados, que al vivir en la abundancia al otro lado de las fronteras, olvidaba la causa del pueblo, pensando sólo en sus propios goces. La República de los Soviets tenía el deber de provocar el levantamiento de los trabajadores en todas las naciones de la tierra.

Boris, que había hecho estudios en el Barrio Latino de París y viajado poco antes de la guerra por una gran parte de la Europa del Sur, debía fomentar la revolución comunista en dichos países, especialmente en en Francia, llevando instrucciones a los camaradas de allá y medios materiales para su ejecución.

La Tesorería de Moscú, pobre en dinero acuñado, era enormemente rica en joyas. La revolución había hecho suyas todas las alhajas que la aristocracia rusa, ostentosa y dilapidadora, pudo reunir en el curso de dos siglos. Las piedras más preciosas de las minas de Asia, e innumerables joyas, obra de los más célebres orfebres de París y Londres, habían ido acumulándose en la corte de los zares. Durante los primeros meses de anarquía comunista, muchas de dichas alhajas desaparecieron. Luego los directores de los Soviets se habían dado cuenta del valor de estos despojos de la Rusia antigua, reuniéndolos para sus necesidades futuras, especialmente para la propaganda exterior.

Un viejo camarada, gran amigo de Lenine, especie de iluminado, humanitario y terrible, que vivía como un asceta, daba de comer a los animales errantes y había ordenado el tiro en la nuca para centenares de personas, explicó al joven el encargo que debía cumplir. Dicho personaje, llamado por unos «el Santo ateo» y por otros «el Inquisidor rojo», hizo ver a Satanow toda la importancia de su misión cuando le aconsejó que fuese pródigo y llevase una existencia opulenta. Debía vivir como un ruso de la época despótica, como uno de aquellos partidarios de los zares que corrían el mundo ostentosamente. Esto serviría para ocultar mejor su carácter de enviado del pueblo.

La República de los Soviets no había sido reconocida aún por ninguna cancillería europea. Un bloqueo económico hacía sufrir al país enormes miserias. Todos los que inspiraban sospechas del bolchevismo se veían perseguidos en el resto de Europa. Cuantos envíos hacía el gobierno ruso al extranjero eran decomisados.

Satanow debía instalarse en grandes hoteles, llevar la existencia cómoda de un burgués millonario. Esto le permitiría entenderse más fácilmente con los camaradas de cada país que esperaban las órdenes de Moscú. Los comisarios del pueblo tenían confianza en Boris, revolucionario puro, incapaz de olvidar el origen de las riquezas confiadas a su prudencia. Pertenecían a todos, y por lo mismo debía administrarlas con probidad.

Después de hablar así el terrible personaje de voz dulzona y sonrisa patriarcal, le entregó un cofrecito elegante lleno de bombones de chocolate, confeccionados por un antiguo confitero que había sido proveedor del zar y ahora acataba servilmente las órdenes de la policía roja a cambio de un puñado de arenques dos veces por semana y un pan con más tierra que harina.

Estas cápsulas dulces, oscuras, perfumadas, ocultaban cada una de ellas una piedra preciosa: brillantes de numerosos quilates, esmeraldas... zafiros, toda la pedrería desmontada de joyas famosas que habían usado las damas de la familia imperial, las grandes duquesas y las esposas de ciertos personajes enriquecidos en las minas de Siberia.

—Llevas ahí por valor de muchos millones; no sé cuántos. Encontrarás en todas partes algún camarada que entienda de estas cosas y te ayude para su venta. Ya sabes cómo debes emplear el dinero. No olvides nunca que te he recomendado para esta misión de confianza, porque creo conocerte.

Se imaginó Boris, al verse fuera de Rusia, haber retrocedido varios años en su pasado, como si no hubiera ocurrido la gran revolución, como si aún estuviese en tiempo de los zares, cuando era un pobre estudiante, lo vigilaba la policía de todas las capitales, y se veía en la obligación de vagabundear empujado por constantes persecuciones y por la escasez de dinero. Ahora era rico. Se había despojado de su blusa con cinturón de correa y de sus altas botas, uniforme popular que todos los de su clase adoptaron desde los primeros días de la revolución comunista. Iba vestido con la elegancia improvisada y algo vulgar del «nuevo rico», lo que le proporcionaba el verse aceptado en todas partes con mayores halagos que los otros viajeros.

Corrió el riesgo de que le descubriesen al pasar de su país a las naciones colindantes. Luego la policía pareció convencerse de la irrealidad de sus sospechas, y dejó de espiarle.

Boris, sereno y silencioso, despistaba toda vigilancia. Sus papeles estaban en regla; vivía en los hoteles más elegantes, donde sólo se albergaban gentes que prorrumpían en gritos de horror y ponían sus ojos en alto al hablar de los Soviets. Tomaba el té por las tardes en los *dancings* de moda, siguiendo atentamente las diversiones de un mundo en apariencia feliz, a cuya muerte había asistido allá en su tierra.

Al llegar a todo hotel colocaba ostensiblemente sobre un mueble su elegante cofrecillo de bombones. Varias veces se dio cuenta de que alguien había registrado sus maletas, pero nunca tocaron dicha cajita. Era un compañero de viaje, natural en un joven que no fumaba ni bebía.

En un hotel de Praga notó la desaparición de uno de los bombones. Quedó perplejo. Tal vez la policía había penetrado en su cuarto estando él ausente, y a estas horas examinaba la pequeña cápsula de chocolate, quedando descubierto su secreto.

Luego, la turbación de una criada gorda y rubiaza, que se ruborizó bajo sus fríos ojos inquisitivos, le hizo sospechar que era ella la autora de dicha ratería. Indudablemente, llevaba en el fondo de su estómago más de medio millón de francos sin saberlo. ¿Qué hacer...? No iba a abrirla el vientre. No podía tampoco revelarle su secreto. La valiosa piedra podía volver a salir en una expulsión digestiva, sin que la paciente se diese cuenta de tal pérdida. También podía ocurrir que permaneciese enredada en sus entrañas, originando mortales accidentes.

La prudencia le aconsejó marcharse cuanto antes. Además, deseaba llegar a Francia. Esta vida de comodidades le hacía ver bajo una nueva luz esplendorosa aquel París que había conocido en los tiempos más míseros de su juventud.

IV

El cínico y alegre Briansky olvidó las preocupaciones de su pobreza y las numerosas vidas ajenas que excitaban su interés, para concentrar toda su atención en la Balabanova.

Meses antes había empezado a darse cuenta de que la célebre bailarina tocaba ya «el fondo del saco». No más fichas de mil francos, puesta mínima en su juego. Ahora su unidad monetaria era la pieza de cien francos, manejada con una timidez y una parsimonia nunca vistas en ella. «El Boyardo» la había sorprendido varias veces en las salas públicas del Casino, confundida con el ávido y mediocre mujerío que juega en dichas mesas, y apuntando con fichas rojas de un simple luis.

Ya no cambiaba rápidamente de alhajas. Llevaba siempre las mismas, y las defendía con tenaces regateos de los israelitas que tienen sus establecimientos en la plaza del Casino o en la avenida Massena, de Niza.

—El día que venda las últimas —decía «el Boyardo»— tendrá que ponerse joyas falsas, como muchas otras mujeres.

Sabía también que la lujosa «villa» de Cap d'Ail estaba hipotecada dos veces, y para que la danzarina la abandonase definitivamente sólo faltaba que llegase a un acuerdo con cierto millonario americano, deseoso de adquirirla. El precio de venta era calculado en millones; pero el día que recibiese éstos, sólo iba a quedar en sus manos una mínima parte. Los dos usureros que le habían hecho préstamos intervenían en sus asuntos y dirigían la operación de la venta, para reembolsarse de sus hipotecas con todo el acompañamiento de múltiples y exagerados intereses.

Olga hablaba ya de la monotonía de su existencia en la Costa Azul, de los terribles recuerdos que despertaba en ella. Prefería marcharse a París... Y Briansky se regocijaba al oír esto, aceptándolo como una confesión de su derrota.

No era «el Boyardo» mejor ni peor que los demás; pero la caída de las gentes que había conocido triunfantes y orgullosas de su prosperidad le producía un regocijo malsano, dándole nueva resignación para sobrellevar su miseria.

De pronto empezó a ver a la Balabanova en los salones del Casino acompañada por un joven ruso. En vano se aproximaba disimuladamente para sorprender sus conversaciones en el idioma natal: simples recuerdos de allá, alusiones al pasado, críticas de los europeos occidentales, diálogos en broma, por el placer de recordar las agudezas de la lengua rusa.

Se habían conocido en el Casino, Briansky presenció sus primeros encuentros: una vecindad de jugadores sentados a la misma mesa; la repentina confianza al saberse compatriotas; las atenciones crecientes de dos personas del mismo país que se encuentran todos los días.

El curioso «Boyardo» empezó a comunicar sus impresiones a las gentes que venían a sentarse al lado suyo en un diván de las salas privadas.

—Nueva conquista de la Balabanova, Ese pobre joven parece entusiasmado con ella. ¡Y pensar que ya está más cerca de los cincuenta que de los cuarenta...! Pero es indudable que se arregla muy bien... Sabe guardar ese airecito de niña tímida que engaña a cualquiera, viéndola de lejos. Conserva su agilidad de bailarina.

Y daba irreverentes detalles sobre los medios empleados por Olga para la conservación artificial de su belleza. Todos los años iba a París en busca de un especialista americano, que le estiraba la piel del rostro,

haciéndole varios tajos en las sienes. Los dos bucles laterales de su peinado, a estilo de muchacho, ocultaban
junto a las orejas las cicatrices de tal operación. Luego
pretendía explicar el entusiasmo amoroso del joven:

—Es ruso, y debe haberla visto de niño, cuando bai-
laba en el Teatro Imperial. ¡Ay, los entusiasmos y fantasmagorías de la adolescencia, que nos acompañan
hasta la vejez y la muerte!

Comparaba las mujeres con los paisajes. Éstos nos
interesan más cuando tienen una historia, cuando ha
pasado algo importante en ellos. La belleza esplendorosa de muchas jóvenes es semejante a los paisajes vírgenes de América: muy hermosos, pero extinguida la
primera impresión de su descubrimiento, «no dicen
nada...». Nada ha pasado en ellos.

No le parecía extraordinario ver a jóvenes enamorados de mujeres célebres y viejas.

—Las han admirado en una fotografía de escapara-
te o en un periódico, cuando eran colegiales. Son la primera ilusión de una adolescencia que despierta. Las
conocieron en el crítico momento que empieza a subir
la savia por el árbol humano, haciendo surgir las primeras flores del deseo.

Briansky no se equivocaba en sus apreciaciones.
Boris Satanow, después de vivir en París y Londres
en trato disimulado con sus camaradas, había sentido
la atracción de la Costa Azul.

Resulta difícil permanecer en el ambiente de los ricos sin verse conquistado por sus placeres. En fuerza
de contemplar anuncios colorinescos de Niza, Cannes,
Monte-Carlo o Mentón en todos los hoteles donde re-
sidía, en fuerza de escuchar proyectos de inmediatos
viajes en las conversaciones de las gentes que le rodeaban, había acabado por sentir un deseo vehemente de
conocer dicha orilla del Mediterráneo, Campos Elíseos
malditos donde venían a reposar o entregarse a sus di-

versiones con mayor intensidad todas las clases sociales dominadoras, por cuyo exterminio había él trabajado.

Estando en el Casino de Monte-Carlo se reconoció una afición que nunca había llegado a sospechar. Amaba las peripecias del juego con un ardor de hombre casto y sobrio. No sintiendo predilección por el vino ni los deleites carnales, estaba preparado, de larga fecha, para las emociones de la lucha con el azar, de la batalla tenaz y silenciosa contra la suerte.

Allí vio de cerca, mientras jugaba, a la mujer que tantas veces había pasado por sus recuerdos, y oyó su voz, siendo finalmente tratado por ella como un igual.

En el primer momento, la novedad se la hizo apreciar tal como era. ¡Cuán distinta de aquella mariposa divina, envuelta en luz de oro, que revoloteaba entre jardines de ensueño...! Luego, sus ojos se acostumbraron a la hábil pintura de aquel rostro; a la mirada, seductora por costumbre, de aquellas pupilas artificialmente misteriosas en el fondo de una aureola azul; a las entonaciones infantiles de su voz dulce y acariciadora, que persistía en guardar la misma entonación de los años primaverales.

Despertó además la bailarina en su interior una vanidad de plebeyo, una ambición igualitaria, semejante a la envidia vengadora que lleva provocadas tantas revoluciones. Esta hembra costosa había recibido en su lecho al emperador y pontífice de más de cien millones de seres, dueño absoluto de sus vidas y sus almas, y también a grandes personajes de su corte, generales o ministros. Un gran duque había hecho de ella casi su esposa... Sería curioso que él... descendiente de pobres *mujiks,* fuese el sucesor del que llamaban sus padres, quitándose el gorro de pieles al nombrarlo, «nuestro padrecito el zar».

Que estuviese ella cerca de su ocaso no disminuía la satisfacción vanidosa de dicho triunfo. Además, estas mujeres de lujo parecen de una juventud inmortal. Pueden dedicar a la defensa de su belleza todas las energías de su voluntad, todos los recursos de su espíritu. Sólo las pobres envejecen.

Satanow sentíase otro hombre al entrar en la antigua «villa» de Cirilo Nicolás, primeramente como amigo de confianza; luego como amante joven, admirado en silencio por su vigor y por una generosidad que le parecía a Olga extraordinaria después de varios años de apuros pecuniarios y de una ruina lenta y en apariencia irremediable. Al fin, Boris había acabado por abandonar su hotel de Monte-Carlo, instalándose en la principesca vivienda de la bailarina.

La confianza mutua que inspiraban las intimidades amorosas rompió al poco tiempo la reserva natural de Boris, aquel laconismo que le acompañaba hasta en los momentos más expansivos de su existencia. La Balabanova supo quién era su amante y cuál el motivo de su permanencia en la Europa Occidental.

Esto no le produjo sorpresa alguna. Estaba acostumbrada a la alta categoría de sus amantes. Todos los hombres más poderosos de allá la habían buscado, y le pareció lógico que los dominadores del presente repitiesen los mismos gestos.

Hasta se exageró a sí misma la importancia de Satanow entre los revolucionarios, haciendo de él algo equivalente a un gran duque de la República de los Soviets. Sólo el recuerdo de sus noches la impidió lamentarse de que este joven, de nombre oscuro entre los suyos, no fuese el enfermo y envejecido Lenine, venido de incógnito a la Costa Azul.

Algo más que la vida anterior de él, abundante en miserias y persecuciones, y los desmanes de aquel Comité instalado en su palacio —allá en la ciudad que ahora se llamaba Leningrado—, preocupó a Olga en sus conversaciones con el bolchevique. Mostró una ardiente curiosidad por conocer la pedrería que había traído disimulada dentro de bombones de chocolate hasta la Europa Occidental.

Boris consultó las notas que llevaban escritas, como honesto y fiel administrador del pueblo, consignando las cantidades en signos, únicamente comprensibles para él. Camaradas de París y Londres le habían servido de mediadores en las ventas de algunas de dichas piedras preciosas, entregando luego su producto a otros camaradas para sostenimiento de periódicos o para preparar una revolución que nunca llegaba a hacerse visible.

La bailarina se llevó ambas manos a la cabeza, tonsurada por detrás, hundiéndolas luego en sus bucles delanteros, para hacer más patente el escándalo y la indignación que provocaban en ella dichas ventas.

—Te han engañado... ¡Esos judíos! Tú eres un niño y no sabes nada de tales cosas. Déjame a mí. Todos los grandes joyeros del mundo me conocen... ¡He tenido con ellos tantos negocios!

V

Boris pasó a ser la preocupación especial del curioso Briansky.

La vida presente de la bailarina había vuelto a ser idéntica a la que llevaba en los tiempos de Cirilo Nicolás. Renovación de la servidumbre, otra vez lujosa y bien cuidada, como la que vivía en torno al gran duque. Expulsión de toda aquella domesticidad rusa, de carácter adventicio, que Olga había ido admitiendo al iniciarse su ruina. Todos recibían una indemnización y la orden de partir inmediatamente. Ella y su amante

temían ser entendidos, cuando hablaban en ruso, por
estos compatriotas agriados, propensos a la murmura-
ción y al espionaje. Ahora todos los criados de la casa
y hasta el chófer eran franceses, precaución que estor-
baba las averiguaciones de Briansky.

Ya no vendía su «villa» la Balabanova, y los temibles usureros habían recibido el importe de sus hipotecas para que no siguiesen incubando sobre ellas nuevos enjambres de intereses. Un joyero de Niza trabajaba de tal modo para la antigua bailarina, que no le
era posible aceptar nuevos encargos. Ahora las alhajas
de moda eran las pulseras, y la Balabanova le hacía
incrustar en aros de platino diamantes sueltos y esmeraldas encontrados inesperadamente en el fondo secreto de ciertos muebles. ¡El gran duque era tan olvida-
dizo y la había rodeado a ella durante la primera parte
de su vida de tan estupendas riquezas...!

No se daba por convencido Briansky al oír estos
detalles que le iban explicando algunas amigas envidiosas de Olga para justificar el renacimiento de su lujo.
Todas ellas acababan por admitir lo que decía el viejo
malicioso. El autor de esta nueva prosperidad no podía
ser otro que aquel Abraminovich que vivía con ella.
Damas antiguas de la corte imperial sentíanse indigna-
das por la insolente buena suerte de la bailarina.

—¡Un hombre rico, y además joven...! Verse sostenida de tal modo a una edad en que otras tienen que
pagar a los danzarines para que las saquen...

Briansky le creía unas veces judío millonario de
Sebastopol que se pagaba la satisfacción de ser amante de una beldad admirada en su niñez; otras le tenía
por minero siberiano que había situado a tiempo sus
riquezas en Europa, antes de la revolución comunista. Luego desechaba ambas suposiciones, aferrándose
a otra más atrevida.

Encontraba algo de anormal, de improvisado, en la

opulencia de este millonario. Hacía memoria de sus primeros días en Monte-Carlo, cuando era visible para todos su torpeza en los usos corrientes de la clase social que se denomina a sí misma «gran mundo», su timidez al moverse entre personas que hasta poco antes le parecían extrañas y tal vez enemigas. Había sorprendido en repetidas ocasiones a la Balabanova adoptando a su lado una actitud de maestra. La fría corrección de que alardeaba ahora este *gentleman,* su asistencia a todas las fiestas, la puntual disciplina con que se endosaba a las siete de la tarde el *smoking* o el frac, como si toda su vida hubiese hecho lo mismo, no desorientaban al «Boyardo» en sus apreciaciones.

Conocía bien el ansia de gozar, el alma hambrienta de placeres que duermen en el fondo de sus compatriotas, sin diferencias de raza ni de religión. Recordaba a Gaponi, el *pope* revolucionario que había capitaneado, después de los desastres de la guerra rusojaponesa, la primera manifestación en las calles de San Petersburgo contra el absolutismo zarista.

Huido luego a la Europa Occidental, le atraía inmediatamente la Costa Azul, con sus Carnavales ruidosos, sus veladas elegantes, y sobre todo, las aventuras del juego. «El Boyardo» había visto cómo el sacerdote popular se lavaba su originaria suciedad, recortándose las negras barbas de profeta, despojándose de la sagrada y aceitosa melena.

Todas las tardes, al anochecer, se ponía el *smoking* para jugar en los salones del Casino. Un enjambre de cocotas, atraídas por la celebridad y el dinero abundante, rodeaba al antiguo levita. Los Comités revolucionarios le enviaban fondos incesantemente para sus sostenimiento; pero él necesitaba cada vez más en esta nueva y deslumbradora existencia, que nunca había sospechado. El gran duque Cirilo Nicolás se cruzaba con él algunas veces en el Casino. Nada de extrañeza ni de gestos hostiles. El gigante rubio amante de Olga hasta parecía sonreír en las profundidades de su barba dorada. El *pope* sonreía igualmente con una expresión de compadre de clase inferior.

Algunos curiosos llegaban a decir que los dos personajes, al rozarse, juntaban sus manos instantáneamente, cambiándose entre ellas un pequeño papel, casi invisible por sus dobleces. El tío del zar contribuía a los despilfarros del *pope*. La Balabanova debía conocer dicho secreto. Cirilo Nicolás se lo contaba todo, y seguramente estaba enterada de las cantidades que llegaban de allá para el agitador corrompido por los placeres de la Costa Azul. Tampoco debía ignorar los informes que proporcionaba éste a la policía imperial, vendiendo a sus más fieles compañeros.

De pronto Briansky dejó de ver al famoso Gaponi. Lo habían llamado sus amigos de Rusia. Tal vez se ocultaba cerca de la frontera, preparando un nuevo levantamiento popular.

Un día lo encontraron ahorcado dentro de una casa. Los revolucionarios, enterados de su traición, lo habían hecho volver al país con promesas engañosas. Luego comparecía ante un tribunal, compuesto de antiguos amigos, que le sentenciaba a morir inmediatamente.

Ahora, este compatriota, que había devuelto a la Balabanova su antigua opulencia y conservaba cierto encogimiento revelador de su origen, le hacía recordar a Gaponi. Emprendió averiguaciones para conocer su verdadera personalidad, apelando al auxilio de los numerosos náufragos del zarismo que vivían como obreros o simples mendicantes de buen aspecto en Niza y en Marsella. Algunos habían sido altos funcionarios de la Ochvana, o sea de la policía imperial, hábiles en el espionaje; pero ninguno pudo llegar en sus averiguaciones más allá de las cosas vagas que había sospechado Briansky.

El joven Abraminovich era un personaje de existencia impenetrable. Vivía siempre al lado de la Balabanova, y ésta, por su parte, parecía protegerlo, estableciendo en torno de él un aislamiento que repelía toda curiosidad. Lo único que pudieron sacar en limpio de sus averiguaciones fue que todos los rusos —hasta los rojos— ignoraban el pasado de este joven. Los simpatizantes con la revolución residentes en la Costa Azul jamás habían hablado con él.

Sólo cuando las averiguaciones de los amigos del «Boyardo» llegaron hasta París y Londres, empezaron aquéllos a darse cuenta de que tal vez dicho individuo podía ser cierto enviado de los Soviets, que durante un corto espacio de tiempo había vivido en relación con los comunistas de las mencionadas capitales.

Briansky, sin necesidad de más datos, mostró la certeza de que la inesperada opulencia de la bailarina procedía de Rusia. Luego, por los informes de un antiguo jefe del espionaje imperial, que ahora tenía un cafetucho en el puerto de Niza, se enteró de que el tal Abraminovich quizás era un llamado Boris Satanow, que estaba en relación con el gobierno de Moscú.

Interesándose cada vez más en tales averiguaciones, procuró «el Boyardo» reanudar su antigua amistad con la Balabanova, como en los tiempos en que aún vivía cerca del gran duque. Juzgaba agradable ser amigo de Satanow. La pobreza le había hecho escéptico. Todos resultaban iguales para él. La vida era un simple espectáculo, con personajes ridículos o terribles, pero siempre interesantes. ¡Quién sabe si llegarían a tocarle algunas gotas de aquel chaparrón misterioso de riquezas que parecía caer sobre la bailarina...!

Pero se vio repelido por Olga con una indiferencia cortés, y el tal Satanow, siempre taciturno y silencioso, rechazó también sus exageradas amabilidades, mostrándose finalmente hostil, en vista de su insistencia. Tal

vez lo tomaba por un espía. ¡Había tantos en la Costa
Azul...!

Continuó examinando de lejos a esta pareja rica,
en apariencia feliz. Como su curiosidad acababa por hacerle conocer, más o menos pronto, todo lo que ocurría
en Monte-Carlo, se enteró de los viajes realizados por
famosos traficantes de piedras preciosas, desde Londres y Amsterdam, para avistarse con la famosa bailarina en su casa de Cap d'Ail y examinar gemas raras, de
altísimos precios.

—¡El dinero que debe estar haciendo esa mujer!
—pensaba con envidia.

Un día supo, por aquel amigo que tenía un cafetín en el puerto de Niza, la llegada a la Costa Azul
de dos revolucionarios jóvenes, amigos de Satanow. La
antigua policía del Imperio guardaba misteriosas relaciones con la nueva policía roja de la Tcheka. Bien
podía ser que estos dos sovietistas viniesen a pedir
cuentas a su camarada. Allá en Moscú debían sentir
extrañeza viendo transcurrido más de un año sin que
Satanow saliese de las inmediaciones de Monte-Carlo,
dejando olvidada su misión. Necesitaban enterarse además del reparto de aquel depósito que el pueblo le había confiado.

Vio Briansky una tarde a los dos emisarios en el
atrio del Casino. Intentó ponerse en relación con ellos
hablándoles en ruso; pero la sonrisa burlona e insolente
de este par de jóvenes, el laconismo grosero con que le
contestaron, le obligó a retirarse. También lo tomaban
por espía.

En las tardes siguientes encontró a Olga y a Boris.
Sin duda necesitaban venir a los salones de juego, abu-
rridos de permanecer encerrados en su «villa» lujosa.
Querían ver gente, y al mismo tiempo miraban en torno
con cierta inquietud, temiendo un encuentro molesto.
Ella parecía mostrar en su ágil pequeñez cierta arro-

gancia ofensiva; una resuelta voluntad de defender a su joven amante, de evitarle todo contacto con sus antiguos amigos.

Transcurrieron varias semanas sin que «el Boyardo» volviese a ver a la opulenta pareja. Pensó que tal vez se habían ido a París, creyendo evitar más fácilmente en una ciudad enorme el contacto con aquellos emisarios. Una noche encontró a la bailarina en los salones privados del Casino.

—¿Sola? —preguntó con exagerada extrañeza—. ¿Y el amigo Boris Abraminovich...? ¿Está enfermo?

—Se ha ido —contestó ella con una expresión que repelía toda insistencia en las preguntas—. Sus negocios le han obligado a trasladarse allá, y tardará un poco en regresar. ¡Es tan terrible un viaje a nuestra antigua patria...!

Nunca pudo saber el viejo curioso cómo había sido este viaje. Tal vez Satanow, en una reversión a su antiguo fervor revolucionario, siguió voluntariamente a sus dos camaradas después de escucharlos. Había pecado, y debía expiar.

Además, era posible que los suyos le perdonasen si hablaba con franqueza, pues ninguno de ellos creía en la perfectibilidad humana. Por no existir tal perfección los hombres habían esclavizado a los hombres durante miles y miles de años. Ni los de arriba ni los de abajo llegaban nunca a poseer la pureza absoluta de alma, gracias a la cual podrán los humanos vivir felices en lo futuro. Unos y otros eran víctimas del egoísmo ancestral que todavía renace, como un chisporroteo diabólico, en la vida de los más limpios...

Y si le imponían un castigo supremo, para ejemplo de los demás; si lo sentenciaban a muerte, ¿qué hacer...? *Nitchevo*. Ya había vivido bastante, viendo en su corta existencia un mundo nuevo, el mundo rojo de la aurora, acabado de nacer entre llantos y estremecimientos, y un mundo viejo que se extinguía con los esplendores deslumbrantes y la dulzura melancólica de las puestas de sol. Este mundo lleno de injusticias y de desigualdades tenía, no obstante, cosas seductoras. Él podía afirmarlo.

Luego sospechó Briansky que tal vez la Balabanova no era extraña a tal desaparición. ¡Quién podría saber nunca con qué enrevesadas combinaciones de su egoísmo, devorador de hombres, había impulsado al revolucionario a que fuese al encuentro de los que debían juzgarle, mientras el infeliz creía moverse por su propia inspiración...!

Ya no volvió a saber más de Boris Satanow. ¡Perdido para siempre, más allá de la frontera rusa, igual a un muro infranqueable! Sus amigos del cafetín del puerto de Niza, que se imaginaba saberlo todo, nunca tuvieron noticias de él. A pesar de esto, «el Boyardo» habló de su muerte como si la conociese con toda exactitud.

—Lo mismo que Gaponi... Éste no hizo traición a nadie. Murió puro... pero ¡dejó olvidadas en esta Costa Azul tantas riquezas!

VI

Olga Balabanova ha vendido su «villa», cobrando cuatro millones de francos, sin tener que hacer particiones con ningún acreedor hipotecario.

Briansky, que posee un sentido especial para adivinar la presencia del dinero por más que se oculte, la cree muy rica, casi más que en los tiempos del gran duque, ya que su riqueza le pertenece actualmente en toda propiedad y la disfruta sin miedo a los cambios de carácter y las irregularidades de un amante.

A pesar de su opulencia, ha transformado su modo de vivir. Vio de cerca la cara lívida de la pobreza, poco antes de que se le apareciese el revolucionario Boris Satanow, joven y hermoso como un arcángel de los que figuran en los iconos, llevando en su diestra un cofrecillo lleno de piedras preciosas.

Sabe ahora mejor lo que vale la riqueza, y ha modificado su vida para que aquélla no se pierda, para que se estanque en sus manos, dando su rendimiento máximo en placeres, y además la tranquilidad que proporciona una fortuna inmutable.

Vive en una «villa» que ha comprado junto a Monte-Carlo, hermosa, pero más pequeña que la otra, sin que exija una domesticidad de príncipe. Ha guardado el mejor de sus automóviles. Va al Casino todos los días, porque necesita el placer del juego. Cada vez siente por él mayor entusiasmo, lo que es una demostración de que se hace vieja.

Lleva el rostro más pintado que nunca. Usa trajes de jovencita, pero empleando en ellos telas de plata y de oro. Siente la nostalgia de sus mocedades, cuando se mostraba a los públicos vestida de hada o de reina. Aún lleva los tacones más altos, cubiertos de diamantes falsos, y estos talones de *strass*, que emiten luces, se mueven con una ligereza graciosa, como si la tierra fuese elástica bajo su presión. Conserva la misma voz de niña ruborosa y desfalleciente.

Al verla pasar, «el Boyardo» queda pensativo y habla en voz baja.

—¡Ah, devoradora! Para ella no hay Imperio ni revoluciones. Todos son iguales; todos han contribuido a la opulencia de su vida. Parece ignorar la existencia de la vejez. Se esfuerza por suprimir los últimos diez años. Yo creo que hasta sueña con enloquecer de amor a un nieto suyo ignorado, y con ganar por tercera vez una

fortuna enorme... ¡Quién sabe si acaricia la ilusión de
que en Rusia se restaure el Imperio, como en los buenos tiempos de su juventud! Todo es posible en este
mundo... Lo malo para ella es que el futuro zar y los
futuros grandes duques están a estas horas agarrados
aún a los pechos de sus nodrizas... Le va a faltar el
tiempo para comérselos.

EL RÉPROBO

I

—Yo he conocido un hombre —dijo el doctor Lagos— que quiso ir voluntariamente al infierno. Y debo
añadir que no sentía la menor duda sobre la existencia
del infierno, por ser creyente fervoroso.

Esto fue hace más de treinta años, cuando empezaba
yo a ejercer la profesión de médico. Un viejo doctor,
amigo de mi familia, me cedió, al retirarse, su clientela, en los extramuros de una ciudad histórica, que no
juzgo necesario nombrar, situada en el centro de España.

Dicha ciudad vive aún como en aquellos tiempos,
hermosa y adormecida, casi sin recibir otras impresiones exteriores que la llegada diaria de unos cuantos
viajeros, los cuales, *Bædeker* en mano, vienen a admirar su catedral del siglo XII, sus templos parroquiales,

que empezaron por ser mezquitas o sinagogas; sus palacios del siglo XVI, convertidos en casas de vecindad; sus callejuelas tortuosas, iluminadas al cerrar la noche por bombillas eléctricas, que parecen anacronismos, y lámparas de aceite parpadeantes frente a los altares colocados en sus esquinas. Además, tiene un alcázar, con torres encaperuzadas de pizarra, que ocupa lo más alto de la colina por cuyas laderas se extiende su caserío.

Abajo, en el valle, junto a las caídas del río que lo cruza, existen varias fábricas que empezaron por ser simples molinos. Otras nuevas industrias, activadas por el vapor, se unieron a las primitivas, y en torno a todas ellas la población obrera, compuesta de más mujeres que hombres, ha ido agrandando considerablemente el antiguo suburbio.

Por encima de las casas, de un solo piso, descuellan varios edificios viejos, conventos en su mayor parte, que vivieron tres o cuatro siglos aislados por sus vastas huertas. Éstas se transformaron, siendo primeramente solares de construcción y luego barriadas de gente pobre. Dichos edificios religiosos, que parecen islotes entre el oleaje de casitas feas y baratas, sólo guardan pequeños jardines claustrales, que sirven para dar luz y aire a su interior.

Le describo la ciudad de hace treinta años. No sé cómo será ahora. He trabajado y he viajado mucho desde entonces; he obtenido algunos triunfos en mi carrera, como usted sabe; nunca me imaginé en aquellos tiempos que llegaría a ser profesor de la Escuela de Medicina en Madrid... en fin, que no he vuelto jamás allá.

Varias veces he pasado en tren por su estación, viendo de lejos el barrio de abajo, donde empecé el ejercicio de la Medicina; pero nunca sentí el deseo de retrasar mi viaje echando pie a tierra. Es preferible recordar los lugares de nuestra juventud a verlos por segunda vez. Equivale esto a ir al encuentro de la desilusión, y demasiadas veces nos sale ella al paso sin que nosotros la busquemos.

Debo confesar que a los pocos meses de ejercer mi carrera en aquel suburbio obrero, gozaba un renombre de sabio, llegando los ecos de mi gloria hasta la ciudad. Esto fue simplemente un efecto de contraste. Aquellas buenas gentes, acostumbradas a mi viejo y rutinario antecesor, se asombraron al ver que un médico de veintitantos años de edad sabía realizar las mismas curas que el otro, y usaba, además, nuevos procedimientos, admirados popularmente como si fuesen artes mágicas.

Cuando pasaba por las calles de mi barrio, las mujeres salían a las puertas para saludarme y los hombres se quitaban la gorra reverentemente. Yo era el Progreso, la Ciencia, todas las palabras solemnes y con mayúscula que veían en los periódicos obreros, o que sonaban en sus oídos con badajeo de campana majestuosa cuando oradores llegados de Madrid organizaban mítines para atacar a los reaccionarios «de arriba», o sea a los vecinos de la ciudad cuyas familias venían viviendo durante siglos y siglos en torno a la catedral y al palacio del obispo. Los niños me seguían con la cara en alto para no perder un instante la contemplación de mi rostro grave... Recordaba yo (y perdone usted la similitud) al pálido Dante, con su ropón de escarlata, cuando iba por las calles de Florencia y el vulgo marchaba tras de él, admirándolo como a un hombre que había estado en el otro mundo y conocía sus secretos.

Una tarde vino en mi busca una mujer casi vieja para pedirme por favor que visitase a su sobrino. A juzgar por su aspecto, ocupaba una posición intermedia entre la trabajadora y la señora. Se expresaba con más mesura que las hembras de mi clientela; tenía en palabras y gestos cierta unción, que yo llamé «clerical».

Debía haber pasado la mayor parte de su vida a la sombra de una iglesia.

Así era, pues habitaba una casucha de dos pisos anexa al convento de monjas de Nuestra Señora del Lirio, el edificio más antiguo del barrio. Su sobrino era el organista de las monjas, según me dijo en el primer instante. Luego rectificó con cierto rubor:

—El pobrecito Rafael hace tres años que ya no entra en el convento. Es por su mala salud, ¿sabe usted...? Además, tuvo ciertas desavenencias con las «señoras». Pocos se ven libres en este mundo de malas interpretaciones y de calumnias. ¡El Señor nos proteja...! Pero nadie podrá negar que los Valdés hemos pertenecido al convento muchos años; tal vez siglos. Mi hermano Rafael fue siempre su organista. Mi padre y mi abuelo, también... Y Rafaelito, mi sobrino, que se crió en el convento como una niña, puso sus dedos en el teclado a la edad en que todos van todavía agarrados a las faldas de su madre.

Luego me explicó la razón de su visita. Los Valdés habían tenido siempre médico propio y gratuito: el de las monjas. Pero el viejo doctor, que de tarde en tarde bajaba a este barrio para visitar a las «señoras» del convento, no parecía entender gran cosa en la enfermedad que sufría el joven organista. Para él, todo era asunto de nervios excitados, de constitución raquítica. Recetaba unos específicos, siempre los mismos, y repetía las mismas palabras de consuelo, apresurándose a marcharse.

Doña Antonia, la tía de Rafael Valdés, había oído hablar, en su trato con las mujeres del barrio, de mi fama como doctor, y venía maternalmente a pedirme auxilio. Juzgó necesario mencionar su pobreza, conmoverme preliminarmente para que fuese parco en mis honorarios. Vivían casi de limosna. Gracias a que las «señoras» eran buenas, y después de ocurrida «aquella historia» toleraban que siguiesen ocupando la casa del organista. Pero aun así, la manutención de los dos era un problema difícil que la pobre mujer iba resolviendo día a día. Algunas damas de la ciudad la ayúdaban con sus donativos. Rafaelito copiaba música cuando lo permitía su salud; mediocre ingreso, pero siempre era algo. Además, ella hacía costura para fuera, después de haber atendido a los menesteres más groseros de la casa: lavar la ropa, fregar el suelo, hacer sus compras en las tiendas más pobres, confundida con las obreras, algunas de las cuales la miraban con simpática conmiseración, creyéndola una víctima de las venganzas de «los de arriba».

Cuando comprendió por mis exclamaciones y ademanes despectivos que a mí me preocupaba poco la recompensa, la pobre mujer derramó lágrimas, intentando besarme una mano.

Fui a la casa del organista, especie de verruga arquitectónica, con refuerzos de hierro en sus muros agrietados, que se apoyaba sobre la masa del convento, avanzando el maderamen de un alero completamente negro, cual si fuese de carbón. Esta casa era el único edificio de la callejuela. Todo el lado opuesto lo ocupaban las tapias de dos jardines, algo abandonados, pertenecientes a otros caserones vetustos. Las plantas trepadoras se desbordaban sobre estas paredes, cayendo en cascadas verdes; los viejos árboles, cargados de pájaros y nidos, cabeceaban a la menor brisa, dando a los habitantes de la casa del organista una sensación de paz campestre, envolviéndolos en su quietud rumorosa.

Vi al enfermo. No tenía más allá de veinte años. Era un organismo débil, cuya anemia parecía más aguda a causa de una incesante vida imaginativa que perturbaba su reposo.

Quiero evitar a usted ciertas explicaciones profesionales y el uso de la terminología médica. Al ponerse de

pie para saludarme, pude examinarlo mejor. Mediana
estatura; carencia de músculos; una delgadez enfermiza; una piel blanca, fina, igual a la de las mujeres por
su delicadeza y su color; ademanes tímidos, encogidos;
pero adiviné a través de su modestia una voluntad tenaz para la consecución de aquello que desease: la voluntad de los niños enfurruñados, sorda a todo consejo y que no ceja hasta imponerse.

Su rostro era de facciones menudas y regulares;
el pelo, rubio oscuro, lo llevaba muy alborotado y cres-
po sobre el cráneo, con esa abundancia que parece privilegio de los músicos; una barba rala y débil apuntaba
sus dorados cañones por no haberse afeitado el joven
en los últimos días. Era miope y llevaba ante sus ojos
unas gafas de grueso cristal. Se despojó de ellas maquinalmente al saludarme, como si las considerase equi-
valentes a un sombrero. Pude ver sus pupilas de verde
pálido, con una lenteja estriada de oro en su centro.
Estos ojos, grandes, húmedos, apasionados y al mismo
tiempo inocentes, habrían podido ser la alegría y el orgullo de muchas señoritas.

Volvió a calarse las gafas, y sus gruesos cristales
achicaron dichas pupilas, enturbiando su color. Le vi
semejante a Schúbert, a causa de los mencionados anteojos; un Schúbert sin la gordura jocunda y la mirada
bondadosa del autor de los *lieder*; enfermizamente pálido, con cierto *tic* doloroso en el rostro, sugiriendo al
observador la imagen de un arco siempre en tensión,
pronto a disparar la flecha silbante de sus crisis nerviosas.

Le hice preguntas sobre su estado, mientras iba paseando mis ojos curiosos por el pobre salón de los Valdés.

En el lugar de honor, un piano; en la pared opuesta, un armonio; los dos instrumentos muy viejos, con
la madera algo carcomida, anunciando de antemano

que de su interior sólo podían salir voces débiles por el cansancio de los años, pero afinadas y precisas, con esa maestría exquisita obra del tiempo.

Sobre el piano, una gran estampa multicolor, con marco de oro: la de Nuestra Señora del Lirio, imagen milagrosa guardada en el inmediato convento. Esparcidos en las paredes, todos los Papas que habían reinado durante la vida de los postreros habitantes de la casa, desde Pío IX, en litografía negra, hasta los últimos Pontífices, rebosando salud a causa de los colores chillones del cromo.

Otros retratos más modestos se ingerían en esta serie papal, muchos de ellos simples grabados de periódico: Bach, Beethoven, Haydn, Mozart.

Doña Antonia, manteniéndose de pie junto a nosotros, iba describiendo los raros y contradictorios síntomas de la enfermedad de su sobrino: inapetencias, languideces inexplicables, catarros, y al mismo tiempo, una irritabilidad, cuyas consecuencias soportaba la pobre señora, crisis nerviosas que le hacían caer al suelo de repente, con los ojos extraviados y la boca llena de espuma.

Ya sabía bastante, y quise distraer al enfermo hablando de su arte. Era un sensitivo, ligado a la música desde que se dio cuenta de que vivía. Un mundo sin música le habría parecido inhabitable, muriendo inmediatamente como un organismo falto de atmósfera.

La música era a un mismo tiempo su razón de existir y su eterno suplicio. Estas crisis que le hacían rodar sobre la estera de la pieza en que estábamos ocurrían siempre en mitad o al final de la ejecución de ciertas obras musicales. El joven organista se introducía de tal modo en su interior, que la sonata o la sinfonía iba cayendo sobre él como un palacio que se derrumba, haciéndole seguir su misma suerte, aplastándolo bajo sus últimas notas.

Señalé el retrato de Beethoven, y Valdés me contestó, con una pobre sonrisa que revelaba miedo y admiración:

—Es demasiado vigoroso para mí. Su vino me enloquece. Yo sólo llego hasta Mozart. Es lo más fuerte que puedo resistir.

Su tía intervino, añadiendo un nuevo detalle a sus informes. Este señor Beethoven, del que había oído hablar tanto a su hermano, era fatal para Rafaelito. Siempre que lo encontraba en el suelo inánime o retorciéndose entre alaridos, una partitura de dicho maestro estaba abierta sobre el piano.

Quedó el joven músico en éxtasis ante el retrato que yo había señalado. Otra vez los mismos ojos de miedo y admiración. Pensé en los devotos de ciertos dioses bárbaros, que inspiran fervor por su majestad, pero a los cuales no conviene ver, pues con su presencia deslumbran y matan.

Él se mantenía, como los otros, frente a la misteriosa cortina del templo, sin osar levantarla, resistiéndose a la tentación. Adoraba a todas horas al ídolo oculto, con el respeto que infunden las cosas prohibidas, y al mismo tiempo evitaba verle.

II

Doña Antonia me hablaba siempre del «disgusto de las señoras» y de «aquella historia...» sin añadir detalles precisos; pero gracias a las indiscreciones de algunas mujeres del barrio que conocían el suceso, con todos los errores e imperfecciones del comentario popular, y a las confidencias del mismo Rafael Valdés, pude ir penetrando en el pasado, hasta reconstituir, a mi modo, lo ocurrido en el convento.

Visité su iglesia blanca, dorada, «bonita», éste era su elogio más exacto. Como el convento recibía antaño mandas frecuentes de personas devotas, las monjas habían dedicado la mayor parte de ellas, en el último siglo, al embellecimiento de su propiedad. Total: que la iglesia, que era primitivamente de arquitectura gótica, oscura y venerable, se transformó en un templo de estilo corintio, desapareciendo bóvedas y ojivas de piedra bajo blancas escayolas, capiteles chorreando oro e imitaciones de mármoles coloridos. Los corredores y locutorios del piso bajo, abiertos al público, ofrecían igualmente una blancura uniforme, nítida, de una limpieza desesperante, que parecía repeler todo adorno imaginativo.

En su interior, inaccesible a los laicos, aún era más vistosa esta blancura vulgar. Muchas ojivas habían sido muradas, teniendo sólo en cuenta las necesidades de la vida diaria, y se decía que debajo de las diversas capas de su enjalbegado estaban ocultas, tal vez para siempre, grandes pinturas al fresco.

La única piedra antigua limpia de este blanqueo desesperante era la de los arcos y columnillas de un claustro que ocupaban la parte céntrica del edificio, y en cuyo rectángulo descubierto crecían los lirios y azucenas de cuatro arriates fomando un pequeño jardín. En el centro de sus dos senderos, trazados en cruz, se abría un pozo con brocal de piedra y arco de hierro trabajado a martillo, teniendo un medallón en lo alto que encerraba el emblema de María.

En otro tiempo, cuando este santo edificio no había perdido aún su aspecto tradicional y los muros eran de piedra, las bóvedas ojivales y las capillas oscuras, con una pátina venerable, algunas de sus religiosas dieron mucho que hablar a los vecinos de la ciudad, y no menos quehacer al obispo y a sus allegados más hábiles en asuntos teológicos y estrategias para vencer al

Malo. Se apareció el demonio con frecuencia a varias de las monjas, aumentando rápidamente el número de las poseídas, como por obra de contagio. Rodaban por el suelo, pataleando, los brazos retorcidos, mientras expresaban con palabras balbucientes los espectáculos, unas veces infernales y otras torpemente libidinosos, que el Maligno les hacía contemplar.

Ahora resultaban imposibles las visitas del diablo. Lo habían expulsado para siempre aquellos adornos arquitectónicos, que parecían de confitería; aquella blancura de cal, frecuentemente renovada. Se comprende que el demonio deje ver su figura roja, sus patas de sátiro, su cara barbuda, maligna y cornúpeta, sobre un fondo de sillares de piedra roídos por centenares de años, oscurecidos por el humo de los cirios y el suspirar de numerosas generaciones de orantes. Es la pantalla apropiada, la única, en que se puede proyectar la cinematografía infernal. Mas esta visión no era posible sobre paredes enjalbegadas dos o tres veces al año por unas monjas rústicas y animosas, con las haldas recogidas para no mancharse en los cubos llenos de cal, empuñando, infatigables, cañas largas rematadas por brochas. Después que el demonio abandonó para siempre el blanco convento, la vida de éste fue deslizándose dos o tres siglos en una calma regular y monótona, como si ya no hubiese en el mundo nada extraordinario y la única razón de existencia de los seres sobre la tierra fuese rezar a horas determinadas; cantar gozos en honor de la Virgen y los santos; mantener una limpieza escrupulosa en el edificio, más que en las personas; ir a la caza de pecados por la llanura yerma de una vida sin incidentes, para poder decir algo al confesor; preocuparse de lo que piensa la superiora y las simpatías o antipatías entre las hermanas; fabricar dulces o labores; comer, dormir y volver a empezar lo mismo al día siguiente.

La única novedad en esta vida monacal, blanca, pura y monótona como las paredes, la representaron tres generaciones de Valdés, organistas del convento. Entraban en él por tradición, con la misma libertad que el capellán de la casa. Eran hombres que se habían casado y vivían como laicos en el pequeño edificio adherido al convento; pero la herencia del cargo les confería tácitamente cierto carácter eclesiástico compatible con la clausura.

Estos varones, que llegaron del mundo profano y volvían a él todos los días, eran para las monjas la vida pecadora, en lo que tiene de más glorioso y seductor. Los pobres artistas seguían una existencia casi tan monótona y regular como la de ellas; sólo de tarde en tarde subían a la ciudad; rara vez habían ido más lejos; pero leían periódicos, estaban enterados vagamente de lo que ocurría en el mundo, y sobre todo, traían en sus personas, sin saberlo, el poder demoníaco y voluptuoso de la música.

A veces, don Rafael, el padre del último organista, sorprendía a su auditorio durante los oficios con unas melodías nuevas, que las pobres monjitas admiraban como si fuesen ecos de los himnos entonados por los coros angélicos al pie del trono de Dios. Su ritmo era más dulce que el de las músicas viejas introducidas en el convento por otros organistas, que casi habían tomado una importancia ritual. Acariciaban sus oídos con voluptuosos roces; representaban para ellas algo así como un avance de las futuras sinfonías celestiales.

La curiosidad las impulsaba finalmente a hacer preguntas a don Rafael sobre el origen de tales obras. ¿Eran suyas…? El modesto organista se escandalizaba ante la suposición de tal paternidad. No; eran fragmentos de Donizetti, de Mercadante, de Verdi, de otros músicos gloriosos que deleitaban en aquellos momentos al mundo profano. Y las santas mujeres no mostraban escándalo al saber que estos compositores de óperas sólo habían escrito alguna que otra obra religiosa. Todos habían nacido en Italia, donde vivía el Padre Santo, y ello era suficiente para que no sintiesen sospecha alguna de pecado en esta música de encubierta sensualidad, que despertaba en su interior nuevos sentimientos.

Había sido casado don Rafael unos pocos años, y vivía con su hermana y el hijo, único producto de dicho matrimonio. Las monjas se preocupaban de él, manteniéndose al tanto de todo lo que ocurría en su casa, como si entre ésta y el convento existiese una comunicación directa. El organista era un motivo de orgullo para la comunidad. Ninguno de los otros conventos poseía organista propio, contentándose con los servivios de algún artista de alquiler, al que llamaban en días extraordinarios.

Ricos bienhechores, devotos de Nuestra Señora del Lirio, habían proveído en otro tiempo, con sus dádivas, para que el convento tuviese «música propia», como decían las monjas. La desamortización de los bienes eclesiásticos y la tibieza creciente de los fieles habían disminuido mucho las rentas de la comunidad; pero todas las superioras prefirieron hacer economías en otros servicios para mantener en su puesto a los Valdés y que siguieran ocupando la casa reservada al organista desde dos siglos antes. Así, todos los días las monjas podían cantar desde su coro, a pleno órgano, acompañadas por el «maestro» de la casa. Otras veces, mientras rezaban con la frente inclinada, el Valdés que existía en aquel entonces se iba entregando a las agilidades musicales, entremeciendo el ámbito de la iglesia con una mezcla de improvisaciones propias y remembranzas de músicas ajenas.

Asistían con preferencia los devotos a las ceremonias religiosas en la iglesia de Nuestra Señora del Lirio.

Todos los días resultaban en ella de gran fiesta por obra del organista, mientras en los demás conventos el oficio común era simplemente rezado, y únicamente en solemnidades extraordinarias sonaba gangosamente el órgano.

La superiora y las religiosas más importantes que deliberaban con ella sobre la vida de la comunidad eran designadas con el título de las «señoras» por el penúltimo Valdés. Y las «señoras», al verle viudo, solo, melancólico, con la carga de un niño pequeño, mostraban por éste un interés maternal.

—Don Rafael, tráiganos a Rafaelito.

El hijo del organista, que sólo tenía cuatro años, era introducido en el torno lo mismo que un paquete de ropas o un cesto de comestibles traído de fuera. Giraba el cilindro hueco sobre su eje, y el niño caía entre las monjas, disputándoselo todas ellas para darle besos y correr por los claustros llevándolo en brazos. Rafaelito parecía resucitar con su presencia la maternidad anquilosada de estas santas mujeres. Lo encontraban semejante por su hermosura a todos los angelitos medio desnudos que están sentados en nubes al pie de las Vírgenes.

Al principio lloraba el niño, de miedo, al recibir tantas caricias. Luego, la abundancia de dulces, elaborados en el convento y puestos a su libre disposición, provocó sus sonrisas; y finalmente, sus mandatos de pequeño tirano. Las religiosas prudentes tenían que cortar la alegre generosidad de sus hermanas más jóvenes. Rafaelito iba a morir de una indigestión. A poco rato de haber pasado la frontera giratoria del torno tenía cara y manos sucias de confitura.

Una de las monjas, hábil costurera, se permitió una invención que hizo torcer el gesto, en el primer instante, a las madres más viejas y rígidas; pero acabó por verse celebrada con un regocijo pueril por toda la co-

munidad. Había confeccionado un traje de novicia para
Rafaelito, y éste, vestido de monja, pudo pasear por
el jardín del claustro con una torpeza graciosa, enre-
dándose sus pies en los bordes del hábito, arrancándo-
se de pronto las tocas con infantil sofocación. Este pequeño mundo rió del disfraz, con el incentivo de que
tal vez pudiera ser dicha invención un pecado involun-
tario, cuya importancia no llegaban ellas a comprender.

Consultó el caso la superiora con don Jorge, capellán del convento, sacerdote viejísimo, desdentado, que
movía su cabecita rosada al hablar cual si tuviese un
muelle temblón en el cuello; hombre de cortos estudios,
de gran bondad natural y de exacto juicio para apreciar
la poca importancia de las consultas que le hacían
aquellas santas mujeres.

Rió lo mismo que ellas al ver en una de sus entradas en el convento al hijo del organista vestido de monjita. Luego se puso serio, mostrando cierta inquietud.

—Está bien, pero que no se entere nadie de la broma. Sobre todo, que no lo sepa don Justo.

Dicho nombre tenía la virtud de poner serio a don
Jorge, interrumpiendo su temblor de los momentos
tranquilos. Don Justo era un canónigo encargado por
el obispo de visitar los conventos, y que mostraba una
predilección inquisitiva por el de Nuestra Señora del
Lirio, con gran terror de su capellán.

Cuando Rafaelito fue tan crecido que ya no pudo
caber en el torno, las «señoras» siguieron llamándole,
y entró en la clausura por la puerta, lo mismo que un
sacerdote. Pero sus apariciones se hicieron menos frecuentes. Tenía que seguir sus estudios musicales; sólo
vivía para ellos, y su padre y maestro le obligaba muchas veces a abandonar el piano por miedo a que una
laboriosidad excesiva perjudicase su salud.

De todos modos, el sexo y los años del hijo del organista no impidieron que siguiese entrando en el con-

vento. Las «señoras» le abrían la puerta para evitarse la molestia de recibirlo en el locutorio. La barrera de la clausura continuaba no existiendo para él.

Muerto su padre, la comunidad no se reunió siquiera para remplazarlo: Rafaelito era el organista de la casa, por su nacimiento y sus méritos. Las monjas más jóvenes lo consideraron superior al difunto don Rafael. Otras más viejas sonreían maternalmente al escuchar esta afirmación, como si les correspondiese gran parte del mérito de un artista al que habían tenido en sus brazos.

Don Jorge se mostraba algunas veces intranquilo al encontrarse con Rafaelito dentro del convento.

—Esto no es prudente, madre superiora. Bien sé que lo han criado ustedes como si hubiese nacido en la casa... Pero ya es un hombre; ya se afeita. ¿Qué dirá don Justo si se entera?

Mas la madre superiora y su séquito familiar se escandalizaban ante estas palabras. ¡Un niño...! ¡Un verdadero ángel! Y lo veían, no obstante los anteojos que empezaba a usar y su cabellera rubia y crespa, lo mismo que cuando corría entre las azucenas y lirios del jardín claustral con una torpeza de pato, vestido de monjita.

La comunidad empezó a fijarse en la música de su joven organista. Con frecuencia sentíanse las monjas interesadas por algo nuevo que el órgano iba desenvolviendo en el ambiente de la iglesia, saturado de perfumes rancios de cirio, de incienso y de flores.

Eran unas melodías ligeras, de ritmo alegre; música juvenil, poco vigorosa, de suave melancolía, que cantaba a su modo ingenuamente.

El monástico auditorio las buscaba semejanzas con diversas músicas que habían impresionado su inocente sensibilidad. Unas monjas evocaban las melodías cristalinas, discretas y tenues que cantan los viejos relo-

jes de música; otras hacían memoria de las pastorelas
regocijadas e ingenuas que animan las misas de Noche-
buena.

Las religiosas más venerables, movidas por la curiosidad, formulaban la misma pregunta que veinte o
treinta años antes habían hecho al otro Valdés, cuando
ellas aún eran jóvenes, en compañía de muchas hermanas que ya habían muerto:

—¿Quién es el autor de esa música tan dulce...?

Y Rafaelito se ruborizaba, bajando los ojos detrás
de sus redondelas de cristal, acabando por contestar
tímidamente:

—Es mía.

III

Se vio de pronto el compositor algo olvidado. Un
gran suceso acababa de trastornar aquella vida lejos
del mundo, que se iba desarrollando siempre igual, cual
manso arroyo, entre los muros del convento.

Damas de origen noble habían figurado en otras
épocas como religiosas de su comunidad: segundonas
de gran familia, dedicadas por sus padres a la vida
conventual sin consultar previamente su vocación. Había que seguir las tradiciones de la familia.

Mas los rumbos de la vida eran otros ahora, y la
población monástica estaba compuesta de mujeres de
origen más humilde: antiguas campesinas dadas a la
devoción, que por influencia de ciertas señoras devotas, protectoras del convento, habían acabado por entrar en él, mostrando cierto orgullo al verse elevadas
sobre su propia familia y sus convecinas por esta nueva condición de monjas profesas. Otras habían sido

domésticas en casas ricas, y aceptaban la reclusión monjil como un privilegio que las ennoblecía, libertándolas de servir a los demás, de las durezas de una labor sin honores, para ser únicamente criadas de Dios.

Unas pocas monjas se consideraban de origen superior, por haber nacido en familias de viejos funcionarios del Estado radicadas para siempre en la ciudad. La superiora tomaba cierto aire de nobleza al recordar que su padre fue administrador general de cierto conde residente en Madrid, lo que le confería un origen casi aristocrático.

En medio de este mundo cayó repentinamente la señorita Genoveva de Oliva, nombre mundano que trocó después por el de Sor María del Lirio. Me la imagino, teniendo en cuenta las descripciones de los que la conocieron. Era hija de un caballero empobrecido, que llevó hasta sus últimos momentos vida de gran señor; uno de esos calaveras simpáticos, expansivos e inconscientes, que siembran la ruina en torno a ellos sin darse cuenta de lo que hacen; que aman mucho a sus hijos y los roban alegremente, derrochando no sólo la herencia que podrían dejarles, sino además lo que les corresponde por testamento de otros. Este señor de Oliva, perteneciente a una de las familias más antiguas de la ciudad, había pasado gran parte de su existencia en Madrid, con su esposa, rica dama a la que empobreció, y luego, al quedar viudo, en París, en Londres, en todas las ciudades que interesaban su curiosidad insaciable. Hijos e hijas, deseosos de emanciparse de este progenitor terriblemente alegre, se habían ido casando, después de sacarle cada uno, como pudo, su parte de la herencia materna.

Genoveva, por ser la más pequeña, le siguió en las últimas peregrinaciones de su vida. Al principio fue pensionista en aristocráticos colegios del extranjero; después pasó en su casa de París largas soledades, mientras papá continuaba sus aventuras de galán eternamente joven.

Al verse huérfana volvió a España, buscando el amparo de su familia. Tenía hermanas que eran ricas por su matrimonio, y hermanos que desempeñaban cargos públicos de alguna importancia; pero todos sentían únicamente interés por los hogares que habían creado, y se pasaban como fardo molesto a esta hermana pobre, sin otro porvenir que el de un casamiento problemático.

Yo creo que no era fea ni hermosa; lo que se llama una mujer «distinguida», con el interés físico de la juventud, atrayente y culta en sus conversaciones a causa de sus viajes y de su educación en el extranjero. Todos los que me hablaron de ella hicieron especial mención de que era muy alta, de grandes ojos negros y una tez pálida, algo aterciopelada, como la de los frutos sazonados.

Amó a un hombre y llegó a creer que se casaría con él. Este hombre la abandonó por otra mujer, grotescamente fea, pero millonaria. La señorita de Oliva cayó enferma después de tal desengaño, y durante su convalecencia en casa de unos parientes establecidos en dicha ciudad, cuna de su familia, influenciada tal vez por el ambiente, adoptó la más romántica de las resoluciones.

La juventud de ahora piensa de muy distinto modo que la de aquella época, y eso que no es considerable la cantidad de años transcurridos. Entonces todavía perduraba la influencia de *La favorita*, de Donizetti, y de tantas novelas y obras teatrales que ofrecían como único final digno de un amor desgraciado la vida del convento. Los tenores hacían llorar cantando el *Spirto gentil* con hábito blanco de fraile; el terrible don Álvaro, víctima de «la fuerza del Destino», se refugiaba igualmente en un monasterio. Todas las amorosas olvidadas se vestían de monja en el último acto de la obra o en los postreros capítulos del volumen.

Además, Genoveva de Oliva estaba cansada de ir de casa en casa, llevando una vida parasitaria, teniendo que sufrir profundos tormentos morales al verse más abajo de sus parientes ricos y a una altura molesta sobre la domesticidad, que la despreciaba por pobre. Toda su familia alabó tal resolución, dándola facilidades para su entrada en el convento.

Habían figurado antaño los Oliva como grandes protectores de la comunidad de Nuestra Señora del Lirio. Ella iba a ser un personaje importante en aquella santa casa, por la fuerza de la tradición y los méritos de su persona. Resurgió en su memoria cuanto había leído sobre abadesas nobles y canonesas reales, gobernando como grandes señoras sus pequeños reinos místicos.

Con la generosidad del que se libra para siempre de una obligación penosa, contribuyó la familia a todos los gastos de su ingreso en la vida claustral, dando al acto una solemnidad desusada. Hasta de Madrid y otras ciudades llegaron parientes de la profesa.

Su corto noviciado, que le puso en contacto con la verdadera vida del convento, la había hecho dudar. Se dio cuenta de la rusticidad de muchas de sus compañeras, antiguas criadas o campesinas. Al otro lado de las rejas del locutorio le parecieron más vulgares y de limitado intelecto las contadas monjas que se creían de un origen superior. Pero ¡la admiraban tanto todas ellas, a causa de su nombre, de su educación y de sus viajes...!

Un optimismo algo vanidoso le dio la certeza de que dominaría a aquellas pobres mujeres, reformándolas hasta elevarlas a su nivel intelectual. Iba a verse atendida y celebrada, después de varios años de sufrir desprecios en silencio. Además, su orgullo le impidió retroceder. ¿Cuál sería su suerte, de continuar en aquel mundo, donde el dinero era la más victoriosa de las fuerzas, y ella, por no tenerlo, se había visto postergada...?

Por coquetería femenil aún surgió en su interior una última resistencia. Sintió escalofríos al pensar que iban a cortarle su hermosa cabellera, la más preciada de las galas para toda señorita pobre de aquella época. Aún estaba lejos la moda del pelo corto o de llevar la cabeza completamente trasquilada como un muchacho. Estos caprichos de la vida presente no permiten tal vez que las jóvenes de nuestro tiempo comprendan los escrúpulos de una igual suya de entonces. La resistencia a perder su cabellera casi la hizo desistir de su monjío; mas, al fin, debió decirse que la paz y el bienestar de su existencia futura bien merecían tal sacrificio, y se sometió finalmente a esta siega capilar, que era para ella la ceremonia más penosa de la llamada «toma de velo».

No se sintió defraudada, al principio, en las ilusiones que le había hecho concebir la vida claustral. Sor María del Lirio ejerció una dominación sonriente, amable, sobre toda la comunidad. La superiora recordaba con frecuencia a las antiguas damas de la familia de Oliva que habían sido protectoras de esta santa casa, y las relaciones que con dicha familia sostenía aquel conde al que había servido su padre como administrador. Todo lo cual significaba para ella un parentesco indiscutible con la reciente profesa.

Las otras santas mujeres parecían absortas ante la sabiduría de su nueva hermana. Se extasiaron oyéndola tocar romanzas de una languidez melancólica en el viejo armonio guardado en el coro; vieron con asombro cómo trazaba con un pedazo de carbón, sobre las blancas paredes, los retratos de las monjas que tenían el perfil más característico. Además, cantaba con una voz sonora, arrogante, de tonos graves; una voz de contralto que parecía escandalizar los ecos del convento, despertándolos de su largo sueño, en los lugares menos frecuentados.

Creyeron las monjas haber caído en una nueva existencia al escuchar los relatos de Sor María del Lirio sobre las fiestas aristocráticas de Madrid o las maravillas de Londres y París, urbes fabulosas de las que sólo habían conocido hasta entonces los nombres. ¡Qué no había visto aquella noble señorita, que las trataba a todas con alegre confianza, como si fuesen compañeras de colegio que abandonarían juntas algún día aquel edificio, y no religiosas encerradas en él para siempre...!

Encontrando largo y excesivamente grave su nuevo nombre monjil, consideró más poético que la llamasen Sor Lirio. Un día conmovió a las madres venerables de la comunidad recitando unos versos a la Virgen, tristes y lacrimosos, escritos por ella al verse abandonada, cuando se inició su deseo de refugiarse en un convento. ¡También poetisa...!

Sus aficiones la pusieron en relación con el organista. Le habló primeramente a través de las rejas de un locutorio; luego lo encontró en el interior del convento, cuando era llamado por la superiora. Imitando a las otras monjas, trataba a este joven con cierta confianza maternal. Tenía cinco o seis años más que él, y su carácter de religiosa parecía aumentar esta diferencia de edad.

Al principio encontró su música agradable, pero endeble y enfermiza. Luego la apreció mejor, como si al amoldarse al ambiente conventual, le pareciese más vigoroso este último eco de la vida externa. Aquella superioridad algo vanidosa que la colocaba en todo momento sobre sus compañeras, expansionándose bajo las más diversas formas, buscó instintivamente una colaboración con el organista.

Una mañana presentó al joven algunos papeles llenos de renglones desiguales. Eran versos: varios himnos a Nuestra Señora del Lirio. Rafael podía escoger uno y escribir la música... Semanas después, las monjas cantaban desde el coro, acompañadas majestuosamente por el órgano, esta obra de Sor Lirio y de Valdés, enorgulleciéndose cada una de ellas al entonar las estrofas de dicha obra, creyéndola suya por haber presenciado su nacimiento dentro de la casa.

Los ecos de tantos sucesos nuevos llegaron a oídos de don Justo, el visitador del convento. Tal vez fueron otras comunidades, más tranquilas y oscuras, las que le hicieron conocer insidiosamente la gran revolución que se estaba desarrollando en Nuestra Señora del Lirio.

El canónigo visitador era un varón de austeras costumbres, bondadoso a su manera, con una bondad estrecha y ruda, incapaz de tolerar el pecado, por venial que fuese. Su virtud casi llegaba a hacer amables los vicios: tan áspera se mostraba siempre.

De una piedad excesivamente masculina, la religión era para él asunto de hombres. Una de las más grandes superioridades del catolicismo sobre otros dogmas consistía, según él, en que nunca había admitido sacerdotisas. Aceptaba las monjas porque así lo quería la Iglesia; pero cuantas menos fuesen, mejor. Estas auxiliares femeninas las consideraba un cargamento inútil, embarazante, quebradizo, en la barca de la Iglesia. Libre de su peso, navegaría mejor.

Era el devoto casto, predispuesto contra el trato femenino aun en asuntos de piedad. La mujer, para la casa, para educar a los hijos cristianamente, para obedecer en todo al marido y perpetuar la especie. Visitaba los conventos por deber, procurando que las esposas del Señor se mantuviesen dentro de una disciplina rígida, sin iniciativa alguna, como las esclavas de un

harén severamente organizado. La menor novedad le
encolerizaba con una indignación semejante a la del
Nuncio y los inquisidores españoles del siglo XVI, que
llamaban «monja andariega» a Teresa de Jesús, dándole
otros apodos no menos despectivos.

Se indignó don Justo, sermoneando duramente a la
superiora, después de una larga visita al convento de
Nuestra Señora del Lirio. Le fue antipática esta joven
de buena familia, que hablaba francés, inglés e italiano,
pintaba, cantaba y hacía versos. Con tales habilidades,
debía haberse quedado en su mundo.

—Un convento no es un hotel de moda —dijo—, ni
un colegio de niñas aristocráticas. Aquí se entra para
rezar, para guardar silencio fuera de los ejercicios, para
pensar mucho en Dios, para no acordarse del mundo, y
sobre todo, para obedecer lo que mande la superiora.
Y ésta debe igualmente no permitir la menor infrac-
ción mundana de las santas reglas de la casa.

Lloró la venerable madre bajo tal reprimenda, y la
existencia monástica de Sor Lirio sufrió una violenta
transformación. Ya no pudo vivir a su capricho dentro
del convento. Tuvo que obedecer ciegamente y sufrir
castigos a la menor rebeldía.

La superiora continuó amándola, pero se acordaba
con miedo de las protestas del canónigo. Otras monjas,
al ver castigado al ídolo de la casa, dieron expansión a
la envidia que dormitaba en el fondo de su pensamiento. Sor Lirio aprendió a disimular con la rapidez y la
habilidad propias del carácter femenino. Empezaba
para ella la verdadera vida monacal.

El terrible don Justo volvió igualmente sus iras
contra el organista. Se había enterado de sus entradas
en el convento. Al oír que la superiora recordaba sus
tiempos infantiles, hablando de él como si hubiese nacido en el claustro, don Justo se indignó.

—No sea usted simple. La inocencia extremada resulta un pecado. Ese organista es ya un hombre, y aquí sólo pueden entrar los que necesitan imprescindiblemente hacerlo para cumplir sus funciones... ¡Que no le vea más!

Y Sor Lirio y el organista ya no volvieron a encontrarse en el interior del convento.

IV

No extrañará usted —continuó el doctor Lagos— que en mi relato existan vacíos y que dé grandes saltos entre unos sucesos y otros.

Sólo conocí a Rafael Valdés en los últimos años de su vida. Además, muchas personas que me contaron episodios de esta historia nunca pudieron verlos de cerca, por vivir fuera del convento. Los adivinaron por relatos incompletos y por inducción.

Transcurrió mucho tiempo. Los dos jóvenes sentían deslizar su existencia dentro del mismo edificio, bajo la misma techumbre, pero sin verse, presintiéndose mutuamente a través de las rejas del coro durante los oficios. Ella miraba con disimulo al órgano, escuchando arrobada las sonoras melodías que los dedos de Valdés hacían surgir como una tempestad armónica por los tubos de metal. Él intentaba reconocer su voz entre las demás del coro femenino.

Al fin, acabaron por juntarse otra vez.

Uno de los deseos de la superiora y de toda su comunidad era poder adornar el refectorio con un cuadro de Nuestra Señora del Lirio, copia de otro, antiguo y famoso, existente en la capilla más vieja de la iglesia. Pero esto no pasaba de ser una ilusión irrealizable. Los pintores se hacían pagar muy caro, y el convento no recibía ahora las limosnas de otras épocas. Era preciso resignarse.

Sor Lirio, que perseguía disimuladamente todas las ocasiones de mantenerse aislada, dueña de sus actos, libre del roce con aquellas compañeras vulgares, se ofreció a realizar la magna empresa. Ella copiaría el cuadro de la Virgen si le daban los medios, bajando todas las tardes a la iglesia. Permanecía ésta cerrada al público después de los oficios matinales. Sólo en fiestas extraordinarias era accesible a los fieles, pasado mediodía.

La superiora dudó un momento. Pensaba en el temible visitador; pero esto no podía ser pecado ni contravenir las reglas de la casa. Religiosos de santa vida habían sido excelsos pintores, y de ello hablaban las historias. Un episodio glorioso para la comunidad sería que una de sus monjas repitiese lo que habían hecho tantos artistas entrados en religión.

Bajó todas las tardes Sor Lirio a la iglesia, sentándose ante un caballete con un lienzo rectangular, que iba cubriendo lentamente de colores. Una puertecita abierta en la sacristía facilitaba el tránsito del convento a la iglesia. La superiora y otras monjas venían a presenciar este trabajo diario. Las llenaba de admiración ver cómo la joven pasaba al lienzo gris aquella pintura venerable, algo olvidada ahora de los fieles, sin más creyentes fervorosos que los del barrio, pero que antaño había obrado enormes prodigios.

Veía aumentada su importancia la superiora al descender a la iglesia. Había leído, no recordaba dónde, cómo los Papas de otros tiempos iban a la Capilla Sixtina o las «estancias» del Vaticano para presenciar en silencio el trabajo de famosos artistas. Ella se creía en una situación análoga, y las madres del capítulo que la escoltaban eran en tal momento los cardenales de su séquito.

Luego, influenciada por las mismas lecturas, reconocía que su visita diaria retrasaba el trabajo. Los artistas necesitan soledad y silencio para que Dios baje hasta ellos en forma de inspiración. Y se imponía voluntariamente la penitencia de no descender a la iglesia más que una vez por semana, para ver cómo Sor Lirio iba continuando su obra.

Pudo trabajar aquélla tardes enteras completamente sola, en el silencio de la iglesia desierta. Una manga de sol atravesaba la atmósfera penumbrosa, trazando un gran redondel de color blanco acaramelado en torno a ella y su lienzo. El latir de las cosas, en apariencia inanimadas, la envolvían en esta calma profunda de templo cerrado. Crujían las maderas misteriosamente. En los momentos de absoluto silencio sonaba como un trabajo de zapa lejanísimo la perforación incesante de las carcomas. Persistía en la atmósfera un olor de piedra mohosa, de madera agusanada, de cirios apagados, de ramilletes secos.

Miraba algunas veces Sor Lirio con inquieta curiosidad ciertas losas sepulcrales, sin ninguna inscripción, que cortaban el pavimento moderno de rectángulos blancos y negros. Otras láminas de mármol con escudos heráldicos y rótulos borrosos se dejaban ver en la penumbra de las capillas laterales o junto al altar mayor, ocupando la parte baja de los muros. Eran enterramientos de nobles señores de la ciudad que habían querido reposar eternamente en el convento protegido por ellos. Tal vez algunos pertenecieron a la familia de los Oliva. Las losas sin nombre cubrían los restos de innumerables religiosas.

Esto alarmó en las primeras tardes a la pintora, influenciada por el misterio que la soledad y el silencio parecen comunicar a las cosas inertes. Luego dio al olvido sus inquietudes. Hacía más de medio siglo que aquella iglesia no admitía cadáveres. Sólo la rodeaban

esqueletos mondos e invisibles; menos aún: huesos
sueltos, polvo, nada.

Las cosas vivas la sorprendían de pronto con ines-
perados estrépitos. Sonaba un ruido de precipitadas
carreras: las ratas. Inmediatamente el gato de la comunidad, que seguía todas las tardes a Sor Lirio, saltaba como un tigre, introduciéndose, sediento de sangre, entre los maderos carcomidos de la armazón
interna de los altares.

Era un gato lustroso, blanco y bermejo. Tenía la
obesidad de las bestias acariciadas por numerosas manos y mantenidas preferentemente con azúcar. Las
rayas rojas de su vestimenta natural brillaban algunas
veces como si transparentasen un farol interior. Sus
párpados, al abrirse desmesuradamente redondos, des-
cubrían dos esmeraldas con una lenteja de oro en su
centro, y en dichas pupilas parecía brillar una inteligencia misteriosa, astuta, maligna. Esto último lo sé
por el pobre Valdés, que en sus postreros tiempos se
acordaba del gato con una emoción supersticiosa. Nunca me lo dijo, pero el pobre joven estaba seguro de
que era el mismo demonio quien había adoptado tal
forma.

Algunas tardes no estaba Sor Lirio completamente
sola. Mucho antes de que ella se dedicase a copiar el
cuadro, acostumbraba Rafael entrar en la iglesia a las
mismas horas para ejercitarse en el manejo del órgano. Eran las más tranquilas para tales estudios, aquellas en que se sentía más ágil, más «inspirado». Parecía leer de otro modo la música bajo la manga amarillenta del sol vespertino, que, entrando por una ventana
alta, se posaba sobre la partitura, sobre las teclas de
marfil, sobre sus propias manos, blancas, algo femeninas, pero de un enorme vigor digital. Luego la luz
solar iba bajando lentamente hasta el suelo de la iglesia, para envolver a la pintora y a su obra.

Acabó el organista por seguir el mismo camino que el diario rayo de sol. Las tardes en que estaba seguro de que no bajaría la superiora, licenciaba a un viejo casi imbécil que desde los tiempos de su padre estaba encargado de dar aire al órgano, y el cual le tuteaba por haberlo conocido desde pequeño.

—Hoy no trabajamos más. Mañana venga para la misa de ocho.

Y descendía por la escalerilla del órgano hasta la iglesia, donde estaba Sor Lirio. Como era tímido, balbuceaba en su presencia, ruborizándose. Hubiese querido expresar muchas cosas, y sólo se atrevía a decir:

—Bajo para acompañarla un poco, para que no tenga miedo en esta soledad. Yo es otra cosa; yo me he criado aquí.

Le miraba la monja con una ironía suave, burlándose un poco de aquel protector balbuciente y dulce, más joven y más débil que ella. Era Sor Lirio la que podía protegerlo a él...

Y aquí, amigo mío, me veo obligado a dar otro salto en mi relato. ¿Cómo voy a describirle aquellas tardes numerosas, con sus conversaciones que nadie escuchó, con sus actos que nadie pudo presenciar...?

Hablaba la monástica pintora —según me dijo Rafael— de lo que había visto en sus viajes, el organista iba conociendo de este modo la Ópera de París, el Covent-Garden de Londres, la Scala de Milán: todos los grandes teatros de música cuyos nombres habían sonado siempre de un modo mágico en su oído. Pensaba con admiración y un poco de envidia que él, hombre libre y dueño de sus acciones, no conocería nunca lo que aquella mujer, reclusa para siempre, y esto le impulsaba a venerar en Sor Lirio una nueva superioridad.

La copia del cuadro resultó larguísima. Nadie en el convento se extrañó de ello. Calculaban el tiempo con arreglo a la importancia del trabajo, ¡y éste era tan admirable para aquellas pobres mujeres...!

El gato rojo fue el único compañero del organista y la monja. Al caer la tarde, cuando el redondel de luz empezaba a oscurecerse, perdiendo su nitidez amarillenta de ámbar, la pintora abandonaba paleta y pinceles para seguir a Rafaelito, que le iba mostrando las curiosidades de la iglesia: imágenes, pinturas, losas sepulcrales... ¡qué sé yo!

Tengo por seguro que ella marchaba delante, superando con su aventajada estatura al débil organista, tratándolo con una protección afectuosa, como si los sexos se hubiesen trocado y ella fuese el hombre. Muchas veces el gato los perdió de vista. Tal vez los ocultaba momentáneamente un altar; tal vez se habían metido en la solitaria sacristía... Sonaban ruidos semejantes al chasquido de las maderas que se agrietan; susurros análogos a los trotecitos de las ratas. Pero el gato continuaba inmóvil. Conocía la procedencia humana de tales ruidos; y si al fin se movía del suelo, era para elevarse sobre sus patas estiradas, con el lomo en arco, hirsutos los pelos rojos de su espina dorsal, y abría la boca erizada de rígidos bigotes, mostrando sus dientes en punta. Esta risa mefistofélica y sin eco parecía reflejarse en sus ojos verdes y dorados, brillantes con una malignidad diabólica.

Al fin, el cuadro quedó terminado. No pudo prolongarlo más tiempo la pintora. Ya no pasaba horas enteras libre de trato con la comunidad. La superiora y las monjas más influyentes, al estar la copia casi terminada, bajaban todos los días para ver los últimos toques, creyendo que su presencia no podía espantar ya a la inspiración.

Unos meses después, amigo mío, ¡el pecado abominable!, ¡la obra del demonio...! estallando inesperadamente con una realidad trágica en este ambiente santo y calmoso.

Sor Lirio cayó enferma, y su mal resultaba inexplicable: largos desmayos, crisis nerviosas, terribles vómitos, llantos y delirios, durante los cuales profería palabras que obligaron muchas veces a la superiora a ordenar el alejamiento de las religiosas jóvenes. La buena madre empezó a temer que el diablo hubiese vuelto al convento, como en otros siglos, para poseer a la más apetecible de las monjas, atormentándola cruelmente al instalarse en su interior. Llamaron al viejo médico de la comunidad, y éste pareció desorientado, como el que ve un camino abierto y teme meterse en él por considerarlo demasiado fácil, prefiriendo vagar sin rumbo por otros más abruptos que le son desconocidos. Pero llegó un momento en que ya no pudo dudar más, aceptando la verdad, aquella verdad evidente, pero tan extraordinaria, que se había negado a admitirla al principio.

La superiora quedó absorta por la sorpresa. Juntaba las manos, mirando al cielo, y sólo sabía repetir:

—¡Dios mío! ¿Qué es esto...? ¡Virgen del Lirio, ampáranos!

Y a tales exclamaciones unía una pregunta muda y aterradora, formulada interiormente: «¿Qué va a decir don Justo, el visitador?»

Antes de que éste se enterase, algo no menos terrible vino a añadirse a la primera sorpresa. Una mañana encontraron a Sor Lirio tendida en su pobre lecho, completamente blanca, con una palidez mortal, y bañada en sangre.

Esta mujer enérgica quiso suprimir a su modo, con la brutalidad contundente de las hembras primitivas y sin pensar en su propia suerte, la causa de aquel escándalo que parecía enloquecer a la pobre superiora, siempre amable y tolerante con ella. Su iniciativa no pudo ser más funesta. A los pocos días murió.

Don Justo, enterado de todo, estuvo presente en su

agonía, haciendo esfuerzos por salvar su alma.

—¿Te arrepientes de tus enormísimos pecados...?

Asintió la moribunda silenciosamente con movimientos de cabeza. Se arrepentía de todo; era una buena creyente, y rogaba a Dios y a los vivos que la perdonasen. Había preferido morir antes que manchar con un pecado visible e irremediable el santo prestigio de aquella casa.

El visitador quiso más. Necesitaba que abominase del copartícipe de su impureza, que hiciese visible con un acto de contrición el horror que este hombre le inspiraba.

Aquí la moribunda pareció reanimarse. Tuvo fuerzas para hablar, moviendo al mismo tiempo su cabeza negativamente:

—No, no. ¡Pobrecito mío...! ¡Él, tan bueno...! Yo soy la culpable... Le amo... Le debo la única alegría de mi vida.

Y no quiso decir más.

Ordenó don Justo un rápido entierro. Había que salir cuanto antes de esta situación que él juzgaba abominable, de acuerdo con sus escrúpulos religiosos, y la monja fue sepultada sin ninguna ceremonia fúnebre.

Cuando todo quedó terminado, el visitador dijo a la superiora con voz áspera:

—Pida a Dios que le perdone por su tolerancia y su inocencia excesivas. Esa desdichada ha muerto sin arrepentirse de su pecado. Seguramente, se halla a estas horas en el infierno.

V

Quedó el convento sin organista propio. El mismo que servía a otras comunidades accidentalmente vino a Nuestra Señora del Lirio en días de gran fiesta, cuando su auxilio resultaba imprescindible.

Rafael Valdés siguió habitando la misma casa que sus ascendientes. La superiora no quiso expulsarlo de ella. ¡De qué iba a vivir aquel desdichado! Además, las lágrimas de doña Antonia, nacida igualmente junto al convento, enternecían a las «señoras».

Llegaron noticias de lo ocurrido a las otras comunidades de la ciudad por obra de esa comunicación misteriosa que ha existido siempre entre las asociaciones claustrales. Pueden ignorar los grandes sucesos que se desarrollan en el mundo profano; pero gracias a una telegrafía que bien podría llamarse monacal, se enteran hasta de los más pequeños sucesos ocurridos en los otros conventos, no obstante los obstáculos aisladores de muros, rejas y tornos.

Dicho escándalo, limitado al conocimiento de varias comunidades, no trascendió al mundo exterior. A las gentes del suburbio no les podía interesar gran cosa que el organista de las monjas de Nuestra Señora del Lirio hubiese dejado de ejercer su arte. Sólo algunos vecinos de marcada predisposición anticlerical comentaron el suceso, atribuyéndolo a venganzas misteriosas de los reaccionarios de la ciudad. Rafael no se trataba con las gentes del barrio. Además, seguían viéndole instalado, como siempre, en aquella casa propiedad de las monjas.

Por efecto de cierta falta de solidaridad que muestran algunas veces las mujeres cuando tienen que decidirse entre una de su sexo o un hombre, todas las religiosas, empezando por la superiora, defendían al organista al comentar el suceso. «Ella» había sido la culpable, por su diabólica educación en el extranjero, por aquella maldita tendencia a las novedades pecaminosas. Sor Lirio había tentado a Rafaelito. ¡Infeliz muchacho! Le veían aún vestido de monjita y lamentaban su desgracia con una piedad maternal. Nunca lo volverían a aceptar como organista, pero le dejaban tranquilo en la secular vivienda de los Valdés.

Fue en esta época cuando su tía vino a buscarme, creyendo mi intervención más eficaz que la del viejo médico de las monjas, e interesado por el aspecto y la sensibilidad extremada y enfermiza del joven artista, lo visité con frecuencia.

Debo añadir que muchas de mis visitas fueron interesadas. Aquella sala modesta de Rafael Valdés representaba para mí un islote de reposo musical en medio de la vulgaridad de mi existencia diaria. Hablábamos de su arte, y animado por mis palabras, el pobre solitario sentábase al piano para interpretar sus clásicos, los que no llegaban a perturbarle, los más suaves, y únicamente, en contadas ocasiones, se atrevió con el «vino fuerte» de Beethoven.

Mi presencia parecía ejercer una coacción autoritaria sobre sus desórdenes nerviosos. No perderé tiempo hablando a usted de sus enfermedades. Sufría muchas, y en realidad, sólo tenía una: su raquitismo originario, que era incapaz de vencer el tumulto de sus nervios. Además, ¡los recuerdos de su vida pasada...!

Acabó por hablarme de ellos, pero de una manera tímida, con cierto recato pudoroso, evitando nombrar a la monja. Solamente una tarde, al caer el sol —la hora en que palidecía años antes el redondel de luz ambarina en el suelo de la iglesia y ella abandonaba los pinceles—, me dijo, mostrando la estampa de la patrona del convento que ocupaba el sitio de honor en su salón:

—No puedo mirarla sin acordarme de Sor Lirio. Cada vez la veo en mis recuerdos más parecida a la Virgen.

En primavera se celebraba la fiesta de dicha imagen, y toda la ciudad escendía a nuestro barrio para presenciar el desfile de la procesión. Durante el resto del año los devotos creían más en la Virgen de Lourdes y otras imágenes de fama moderna. Sólo en el día de su fiesta volvía la Virgen del Lirio a recobrar la fama milagrosa que había gozado en otras épocas.

Valdés y su tía me invitaron a ver la procesión desde una ventana de su casa. Pasaría cerrada ya la noche, al regresar la Virgen a su iglesia, después de haber marchado lentamente por todas las calles de nuestra barriada. Para el convento era este día el más importante del año.

De los jardines situados enfrente surgía una respiración primaveral, todavía más intensa al humedecerse la atmósfera con la frescura del crepúsculo. Árboles y plantas trepadoras estaban cubiertos de hojas tiernas de un verde amarillento. Empezaban a abrirse las primeras flores.

Las tapias musgosas, manchadas de lepra vegetal amarilla o verde, se animaban al anochecer con una vida inusitada. Normalmente quedaban sumidas en la sombra al extinguirse la tarde, sin otra luz que la de una lámpara eléctrica colgante en la entrada de la calle o la blanca sábana de la luna que se iba escurriendo a lo largo de ellas. En esta noche, única del año, eran rojas, con temblores de sangre fresca, como si reflejasen un incendio. La procesión daba a estos muros durante media hora una existencia extraordinaria y febril, al desfilar entre ellos para meterse en la iglesia de las monjas.

Vi pasar los niños de las escuelas del barrio detrás de sus banderas, y largas filas de cirios llevados por devotos; luego cánticos solemnes y lentos de las cofradías; una música militar se fue aproximando, y delante de ella se mostró la imagen tradicional llevada en andas. Unos niños vestidos de ángeles derramaban en el suelo rosas deshojadas. Los sacerdotes, con pesadas dalmáticas de oro y una vela en la diestra, cantaban gravemente.

El pobre organista se arrodilló a mi lado. Sollozaba. Sus ojos, temblones a causa de sus lágrimas, estaban fijos en los ojos vidriosos de la imagen:

—¡Gran Señora, acuérdate de ella...! ¡No la abandones en aquel sitio de horror...! Llevaba tu nombre... Hiciste que se pareciese a ti, como los mortales pueden parecerse a los que viven en el cielo. ¡Piedad para ella...!

Casi tuve que adivinar tales palabras, articuladas débilmente, entre suspiros. Pasó la imagen. Contemplamos, algunos instantes, su dorso cubierto con un manto de oro y pedrería. Luego ya no la vimos. Tornaba a entrar en su iglesia.

Quedó muda de pronto la ruidosa música de cobres, y de la puerta invisible del templo llegó hasta nosotros el estallido melódico del órgano, acompañando una especie de marcha triunfal entonada por centenares de voces: niños, hombres, mujeres. La comunidad, desde lo alto de su coro, se unía a este canto dulce y majestuoso; un canto de entusiasmo, de esperanza, de amor.

—¡El himno! —gritó el organista, incorporándose con una agilidad febril—. ¡Nuestro himno...!

Pero fue para rodar por el suelo como una bestia herida, los ojos extraviados, la boca espumeante, agitando sus extremidades cual si una fuerza misteriosa lo hubiese fulminado, despojándolo de su verticalidad humana, haciéndole retorcerse con reptilescas contorsiones.

VI

Aún vivió cerca de un año. Me di cuenta de su firme voluntad de morir. Apelaba a infantiles tretas para ocultarme su propósito.

En vano le receté medicamentos. Doña Antonia se esforzaba silenciosamente, realizando economías inverosímiles para poder adquirirlos, y el enfermo los hacía desaparecer para no tomarlos.

Adiviné también un sinnúmero de imprudencias ocultas que el joven organista realizaba metódicamente, con un deseo firme de quebrantar su existencia: lavados de agua helada en días de fiebre; absorción de alimentos que yo le había prohibido... ¡qué es lo que no hizo para morir!

Su juventud, a pesar de ser débil, se defendió mucho tiempo, pero al fin hubo de caer vencida ante este tenaz deseo de morir. No puedo decirle verdaderamente de qué murió. ¡Han pasado tantos años desde entonces y he visitado tantos miles y miles de enfermos...!

Lo que recuerdo es la última tarde en que vino a buscarme doña Antonia, llorosa y con ademanes desesperados. Rafaelito se moría; pero esta convicción terrible no era la mayor pena de la pobre mujer. Algo más extraordinario la tenía aterrada, entrecortando su voz con el balbuceo del espanto.

Me suplicó que fuese a su casa inmediatamente. Don Jorge, el capellán de las monjas, que conocía a su sobrino desde su infancia, estaba junto a él, pugnando en vano por conseguir que se confesase. Rafaelito pertenecía a una familia de artistas cristianos que habían servido a Dios a su modo. Era tan creyente como todos ellos, y sin embargo, se negaba a escuchar al sacerdote. No quería admitir los consuelos de la religión; ¡lo mismo que si fuese un hereje...!

Apenas entré en la casa oí la voz de don Jorge. A pesar de su bondad, hablaba el clérigo con un tono de cólera, irritado por lo inexplicable de esta resistencia del enfermo.

—¡Pero tú eres católico...! Piensa, desgraciado, que tu obcecación impía va a llevarte al infierno... ¡Toda una eternidad de suplicios!

Usted, amigo mío, no cree seguramente en el infierno; yo tampoco. La negatividad de Rafael Valdés nada tendría de extraordinaria en nosotros... Pero él era creyente; diré más; creyente hasta la simpleza, con la inocencia de un artista que ha concentrado todas sus facultades en la música, sin pensar en lo que pueda existir más allá de ella.

Creía con fe absoluta en la vida eterna, tal como la había visto representada en los cuadros religiosos. Imaginábase el cielo con la Santa Trinidad en la cúspide, la Virgen en un trono aparte, más abajo las legiones de santos y bienaventurados, y en último término el inmenso mar de cabezas de los justos que consiguen después de su muerte una felicidad siempre igual, éxtasis interminable con acompañamiento de melodías sin fin. El infierno era para él de inextinguible fuego —un fuego más intenso que el conocido por los hombres, sólo comparable al del centro de la tierra—, con calderas hirvientes y demonios espantosos, cuya fealdad era un resumen de las bestias más horripilantes, sometiendo a toda clase de suplicios la muchedumbre caída en sus cavernas, infinitamente más numerosa que la de los elegidos...

¡Y sin embargo, él quería ir al infierno...! Temblaba ante la posibilidad de que la misericordia divina le desviase de su negro camino.

Cansado de su propia resistencia y no sabiendo ya qué decir al cura, guardó un mutismo absoluto, manteniéndose con la cabeza baja, haciendo sólo de tarde en tarde movimientos negativos.

Don Jorge se marchó. Su modestia le hizo reconocerse impotente para la conquista definitiva de esta alma. Iba a buscar en la ciudad el auxilio de otros santos varones, capaces de ablandar a los herejes más impenitentes.

Antes de salir lanzó una última mirada de asombro al réprobo. ¿Cómo un Valdés, un organista nacido a la sombra del convento, podía insistir tan duramente en su impiedad...?

Murió el pobre muchacho al otro día. Sólo a mí me comunicó su secreto con voz balbuciente.

Ella había muerto condenada. Don Justo lo había dicho... Ya no quiso salvarse, él debía seguir su misma suerte.

Una luz de esperanza y de amor pasó por los ojos del réprobo en el momento de morir. Pensaba en ella. Iba a encontrarla otra vez... en el infierno.

EL DESPERTAR DEL BUDA

I

El príncipe Sidarta era el hombre más feliz de la India.

Brahma, el divino soberano de los cielos, había juntado en su persona el valor de Rama, paladín invencible de las leyendas, con la profunda sabiduría de los poetas solitarios que en las laderas del Himalaya, lejos de los hombres, pasan su vida componiendo himnos religiosos.

Su padre era Sudhodana, de raza guerrera, rey de Kapila, mantenedor por medio de las armas de la conquista del territorio indio realizada por sus antecesores. Su madre, la gentil Maya; y según contaban los poetas de la corte, habíalo concebido en un bosquecillo del palacio de los Cisnes, tendida en lecho de marfil, cubierta por la lluvia de rosas que desde lo alto lanzaban las divinidades absortas ante su belleza, y viendo en sueños cómo descendía del cielo un pequeño elefante, blanco como la espuma del mar, que dulcemente penetraba por su costado izquierdo.

Murió la hermosa Maya, segura de haber sido escogida por Brahma para dar al mundo un ser que, por su sabiduría, estaba destinado a que lo adorasen los hombres.

Y el rey Sudhodana casi no pudo llorarla, ocupado únicamente en la educación y cuidado de su hijo.

¡Dichoso príncipe Sidarta! Jamás se vio educación mejor aprovechada.

Este muchacho, nacido en el bosquecillo de Lumbini en una noche serena, bajo el susurro de las altas palmeras, entre los suspiros de las rosas y contemplado desde lo más profundo del cielo por los cien mil ojos de Brahma, que parpadeaban como inquietas estrellas, sabía todo lo humano, presentía lo desconocido y no abría la boca sin que experimentaran asombro los brahmanes y guerreros de la corte de su padre.

Un día llegó a Kapila y se presentó en los jardines del palacio de los Cisnes un viejo decrépito, amarillento, arrugado como una manzana seca. Iba andrajoso como los parias que mendigan en los caminos a riesgo de que los maten; pero los guerreros que guardaban las puertas del palacio, enormes hojas de oro sutilmente afiligranadas, en vez de apalearlo con sus lanzas, dejáronle pasar, prosternándose con grandes extremos de respeto.

Todos le conocían. Aquellos ojos que brillaban dentro de sus profundas órbitas como la estrella en el fondo de una cisterna eran los del viejo Asita, un poeta de quien toda la India oía hablar como de un ser sobrenatural. En su cueva del Himalaya, cerca de las nieves y visitado por las fieras, pasaba los años guardando una santa inmovilidad. Dejaba que días ente-

ros se parasen sobre su cabeza los pájaros de la
montaña, creyéndolo ídolo de piedra, mientras él men-
talmente componía himnos interminables a la gloria
de Brahma.

El rey, fuerte y membrudo, haciendo sonar su armadura de placas doradas, corrió al encuentro del solitario, prosternándose hasta besar sus pies descarnados y tortuosos como pequeños haces de sarmientos
cubiertos de seco pergamino.

Los santos andrajos del poeta rozaron el mosaico
de los dorados e interminables salones, hasta llegar a
la habitación donde sobre cojines de pluma de ibis y
cubierto con pieles de tigre pasaba las noches el valeroso rey Sudhodana.

—Hasta mí —dijo el penitente— ha llegado la fama
de tu hijo; y si abandoné mi retiro de la sagrada montaña, donde jamás llega el hombre impuro, fue tan sólo
por conocerle.

Golpeó el rey con el mango de su puñal cubierto
de pedrería un címbalo de plata, a cuyo son acudían
presurosos los siervos encargados de velar al príncipe
Sidarta. Poco después se presentó un criado llevando
en brazos al pequeñuelo, y lo depositó respetuosamen-
te sobre las rodillas de su padre.

Fijó sus ojos profundos el viejo Asita en este niño
que, como mil veces habían dicho los cantores de la
corte, era «resplandeciente de hermosura». Su piel morena, lustrosa, con jugo de intensa vida, brillaba como
el oro, y en sus pupilas, a pesar de ser densamente
negras, encontraba el anciano poeta la expresión melancólica y plateada de la luna llena cuando mira desde el cielo las impurezas de los mortales.

Sus manos huesosas y amarillentas de cadáver aca-
riciaron estos miembros redondeados por la grasa infantil, semejantes a un capullo estremecido por la exu-
berancia de vida comprimida. Alzó Asita los pies grue-

sos y regordetes del niño, y al ver en sus plantas unos círculos y rayas que reproducían la imagen del sol, no pudo resistirse a su emoción y cayó de rodillas, llorando como un muchacho.

El poderoso rey, que tantas veces había atravesado por entre bosques de lanzas y nubes de flechas sin contraer el rostro ni vacilar sobre su caballo de guerra, palideció creyendo que sólo una desgracia inmensa podía arrancar lágrimas a un hombre que había logrado vencer las impurezas de la materia, e insensible a todo placer, lo era también al dolor, al frío y al hambre.

—No lloro por tu hijo —dijo el poeta adivinando la inquietud del rey—; no leo desgracia alguna en su porvenir. Lloro por mí, que, viejo y caduco, no podré ver el día en que tu hijo dará al mundo la ley que será su salvación. Acuérdate, ¡oh rey! de lo que digo. El príncipe Sidarta no se dejará dominar por los goces materiales, no se sentará en tu trono, pero será más, mucho más: será el sabio de los sabios; el Buda que ha de salvar al hombre.

Y el viejo Asita, inclinándose de nuevo con los brazos plegados ante los soles impresos en los infantiles pies, salió del palacio de los Cisnes, pasando indiferente entre las filas de guerreros y brahmanes prosternados, y emprendió el retorno al Himalaya para esperar el día en que las águilas del sacro monte pudiesen alimentarse con su flaco cadáver.

Esta visita aumentó las inquietudes que en el vigoroso rey habían producido el sueño de Maya al concebir a su hijo y las señales de alegría celeste que acompañaron su nacimiento.

Le halagaba que el poderoso Brahma y los divinos habitantes de sus innumerables cielos se preocupasen del porvenir del hermoso niño que comenzaba a vagar por los salones del palacio, ocultándose unas veces detrás de las enormes ánforas de porcelana traídas por las caravanas del Imperio Amarillo, o agazapándose entre las piernas de su padre, contra las cuales se restregaba suavemente como un gatito travieso, hablándole con balbuceo dulce y cariñoso.

Gran cosa era el porvenir profetizado por el santo poeta del Himalaya; pero el rey prefería verle señor de Kapila, respetado por todos los soberanos de las orillas del Ganges, administrando recta justicia desde su trono de oro, bajo un quitasol de seda y un abanico de plumas; cabalgando al frente de los diez mil guerreros de la tribu de los sakias, leones ante cuyos pechos de acero rompíanse las lanzas enemigas, y que entretenían sus días de paz cazando el tigre en la selva o amaestrándose en el manejo del arco, para lo cual tomaban como blanco a los parias aborrecidos.

La profecía de Asita preocupaba al buen rey. Ya que su hijo había de abandonar trono y riquezas por desprecio a los goces materiales, él evitaría tal peligro, seduciéndole desde la infancia con cuanto de bello y esplendoroso existe en el mundo.

Siete años tenía el príncipe Sidarta cuando el venerable Udayana, sacerdote de palacio, dijo al rey que era llegado el momento de adornar con las joyas propias de su categoría a este niño que correteaba desnudo por los anchurosos salones, entre los brahmanes envueltos como fantasmas en blancos mantos de finísimo lino y los sakias guerreros, que, cubiertos desde el cuello a las ingles por áureas escamas, semejaban enormes peces de oro.

Los mejores joyeros de Kapila trabajaron para el príncipe, y un día, en presencia de la corte, ciñóse Sidarta a los riñones el faldellín de seda bordado de flores de oro con grueso realce, por entre las cuales revoloteaban pájaros fantásticos, mil veces más hermosos que los ibis del Ganges. Sobre su pecho moreno cayó con infinitas vueltas el pesado collar de gruesas perlas que los impuros parias habían cosechado buceando en las costas de Ceylán, cerca de las ruinas del dique prodigioso que construyó el heroico Rama para recobrar con un ejército de monos a su esposa Sita, cautiva en la isla por el diabólico Ravana.

En sus muñecas anudáronse con espiral de serpiente las esmeraldas, semejantes a lágrimas de los verdes campos, los rubíes, brillantes y vivos como salpicaduras de sangre fresca, las amatistas de suave violeta. Sobre sus desnudos pies estremeciéronse a cada paso las ajorcas de oro con sus jeroglíficos de pedrería, y coronando su frente como remate del turbante de blanca seda, chispeaba un diamante enorme sosteniendo como broche un penacho de plumas de ibis, finas, enhiestas, flexibles, rizándose al menor soplo de viento.

Hermoso estaba el príncipe Sidarta. Al más leve movimiento sonaba sobre su pecho el apretado montón de perlas, brillando como un peto de nácar; centelleaban ajorcas y pulseras cual si arrojasen chispas, y sobre el turbante blanco lanzaba su inquieta luz el diamante asombroso, como la estrella del crepúsculo parpadea sobre la nevada cumbre del Himalaya.

Un año después, el rey creyó llegado el momento de enviar su hijo a la escuela.

Todo el vecindario de Kapila se conmovió. Jamás en el reinado de Sudhodana se había visto una festividad como ésta, ni comitiva tan brillante como la que se dirigió a la gran escuela de los brahmanes.

Rompían la marcha los elefantes del rey, colosos negruzcos, arrastrando por el suelo las franjas de oro de sus gualdrapas de seda roja, ostentando como signo de su fuerza los agudos colmillos dorados, alzando con majestad sus robustas trompas, colosales sanguijuelas que parecían buscar en la azul epidermis del cielo un sitio para agarrarse.

Detrás venían los sakias montados en caballos de largas crines, centelleando como bosque de ascuas el compacto grupo de sus lanzas, sonando con argentino retintín el choque de sus armaduras, ondeando como fantástica selva los rizados plumajes de sus turbantes. Los cantores de la corte entonaban himnos a Brahma, señor de la sabiduría, al son de sus tamboriles fabricados con piel de serpiente y flautas de bambúes arrancados de los cañaverales del sacro Ganges. Centenares de bayaderas con los robustos senos descubiertos y titilantes a cada paso, las mejillas rojas, los ojos circundados de una aureola azul, pintados los labios, las cejas y las pestañas, los dientes blancos cual el jazmín, y de cintura abajo cubiertas por un doble delantal de gasa que ondeaba y se abría al compás de las evoluciones de la danza, dejaban admirar a la muchedumbre de humildes sudras y parias impuros el aro de oro que oprimía su talle como un rayo de sol y los muslos morenos, robustos y armónicamente redondeados cual trompas de elefante.

Cerraban la marcha los carros de batalla del rey y sus parientes, y ante ellos iban miles de niños, hijos de guerreros y de brahmanes, llevando en alto ramas cargadas de olorosas flores. El príncipe Sidarta iba confundido en esta comitiva infantil, recibiendo la lluvia de hojas de rosa que caía de las terrazas y balaustradas de todos los edificios.

Fue en la escuela donde se mostró con toda su fuerza el encanto poderoso que brillaba en los ojos del joven príncipe.

Al mirarle el maestro tembló, faltándole poco para caer desvanecido. Este anciano, que había educado en su escuela tres generaciones, aseguró que nada tenía él que enseñar a quien conocía todas las ciencias y las artes.

Sidarta, insensible o indiferente a los elogios, se

sentó en los mugrientos bancos, confundido con los muchachos pobres, y sacando del rico ceñidor su recado de escribir de oro y brillantes, nombró al maestro uno por uno los sesenta y cuatro sistemas de escritura que conocía, preguntando en cuál de ellos había de trazar su primera muestra.

El maestro contestó inclinándose, besando aquellos pies cuyos soles había adorado el solitario Asita, y declarando humildemente que el príncipe merecía enseñarle a él.

Cantaban los discípulos el alfabeto mirando con humilde temor a este muchacho en cuyos ojos se reflejaba la inmortal sabiduría de Brahma, y el príncipe a cada letra agregaba una sentencia profunda, provocando en la muchedumbre agolpada en la puerta y las ventanas murmullos de asombro y admiración.

Éste fue el único día que Sidarta asistió a la escuela.

Todo lo sabía. A la edad en que los otros muchachos del país formaban corro en torno a los encantadores que al son de su tamboril hacen bailar manojos de serpientes o perseguían a algún paria viejo a pedradas, Sidarta discutía en el palacio de su padre con los doctores, dejándolos asombrados de su talento universal. No contento de conocer todas las escrituras, guardaba en su memoria los himnos compuestos por cien generaciones de brahmanes; enumeraba los átomos; los astros no tenían secretos para él. De una bola de cera sabía extraer afiligranados y aéreos palacios que en vano los sabios constructores hubieran intentado reproducir en piedra. Con sólo la voz y la mirada se hacía obedecer por cien elefantes feroces, que en el gran patio de palacio rodaban en torno de él como rebaño de corderos.

Algunas veces sentíase asaltado por una profunda melancolía, y pasaba días enteros en los regios jardines, tendido a la sombra de un copudo acerolo, entregándose a profundas meditaciones.

Era un predestinado. Brahma estaba en él. No se engañó la hermosa Maya al verle en forma de elefante blanco descendiendo de los cielos.

Entregado a su meditación, pasaban las horas. Con el curso del sol, la sombra de todos los árboles iba girando, pero la del acerolo que cobijaba al sabio príncipe permanecía inmóvil, y el favorito de los dioses seguía envuelto en dicha sombra, mientras toda la vegetación parecía estallar bajo el peso del calor.

¿Cómo impedir que los cortesanos del rey Sudhodana y los cantores de palacio se asombraran ante tales prodigios y pensasen a todas horas en el porvenir glorioso del sabio príncipe...?

Cuando llegó a los diez y nueve años, los más ancianos de la tribu de los sakias, reunidos en la sala del Consejo, rogaron al rey que dispusiera el casamiento de su hijo.

Quinientos de los más famosos sakias ofrecieron sus hijas para que escogiera Sidarta, y éste, que hasta entonces había sonreído a las mujeres con la gracia inocente de un hermano menor, tuvo que escoger, obedeciendo a su padre, entre dichas quinientas doncellas, unas tímidas, ruborosas y esbeltas como las gacelas que triscaban en los bosques reales, otras arrogantes, vistosas, fuertes y de altiva mirada, como las hermosas panteras que al borde de los riachuelos saltan sobre el viandante.

Mil ojos fijábanse en él; quinientas bocas pintadas de rosa y perfumadas de sándalo le sonreían con el anhelo de esclavas enamoradas. Otros tantos pechos que asomaban como montículos de nieve y rosa o globos de ámbar conmovíanse con reprimidos suspiros de ansiedad. Las manos más bellas de Kapila, cuya posesión se habrían disputado los jóvenes sakias a golpes de cimitarra, tendíanse temblorosas hacia Sidarta, y éste, frío, impasible, pero sonriente, tenía que escoger.

Querido de los dioses, señor de la sabiduría, hermoso como un héroe y disputado por ojos dignos de adorar a Mara, el dios del Amor, con razón decían muchos que el príncipe Sidarta era el hombre más feliz de la India.

II

Resultó elegida Gopa, hija de un príncipe feudatario del rey de los sakias.

Era una joven tímida y dulce. El día en que las quinientas doncellas nobles se disputaban con los ojos al príncipe Sidarta, permaneció alejada en un extremo del salón, casi oculta entre las esclavas que la acompañaban.

Pasó varias veces junto a ella el apuesto joven sin mirarla, y al fin, Gopa, que era casi una niña, murmuró con dulce tono de reproche:

—¿Qué te he hecho yo para que así me desprecies?

Y cuenta la leyenda que Sidarta, al fijarse en la hermosura y la dulce modestia de esta niña, enrojeció de emoción, y sacándose la mejor de las sortijas que cubrían sus dedos como un guante de pedrería, la entregó a Gopa diciendo:

—Mereces todas mis joyas.

El rey Sudhodana sintió gran alegría al conocer tales palabras. Ya tenía la esposa deseada para su hijo. Y envió a solicitar la mano de Gopa al príncipe su padre, creyendo que éste se daría por muy honrado con la designación.

—Di al rey —contestó el feudatario al mensajero—

que en nuestra familia es costumbre dar las hijas sólo a hombres que conozcan todas las artes y se muestren leones en el combate. El príncipe ha sido educado con mucho mimo y desconoce el manejo de las armas y el arte de la guerra. ¿Cómo puedo darle mi hija?

No sonaban por primera vez estas censuras contra Sidarta. Los príncipes sakias en más de una ocasión se habían negado en palacio a hacerle la corte, diciendo que los que eran leones en la guerra no podían sin mengua adorar la superioridad de un joven que sólo sabía meditar a la sombra de los árboles, como los brahmanes mendigos que corren la India escudilla en mano.

Sidarta, al notar la tristeza de su padre, acudió animoso y sonriente.

—Esos hombres no me conocen —dijo—. No hay en Kapila quien pueda luchar conmigo. Ordena la celebración de un torneo y que el premio del vencedor sea la posesión de Gopa.

Más de cien mil parias trabajaron diez días levantando en las afueras de la ciudad grandes estacadas de bambú con plataformas que cerraban el anchuroso palenque. El río pasaba por su promedio. Quinientos príncipes sakias acudieron a presenciar la fiesta, y todo el pueblo de Kapila se agolpó en torno a la liza, deseando presenciar las diversas luchas.

Empezó la fiesta por las artes escolares. Visvamitra, el más sabio de los brahmanes, era el juez, en compañía de otros dedicados no menos al estudio. Pero el príncipe poseía todos los secretos de la ciencia, y resolvió instantáneamente cuantos cálculos difíciles le propusieron, sin lograr por su parte que los jueces resolvieran los que él les presentó.

Fue aclamado Sidarta por la muchedumbre entusiasmada, y los cantores, al son de sus guzlas y tamborcillos, improvisaron un himno, llamándole el más sabio de los hombres.

Pero llegó el momento de los ejercicios corporales, y allí era donde los guerreros sakias esperaban la derrota del príncipe.

Sidarta se despojó de su turbante, puro cual la nieve; deslióse el sayo de oro, que brillaba con reflejos de sol; se arrancó con gallardía el collar de perlas y los innumerables aros preciosos que resguardaban sus brazos y piernas, y quedó sin otra vestidura que el blanco ceñidor anudado sobre los riñones.

Su desnudez provocó un murmullo de admiración. Las hermosas damas se deleitaron contemplando este cuerpo esbelto y gallardo como el de Rama, fuerte y musculoso, sin rudas protuberancias que alterasen la suavidad de la piel, un cuerpo que parecía emanar luz como los de los dioses cuando se aparecen por la noche a los santos solitarios sumidos en la meditación.

Dos esclavos untaron sus miembros y su robusto torso con perfumado aceite de palmera, y al son de las trompas de combate avanzó hacia los jóvenes sakias que, igualmente desnudos, habían de luchar con él.

¡Poderoso Brahma, autor de todos los prodigios! Desde los tiempos en que el fuerte esposo de Sita iba por el mundo realizando aquellas hazañas caballerescas que los poetas habían de cantar más adelante en el *Ramayana*, no se habían visto prodigios de fuerza y destreza como los del príncipe Sidarta.

Budra, el dios de las batallas, estaba sin duda a su lado comunicándole una fuerza irresistible. Ningún luchador se sostenía ante él. Un puñetazo en medio del pecho, o el agarrarlos de un brazo o de una pierna, bastaba para que inmeditamente cayesen de espaldas, conmoviendo el suelo con las fuertes armazones de sus cuerpos.

Rugía de entusiasmo el pueblo aclamando a Sidarta, y éste, una tras otra, sin tomar descanso, fue realizando todas las pruebas. Corrió al lado del mejor caballo de su padre, que iba desbocado en torno del palenque, y consiguió cansarlo, ganándole en ligereza; con irresistible impulso saltó a lo largo de dos elefantes puestos cabeza con cola; y para dar pruebas de nadador, se arrojó en el río, donde por mucho tiempo se vio bracear su cuerpo transparente entre las aguas, moviéndose veloz como un pez de nácar.

Secáronle los esclavos, recobró sus ropas y comenzó la última prueba, pues Sidarta quería demostrar que nadie le aventajaba como flechero.

Sus manos finas y ensortijadas cual las de una mujer rompían con desprecio los fuertes arcos que le presentaban los príncipes sakias. Eran para él débiles cañas, y como quería demostrar su destreza, pidió el formidable arco de su abuelo Sinahaun, el rey que había elevado la tribu de los gigantes sakias a su mayor poderío.

Los guerreros miraban con respeto y asombro el arco del forzudo rey. Era una rama de madera fuerte y dura como el hierro, que tenía por cuerda varios nervios de toro retorcidos. Los que intentaban doblegar el arco tenían que abandonarlo jadeantes y sudorosos, sin hacer en él la menor curva. El más fuerte de los sakias, que era un coloso, consiguió separar un poco la cuerda de la madera después de esfuerzos desesperados. Por eso el asombro fue general cuando Sidarta sacó una flecha, la ajustó a la cuerda, y tirando sin fatiga, dobló el férreo arco poco a poco hasta que aquélla partió silbando y con portentosa certeza cortó el penacho de plumas que ostentaba el padre de Gopa, sentado en el otro extremo del palenque.

Fue ya imposible contener el antusiasmado gentío. Guerreros y parias, sudras y brahmanes, todos confundidos, olvidando castas y categorías, cayeron desde los tablados a la liza como avalancha ensordecedora, aclamando a Sidarta y queriendo llevarle en triunfo como un ser divino.

Pero el príncipe montó en su dorado carro de guerra, y fustigando los caballos blancos corrió a Kapila para contar a su padre el resultado de las pruebas y recibir después los homenajes de los confusos sakias, que veían un león en este joven hermoso como una mujer y sabio como un poeta de himnos.

Al poco tiempo se verificaron las bodas de Gopa con Sidarta.

La joven llegó de noche a las puertas del palacio de los Cisnes.

Centenares de doncellas la precedían en fantástica procesión, alumbrando el camino con faroles en forma de rosas y flores de loto, a cuya suave luz brillaban sus faldas de seda, sus turbantes verdes y blancos y las joyas centelleantes sobre sus morenos pechos. Detrás caminaba con majestuosa lentitud un elefante blanco sosteniendo sobre su lomo el dorado palanquín afiligranado y puntiagudo como una pagoda, del que descendió la gentil Gopa envuelta en sutiles velos que transparentaban su carne de virgen, sedosa, fina y sonrosada.

Pasó mucho tiempo sin que los habitantes de Kapila ni los mismos cortesanos del rey pudiesen ver al príncipe.

Vivía en el fondo de los vastos jardines, al amparo de misteriosos bosquecillos donde en otros tiempos se esparcía la reina Maya con sus servidoras, y ahora Sidarta había levantado para su amada Gopa suntuosos kioscos.

Tres mil doncellas, entre bailarinas, cantantes, instrumentistas y criadas de todas clases, formaban la corte del príncipe en esta parte del palacio, que permanecía en el misterio, y adonde nadie podía llegar, so pena del enojo del rey Sudhodana.

Éste era tan feliz como su hijo. Mientras el príncipe permaneciese sumido completamente en los goces materiales, no había peligro de perderle.

Y experimentaba inmensa alegría cuando desde una terraza de su palacio podía ver a lo lejos, entre la arboleda, al «león de los sakias» cubierto de joyas, con deslumbrantes vestiduras, disfrazado con afeites y galas femeniles, rodeado de mujeres, en cuyos juegos y danzas tomaba parte.

Así le quería Sudhodana. Mientras el amor de Gopa y las delicias del harén le tuvieran cautivo, no era posible que se cumpliera cierto ensueño que amargaba las noches del rey.

Acordándose de la profecía de Asita, veía muchas veces a su hijo con hábito de brahmán vagabundo, extenuado por las maceraciones, mendigando el sustento hasta a los más humildes parias, predicando la nueva ley a todos los hombres.

Dicho ensueño turbaba con frecuencia la plácida tranquilidad del rey, e impulsado por su zozobra, parecíanle siempre mezquinas las suntuosidades de que rodeaba a su hijo.

Hizo llamar a los mejores constructores de Kapila, juntos con los más asombrosos artífices y renombrados imagineros de toda la India, y en los tres lugares más hermosos de sus jardines mandó levantar otros tantos palacios.

Uno era para habitarlo en los meses de invierno. Sus tres cuerpos superpuestos cubríanse con una cúpula de doradas escamas. A través de sus ventanales, cubiertos por espesas celosías, veíanse salones anchurosos alfombrados con las sedosas y blancas lanas de las cabras del Tíbet. Los asientos estaban cubiertos con pieles pintarrajeadas de tigres y leopardos. Centenares de pebeteros humeaban suaves esencias. Crecían en los rincones las plantas que florecen en el paraíso de Ceylán, y el aire perfumado y tibio hacía olvidar las escarchas de las noches invernales.

El otro palacio era para la estación de las lluvias. En él estaban las innumerables habitaciones de la servidumbre, flautistas, cantoras, escanciadoras y bailarinas, toda la hermosa y rebullente falange femenil que necesitaba el príncipe para alegrar las monótonas horas otoñales, mientras el torbellino azotaba con nubes de agua las puntiagudas techumbres del palacio y sus muros de mosaico multicolor, donde los artistas habían trazado las asombrosas transformaciones de Vichnu, las diabólicas hazañas de Siva o las epopeyescas empresas del caballeresco Rama.

Y en el tercer palacio, o sea el de estío, habíase agotado toda la fantasía indostánica.

Era casi aéreo, dorado y afiligranado como una joya de las que Gopa lucía en el seno, entre sus pechos blancos y sedosos como flores de jazmín.

Sidarta, sacudiendo su pereza voluptuosa, lo había dirigido, construyéndolo a semejanza de aquellas torrecillas quiméricas que sabía extraer de una bola de cera.

Estaba abierto por todas partes. Sus aéreas pilastras, como si aún no fueran bastante sutiles, mostrábanse caladas como obra de filigrana. Festoneados ventanales rasgaban sus cuatro caras; las galerías avanzaban audazmente sobre los dorsos de genios y dragones. La aguda techumbre, que remontaba audazmente en el espacio azul su flecha final de oro, encorvábase al llegar a los aleros, formando en los cuatro ángulos otros tantos cuernos enroscados. Y de los festones de este tejado, del borde de las galerías, del dentellado contorno de las arcadas, de todos los puntos salientes, pendían millares de diminutas campanillas de plata, que al penetrar la perfumada brisa de los jardines por los abiertos huecos de este edificio que parecía bordado, conmovíanse dulcemente, lanzando las sinfonías celestes de su interminable vibración.

Hizo más el rey. Después de construir tan hermosas jaulas, las cerró cuidadosamente, colocando en torno a los tres palacios, noche y día, un círculo de guerreros armados para que le avisasen tan pronto como Sidarta intentase huir, arrastrado por aquel impulso de santa propaganda profetizado por Asita.

Pero al visitar a su hijo convencíase de lo inútil de tal precaución.

Habían transcurrido tres años desde el casamiento, y bastaba ver a Sidarta en su palacio de estío, sentado sobre las frescas esterillas de junco, vestido y oloroso como una mujer, con los ojos y los labios pintados, sin el menor indicio de su pasada virilidad, contemplando los inmediatos jardines, oyendo el cadencioso canto de sus bayaderas, la perfumada cabeza reclinada sobre el palpitante seno de Gopa y jugueteando con su pequeño hijo, desnudo, mantecoso y vivaracho como un amorcillo, para convencerse de que el príncipe había olvidado que en la tierra existen hombres.

Su imaginación no iba más allá de aquellos bosquecillos que cobijaban un mundo de mujeres hermosas y de infinitos placeres.

III

Mas todo tiene término en el mundo, y una mañana, Sidarta, al fijarse en su armadura dorada de príncipe, sintió deseos de vestírsela, como en los primeros días de su matrimonio, cuando, por seducir más a Gopa, hija de guerreros, caracoleaba con una escolta de sakias ante el palacio del rey.

Y al sentir sobre su cuerpo el peso de la coraza re-
sucitaron en su alma, aunque débilmente, sus aficiones
de hombre fuerte. Quiso cabalgar con aparato guerrero
ante el pueblo, que no le había visto en tres años, y
pidió que le trajeran a *Cantaca*, su bravo corcel de
guerra.

Conmovióse el ejército de guerreros que circundaba
a los tres palacios. ¡El príncipe iba a salir! Y mientras
los mensajeros corrían al palacio de los Cisnes a dar la
noticia a Sudhodana, un pelotón de jinetes sakias se
presentó para acompañar a Sidarta en su paseo.

¡Hermoso aspecto el de la bélica cabalgata! Flotaba
el largo manto del príncipe sobre su deslumbrante lo-
riga. Dos criados amarillos, sin otra vestidura que turbante y camisa, marchaban delante de su caballo con
altos abanicos de plumas para espantar los enjambres
de insectos. Un coloso bronceado sostenía el amplio
quitasol de seda y oro. Detrás galopaban los sakias cubiertos de metal, con dos plumas abiertas sobre el turbante, como las antenas de grandes mariposas.

Cerca de los muros de Kapila, en una revuelta del
camino, faltó poco para que Sidarta atropellase a un
viejo que marchaba trabajosamente apoyándose en un
grueso bambú, encorvado hasta el punto de que su
barba casi rozaba el suelo, y tan consumido y esquelético, que sus miembros, asomando entre los andrajos, parecían los de un cadáver.

Absorto el príncipe por esta aparición, refrenó su
caballo. En su rostro marcábase inmensa extrañeza, e
interrogó al anciano con interés.

—¿Quién te hace sufrir? ¿Por qué caminas vacilan-
te, como si estuvieras ebrio de *soma*?

—Príncipe; mi embriaguez es la de los años, y sólo
la edad es la que me hace sufrir.

—Entonces tu única enfermedad es la vejez.

—Acertaste. También yo fui como tú, joven y hermoso. Mas aunque el señor de la vida te proteja y la enfermedad te respete, en medio de los placeres sabrá encontrarte la vejez, y entonces tú, el más hermoso de los sakias, marcharás como un cadáver, buscando reclinar tu cabeza en la almohada eterna.

Se alejó el anciano lentamente, dejando al príncipe sumido en profunda meditación.

Siguió su camino Sidarta, cabizbajo y triste. Tal era su estado de ánimo, que al llegar a la puerta oriental, en vez de entrar en Kapila siguió por fuera de los muros.

Ninguno de los sakias turbaba el silencio del príncipe, interrumpido sólo por el trote de los caballos y el choque de las armas. Al poco rato, próximos ya a la puerta de Occidente, oyeron todos los del cortejo desgarradores lamentos mezclados con un canto monótono y triste.

Era un entierro. Se alejaba de la ciudad, dirigiéndose a un montículo en cuya cumbre veíase la pira de resinosos pinos que había de convertir en cenizas el cadáver.

Sidarta encontraba por primera vez un entierro. Oyó con espanto los lamentos aparatosos y estridentes del grupo de plañideras que abría la marcha; las lágrimas de los parientes le enternecieron y le produjo honda inquietud el himno funeral que con voz sorda y ademán misterioso entonaban los brahmanes escoltando el cadáver.

Al pasar ante el féretro, vio el príncipe un cuerpo inerte envuelto en velos de lino. Era un joven como él. Debió ser fuerte y hermoso, pero el calor había acelerado su descomposición y repugnantes manchas azules sombreaban su pálida piel.

Revolvió Sidarta su caballo, y seguido de la escolta tornó sobre sus pasos.

No quería continuar el paseo. Por primera vez veíase

en presencia de la muerte. Había oído hablar de ella como de una hermosa transformación que devuelve el espíritu puro al seno de Brahma.

Pero viéndola de cerca la encontraba horrible. Parecíale que el sol brillaba con menos luz. La verdosa campiña tomaba oscuras tintas, como si las nubes entoldasen el cielo. El puro espacio parecía temblar con estremecimientos de terror por estos cantos funerales que se perdían a lo lejos.

Pensó Sidarta con asombro que él, hombre feliz, señor de la hermosa Gopa, con sus tres palacios portentosos y sus tres mil esclavas escogidas entre las mujeres más bellas de la India, llegaría un momento en que, corroído por los gusanos, hinchado por la podredumbre, sería conducido a la fúnebre hoguera como este joven que acababa de ver en el fondo del féretro. Y si el espíritu de la muerte no le sorprendía en plena juventud, tendría que acoger como una felicidad el verse lo mismo que aquel viejo, doblado por la senectud y andando como un fantasma, con la frente buscando el polvo.

Fue esto un terrible despertar. Acababa de desgarrarse el velo que oculta la miseria de la vida, y Sidarta, el hombre dichoso poseedor de todos los esplendores del mundo, tembló como un niño ante el porvenir.

La ineficacia de su poder fue lo que más le aterró. En vano era que amontonase tantas riquezas, el oro de sus palacios, las deslumbrantes joyas que cubrían a sus innumerables mujeres, las que él mismo ostentaba en su pecho, en sus brazos y en lo alto del turbante, tan valiosas como la ciudad de Kapila. Todo esto, unido a los tesoros que las caravanas traían de Persia, más allá de las fuentes del Ganges, no era bastante para sobornar al Tiempo, señor incorruptible y justiciero que se apodera de hombres y bestias cuando les llega su hora.

¿Para qué reinar? ¿Para qué ser dichoso? ¿Podían sus bravos sakias infundir espanto a la Muerte cuando se presentase? ¿Podían sus riquezas hacerla retroceder...?

Y el príncipe, cual si huyese de un peligro y deseara verse cuanto antes en sus encantados palacios, cuyos umbrales jamás atravesaba el dolor, hizo galopar su caballo, sin fijarse en los portadores de las reales insignias, que trotaban jadeantes y sudorosos junto a él.

Por esto no vio cerca ya de sus jardines a un hombre encapuchado que atravesaba el camino y a quien su caballo derribó con sólo un empujón de sus humeantes narices.

Refrenó Sidarta su corcel para socorrer al caído, pero ya los portadores de los abanicos estaban golpeándolo con los cuentos de sus dorados palos y los sakias avanzaban teniendo en alto sus deslumbrantes cimitarras para despedazarle.

Era un paria, un ser maldito, cuyo contacto mancha al bueno. El solo hecho de haberse dejado tocar por el caballo del príncipe merecía la muerte.

Pero Sidarta contuvo a todos con un ademán, y el infeliz, aprovechando esta tregua, incorporóse tan torpemente, que resbaló sobre su espalda el mugriento capuchón.

Sidarta dio un grito de horror, tapándose los ojos con sus manos cargadas de sortijas. Había visto un rostro horripilante, monstruoso, hinchado, cubierto de pústulas, a las que se pegaban ávidos los insectos. Sus labios roídos dejaban visibles los dientes en perpetua y diabólica sonrisa; sus ojos, casi tapados por tumefacciones asquerosas, tenían el brillo de amarillentos tizones. Era una carátula infernal, una mueca espeluznante, sólo comparable a la de los monstruos que aparecen en los sueños.

Acostumbrado el paria a causar en todas partes

igual horror y asombrado de no recibir mayores castigos, huyó a través de los campos, mientras el príncipe
seguía con las manos ante sus ojos.

Respiró Sidarta cuando al descubrirse no vio al horrible vagabundo, y continuó su marcha lentamente.

El portador del viejo quitasol, como experto cortesano, pareció adivinar la pregunta que vagaba en los labios de su señor.

—Príncipe —dijo—: ese paria miserable es un le-
proso.

—¿Y sólo los impuros malditos de Brahma sufren
tal enfermedad...?

—No, príncipe. Es un castigo con que el cruel Siva
aflige a todos, buenos y malos. ¿Quién podría contar
el número de los que en tu reino se ven iguales a ese
miserable paria?

Inclinó Sidarta su cabeza con desaliento. ¡Esto
más...! De modo que no sólo la senectud y la muerte se
encontraban como pena inevitable al final de la vida;
existía además la enfermedad, con sus infinitas varia-
ciones; y él, a quien las cantoras de su palacio llamaban en sus himnos «el hermoso Sidarta», él, que era
fuerte como un león y más sabio que un brahmán, podía ser víctima de la lepra e infundir el mismo horror
que aquel paria. El mal era inevitable. ¡Quién podía saber si en el momento presente germinaba en su interior
el fuego de la lepra...! El mundo era horrible; sólo dolores y miserias se encontraban en él.

Y Sidarta se encorvó sobre el cuello de su veloz
Cantaca, que galopaba furioso hacia el palacio, dejando
atrás a toda la escolta. Huía el príncipe como si tras
él sintiera el formidable paso de Siva, dios del mal, con
toda su diabólica cohorte de enfermedades y castigos.

Entró en su palacio de verano, cayendo sobre los
cojines de seda, triste y ceñudo, sin que le arrancasen
una sonrisa las caricias de Gopa ni la lluvia de perfu-

mes y hojas de rosa que diez esclavas desnudas arrojaron sobre él.

Como el rey Sudhodana, siempre temeroso por su hijo, tenía cerca de él fieles confidentes, no tardó en conocer su melancolía, y dispuso que aquella noche. para alegrar su banquete nocturno, se presentase en el palacio una banda de juglaresas que acababa de comprar a una caravana de mercaderes del Imperio Amarillo.

Quería que dicha fiesta fuese la más asombrosa que se hubiera visto jamás en sus jardines.

Y mientras daba órdenes a sus criados, pensó con inquieto terror en su hijo, que estaba triste como un paria, cual si fuese el hombre menos feliz de la India.

IV

Los celestes espíritus del aire, sólo visibles para los santos brahmanes, que unas veces suspiran dulcemente al filtrarse entre las flores, otras rugen de dolor cuando el vendaval los empuja contra tejados y galerías, debieron asombrarse esta noche al revolotear por encima de los jardines del rey de Kapila.

Ya no eran suyos los bosquecillos donde en otro tiempo paseaba la reina Maya, esperando el celestial descenso del elefante blanco. Los limoneros y naranjos de perfume nupcial, los túneles de entrelazados bambúes, las cimbreantes palmeras con su amplio surtidor de rizadas plumas, los copudos plátanos y sicomoros, los magnolieros cargados de flores enormes como incensarios, las tupidas filas de rosales, todo estaba invadido por un rebaño luminoso de formas irreales que se cobijaban bajo las hojas o asomaban sus monstruosas cabezas entre los retorcidos troncos.

La imaginación de los cantores del palacio habíase agotado al disponer las iluminaciones de los jardines.

Dragones de transparentes escamas, por entre las cuales filtrábase la luz con irisado resplandor; ibis fantásticos con el pecho inflamado, que extendían las blancas alas como si fuesen a volar lo mismo que estrellas hasta el trono de Brahma; cocodrilos verdes que por sus abiertas fauces parecían arrojar llamas; enroscadas serpientes con todos los matices del iris; peces monstruosos de enorme cabeza y retorcida cola, cuyos bigotes brillaban cual rayos de sol en torno a la redonda boca; endriagos espantables y enormes flores de loto con el cáliz radiante de colores, poblaban todas las espesuras, impregnando el negro espacio de suave penumbra, reflejándose sobre las cortinas de hojas y el enarenado suelo con las tornasoladas aguas del nácar.

Gorjeaban las fuentes, rompiendo en mil fragmentos dentro de los tazones de alabastro el líquido cristal, que parecía poblarse de peces de fuego. Los ruiseñores, como enardecidos por las músicas que el palacio lanzaba sobre la arboleda por sus inflamados ventanales, trinaban sin descanso, uniendo sus interminables gorgoritos al monótono cántico del agua.

Hasta los oscuros límites del jardín animábanse con los reflejos metálicos de aquella fila circular de guerreros que velaba, renovándose día y noche, para guardar al príncipe Sidarta.

Toda la corte de mujeres del venturoso príncipe estaba en movimiento en el palacio de estío. Abajo, en las cocinas, centenares de esclavas arreglaban las viandas en trenzadas canastillas de palma, cubrían de flores los platos de porcelana, coronaban de frescas y anchas hojas las ventrudas ánforas. Y otras siervas, forzudas y casi viriles, sin otro traje que un corto sayo, llevando ajorcas y brazaletes de bronce en sus desnudos miembros, cargaban con todo esto, conduciéndolo arriba, a la sala del banquete.

Parecía el ensueño de un poeta ebrio de *soma* este salón que ocupaba todo el piso superior del palacio. Cuatro estatuas de Ra, la diosa de la abundancia, alzábanse en los ángulos, gigantescas hasta sostener la techumbre con la punta de sus mitras doradas; los cuerpos pintados de rosa suave, los ojos con cerca azul lanzando una eterna y majestuosa mirada de amor, un cinturón de oro cubriendo su sexo, y escapándose de sus deslumbrantes chaquetillas el manojo de enormes y múltiples pechos, símbolo de la nutrición del mundo.

En los paños de pared que resultaban angostos por ser muchos los ventanales, veíanse escenas de caza, de amor y de guerra hechas en mosaico, cuyas pequeñas piedras rojas y azules alternaban con el oro.

Al calentarse el techo de sándalo con el vaho de la fiesta, lanzaba su olorosa respiración, impregnando el espacio de dulce perfume. El suelo, de anchas losas de mármol ajustadas y cuidadosamente pulidas, reflejaba invertidos todos los objetos, cual si se hallasen éstos sobre un lago cristalizado.

Trípodes de bronce sostenían centenares de urnas, en las cuales las mechas de algodón ardían hundidas en sal y oloroso aceite de palma. El inquieto parpadeo de las luces hacía vibrar esta amalgama de dorados y de brillantes colores, y lo mismo las cuatro diosas que las figuras de los mosaicos, parecían adquirir una vida momentánea para unirse a la fiesta.

Los inmensos coros de rosas y magnolias, jazmines y azucenas que por las noches, envueltos en la oscuridad de los bosquecillos, anunciaban su presencia con interminable himno de perfumes, habían huido del jardín para invadir en masa el palacio de estío.

Enroscábanse como serpientes a las columnas; trepaban por el afiligranado de ventanas y puertas para caer en desmayadas guirnaldas; agrupábanse formando macizos en todos los rincones; orlaban las ochavadas mesillas de menudo mosaico, los ventrudos cojines de seda, los enormes canastillos repletos de viandas, las ánforas a cuyas anchas bocas se asomaban, palideciendo turbadas por el punzante aliento del *soma* fermentado, derramándose finalmente como oleadas de colores y perfumes por el transparente pavimento y los tendidos cuerpos de las mujeres.

La cena del príncipe Sidarta iba a terminar. En el suelo, sobre almohadones, o encima de las mesillas, estaban las grandes fuentes de porcelana china, las graciosas canastillas, las pequeñas ánforas de plata; en un lado los pasteles de miel y de huevo; en otro los montones de rubios dátiles, la leche preparada de diversos y agradables modos, las frutas presentadas en atrevidas pirámides; todos los prodigios de la alimentación india, que repugna la carne sanguinolenta, buscando el sustento en los productos de la tierra. Los grandes cántaros, volcados por las robustas esclavas, vomitaban con sonoro glu-glu el hirviente *soma* de tono ambarino coronado por guirnalda de brillantes.

El príncipe había recobrado su plácida sonrisa de otros días, sumiéndose en la felicidad inerte del que todo lo tiene y nada desea.

Al comenzar el banquete, los tristes recuerdos de la mañana pasaron como fugaces lucecillas por su memoria. Luego, el aspecto de la fiesta borró estas penosas impresiones.

Habíase despojado de su famoso collar de perlas. El luminoso joyel seguía brillando en lo más alto de su turbante, y su moreno cuerpo, perfumado por el baño de la noche, envolvíase en una bata de seda listada diagonalmente de blanco y verde.

Sentado en un montón de cojines, tenía a Gopa junto a él, frotándole el fuerte pecho con su graciosa cabecita, como gata cariñosa, mientras su cuerpo adivinábase a través de la amplia vestidura de gasa a rayas opacas y diáfanas.

Dos niñas hermosas, sin otro adorno que el cinturón lumbar, manteníanse a ambos lados de los esposos moviendo cadenciosamente grandes abanicos de plumas.

Resbalaba la luz sobre sus cuerpos juveniles, próximos a ensancharse con el calor de la naciente pubertad, acabando por absorberla su piel, blanca como la flor del almendro.

Frente a Sidarta extendíase toda su inmensa corte de mujeres. En lugar preferente, tendidas sobre pieles sedosas y tapices de mil colores, estaban las favoritas, servidoras íntimas que alcanzaban el favor de Sidarta, sin que Gopa, señora indiscutible, experimentara la menor emoción en su tranquilidad de esposa oriental, satisfecha con ser la primera.

Unas eran esbeltas, blancas como el marfil, transparentando en las satinadas y frescas redondeces de sus miembros la graciosa tortuosidad de las venillas azules y el ligero arrebol del calor y la vida, con los ojos agrandados por cercos azules, la boca pintada de carmín y el perfil majestuoso de las mujeres persas. Otras, morenas, de audaces curvas, la suave carne animada por el caliente tono de ámbar, el pecho agobiado por rollizos globos, entre los que se deslizaban serpenteantes rastras de joyas, y sin otro adorno en su deslumbrante desnudez que el amplio cinturón de oro que oprimía sus caderas cual faja de luz. Confundíanse, como supremo derroche de belleza, las formas finas y elegantes del ligero cervatillo con las opulencias de la incitante madurez.

Y tras el grupo de las preferidas, toda la inmensa corte femenil de Sidarta como un viviente jardín de carnosas flores y perfumes voluptuosos derramado sobre cojines o tendido en el fresco pavimento.

Las músicas, coronadas de flores, apoyaban liras y guzlas sobre sus desnudos pechos de alabastro, mientras los ágiles dedos rozaban las tirantes cuerdas o golpeaban la tersa piel de los dorados tamborcillos. Las cantoras, puestas en cuclillas, mostraban entreabiertas por la sonrisa sus dentaduras nítidas y luminosas, más adentro de las cuales parecían revolotear impacientes sus himnos, esperando el momento de estremecer el perfumado ambiente. Las bailarinas, ágiles y nerviosas, envueltas en sus transparentes velos y removiéndose como molestadas por la inercia, hacían sonar a cada movimiento sus innumerables dijes.

Centenares de ojos negros o azules, agrandados por oscuras aureolas, se fijaban ansiosamente en el feliz Sidarta. Todas las bocas le sonreían, acariciándole de lejos, con sus labios carnosos pintados de bermellón y sus dientes que conservaban la brillantez del marfil o estaban dorados por un alarde de suntuosidad.

Este viviente jardín pertenecía en absoluto al príncipe. Suyas eran las cabelleras negras espolvoreadas de oro que descendían como gruesas serpientes por las espaldas brillantes; suyos aquellos cuerpos desnudos, en cuya nítida piel el vientecillo nocturno alzaba una suave película de fruta sazonada. A cada movimiento se mostraban con el impudor de la esclavitud voluptuosas redondeces, misteriosos hoyuelos, sombreadas carnosidades, en las que el vello oscurecía lo que la desnudez dejaba al descubierto.

Terminaba la cena. Gopa, con el rostro sonrosado por los vapores del *soma* y la mirada húmeda y amorosa, apoyaba con pasión su cabeza suave en el pecho del príncipe, como si quisiera penetrar hasta su corazón. Sidarta, feliz en esta atmósfera de amor, miraba a su inmensa corte, correspondiendo con una sonrisa de dios satisfecho a la muda admiración de mujeres.

Rompieron en prolongados arpegios los dorados instrumentos, y las voces lentas y cadenciosas de las cantoras empezaron a entonar las alabanzas del príncipe, bello como Rama y fuerte como todos los héroes juntos.

Y de repente las inquietas bayaderas saltaron al centro del salón con nerviosa agilidad de felino, desplegando como alas deslumbrantes los velos de tul en que se envolvían.

Mostraban en su mirada inmóvil y en sus formas duras, ágiles y comprimidas, el fuego de la sacerdotisa y la fuerte esbeltez de la virgen. Caían sobre su frente los negros rizos oprimidos por diadema de oro, de la que colgaban cadenillas tintineantes. Sus pechos duros y recogidos asomaban por entre la camiseta de seda y la redonda chaquetilla de oro. Más abajo del cinturón de metal mostrábase el vientre pulido, brillante, cóncavo en el centro por gracioso hoyuelo, semejante a una taza de suave redondez. Y de las amplias caderas pendían los superpuestos faldellines de gasa, en cuyos bordes asomaban los morenos pies con triples ajorcas resonantes sobre los tobillos.

Movíanse todas ellas al compás de la música con actitudes perezosas, cual si tuvieran sus plantas clavadas en el suelo. Sonaban los golpes del tamborcillo con solemne pausa, y el grupo de bayaderas, con la cabeza atrás, los brazos en alto y las piernas inmóviles, giraban sobre las caderas con ondulaciones de serpiente y estremecimientos de loca pasión. Unas crecían cual si se despegasen del suelo; otras, agitando sus vientres en ondulaciones concéntricas, parecían disminuir a cada rueda sus esbeltas figuras.

Cuando la música, cada vez más lenta, parecía próxima a extinguirse; cuando un hálito ardiente de pereza y voluptuosidad soplaba sobre los salones y los ojos iban entornándose, temblando los pechos con ansiosa emoción, mostráronse de pronto los instrumentos poseídos de loca furia, vibraron las cuerdas cual si fueran a romperse, redoblaron los pequeños tambores su estrépito de orgía, marcando un delirante galope, y las bayaderas, semejantes al paria que duerme en el bosque y despierta sintiendo en su rostro el aliento del tigre, saltaron estremecidas, con los brazos cruzados tras la nuca como asas de marfil, de gallarda ánfora, y empezaron a girar frenéticas, lanzando gritos de excitación.

Las cabezas caídas atrás mostraban la tirante garganta estremecida de placer. Con la vertiginosa ronda extendíanse las amplias faldas de gasa como banderas crujientes, como flores de pétalos ondeantes, y el blanco remolino subía y subía, mostrando a cada revuelta un encanto más de aquella carne morena y luminosa que, estremecida por el incesante movimiento, parecía arrojar llamas.

Todo el palacio de verano conmovíase con la furia de las bayaderas. La música, influida por este ambiente de excitación, rugía ya sin armonía ni compás; brillaban los ojos, escapábanse gritos de los pechos conmovidos. Hasta el sereno Sidarta sentíase arrastrado por la caliginosa tempestad que levantaba este vértigo de faldas, y oprimía contra su pecho a la dulce Gopa. Ésta, al arrullo de la música y acariciada por el calor de su esposo, comenzaba a adormecerse.

Callaron al fin las cantoras, roncas antes que cansadas; cesaron de sonar los instrumentos uno tras otro, y cuando se extinguió el postrer acorde cayeron al suelo las bayaderas, sudorosas y jadeantes, con los ojos desmesuradamente abiertos y la boca rugiente, quedando inmóviles en los mullidos almohadones o rodando sobre el mármol con los últimos estremecimientos de la danza.

Faltaba lo mejor de la fiesta, el regalo del rey Sud-

hodana, la banda de juglaresas compradas a los mercaderes del Imperio Amarillo, y cuando sonoros golpes
de *gong* y un prolongado temblor de campanillas anun-
ciaron su aparición, toda la corte de Sidarta avanzó
ansiosa sus cabezas con femenil curiosidad.

Eran veinte mujeres, jóvenes, atléticas, de músculos
robustos, cuya rigidez y dureza se amortiguaba bajo
redondas suavidades. Tenían la piel amarilla y mate,
los ojos luminosos, pero oblicuos y pequeños, la nariz
fina y corta, la boca contraída por una sonrisa astuta
y atractiva a la vez, la maliciosa gracia de los felinos.

Contemplaban con asombro las innumerables mujeres de Sidarta estos cuerpos desnudos y ambarinos,
sin otro adorno que la faja multicolor de seda, semejante a un arco iris ceñido a sus caderas. Admiraban
sus pies diminutos, como los de una niña, martiriza-
dos por la opresión para lograr su inaudita pequeñez,
y que no podían sostener firmemente sus opulentas formas, obligándolas a andar titubeando con gracioso ba-
lanceo. Sus negras cabelleras anudábanse en la cúspide de la cabeza, formando alta pirámide erizada de agujas de oro que se abrían como un abanico.

Saludaron al príncipe todas a un tiempo con profunda inclinación, que hizo descansar sus cabezas sobre
los brazos cruzados, y comenzaron en seguida sus juegos nunca vistos por la corte de Sidarta.

Creyeron las hermosas mujeres del príncipe hallarse en presencia de las hijas de Mara, el dios del Amor
y de la Muerte, a cuyos servidores les es dado adoptar
las más extrañas formas y realizar los mayores prodigios.

Los juglares indios, que en las plazas de Kapila hacían bailar serpientes encantadas o escamoteaban niños, parecían insignificantes comparados con estas
hembras amarillas.

Saltaban unas sobre otras cual ágiles panteras, for-

mando en un instante audaz torre de miembros, que
se movía sin sufrir la menor oscilación, volteaban como
pelotas a grandes distancias, pasando de los hombros
de una compañera a los de otra; sosteníanse con asombroso equilibrio en el extremo de un bambú; arrojában-
se, sin herirse, agudos cuchillos que rozaban la piel de
la que estaba enfrente, clavándose en tablas, donde quedaba marcado de este modo el contorno de las juglaresas; quitábanse a flechazos, una por una, las agujas
de su peinado, y tendidas en el suelo, descoyuntábanse
adoptando formas monstruosas, que hacían prorrumpir
en gritos de terror a las mujeres de Sidarta, obligándo-
los a cubrirse los ojos con las blancas manos para seguir mirando a través de los dedos.

Y así transcurrieron las horas.

Gopa, dormida al fin sobre el pecho de Sidarta, había sido conducida al lecho por las robustas esclavas,
acostándola junto a su pequeño hijo.

En el gran salón la atmósfera parecía arder, cal-
deada por centenares de lámparas, pesados perfumes
y el punzante vaho de carne femenil.

Sidarta se asfixiaba.

Aturdido por el estrépito de la fiesta, pensó en la
frescura y la dulce soledad de sus jardines, y haciendo
una señal a las juglaresas para que no interrumpieran
sus trabajos, salió del salón sin ser notado por su corte, y fue a descansar en la galería casi aérea con orla
de campanillas que rodeaba las cuatro caras de su palacio.

V

A sus pies extendíase el inmenso jardín sumido en
fresca sombra.

De la fantástica iluminación que lucía horas antes sólo quedaban entre las hojas pavesas inflamadas de papel brillando como luciérnagas.

El rumor de la fiesta escapábase por todos los ventanales del palacio, rojos como bocas de horno, y a lo lejos, donde se extendía el cordón de guerreros apostados por el rey, notábase ir y venir de sombras. Eran las esclavas de las cocinas, que obsequiaban a los centinelas con parte del banquete.

Sidarta aspiró con delicia la fresca respiración de la arboleda. Tras el ardor de la fiesta, creía hallarse sumido en un baño. Sus ojos cansados sentían cierta voluptuosidad al sondear las misteriosas espesuras del jardín y el cielo de azul oscuro moteado de polvo luminoso.

Así pasó el príncipe mucho tiempo, aturdido aún por la fiesta, embriagado por el perfume que habían dejado en sus ropas todas las beldades de su corte.

Paladeaba su dicha. Ahíto de placeres, pensaba que sus aduladores no mentían al llamarle el príncipe feliz. ¿Qué le faltaba...? Gopa y su hijo lo querían con el más puro de las amores. Las mujeres más hermosas de la India y la Persia se disputaban su sonrisa como esclavas. Era joven, fuerte y sabio; ¿qué le quedaba por conseguir? Ningún mortal podía aspirar a más en la tierra.

De pronto rompióse el encadenamiento de sus optimistas reflexiones, y sintió que un estremecimiento conmovía su cuerpo. Había oído en su interior algo semejante a una voz que decía con tristeza: «¡Si durase siempre...!»

Y Sidarta experimentó la misma impresión del que, caminando entre flores, se ve ante un precipicio.

«¡Si durase siempre...!» La terrible verdad nunca había pasado por su pensamiento. Y cuanto más reflexionaba, aumentábase más su terror.

Para ser feliz no bastaba la riqueza, ni la hartura de placeres, ni el poseer cuanto existe en el mundo; era preciso ser inmortal, gozar de eterna juventud.

Instantáneamente asaltaron su memoria las tristes realidades contempladas aquella mañana. En la penumbra del jardín creyó ver al viejo decrépito encorvado sobre el polvo, el féretro con el joven afeado por la muerte, el mísero paria asqueroso y corroído por la lepra.

Este horripilante desfile era el porvenir que le aguardaba, lo que vendría tarde o temprano, lo que no podría evitar aunque se encerrase a piedra y lodo en su palacio y el rey le hiciese guardar por los sakias más temibles armados de pies a cabeza.

El valeroso Sidarta, que no temía a nadie en el combate y manejaba los elefantes feroces como corderillos, podía sentirse tocado por el espectro de la muerte en aquel mismo instante y a las pocas horas ser conducido a la hoguera, hinchado, verdoso como una sabandija de las que pululan al borde de los pantanos. Él, que era tenido por el joven más bello del reino, podía inspirar horror a sus mujeres, hacerlas huir estremecidas sólo con que rozase sus facciones la mano infernal que tan asquerosas huellas habían marcado en el rostro del paria; y si su buena suerte le libraba de tales peligros, el fin irremediable sería verse envejecido, extenuado, débil como un niño, sin otro apoyo que un bambú, ni otro respeto que la conmiseración.

¿Para qué la vida, Brahma divino...? ¿Para qué los placeres y la juventud, si todo forzosamente —así como el Ganges, después de muchas revueltas, se confunde en el mar— había de ir a confundirse en la miseria y la muerte...?

Y Sidarta, cruelmente herido por el convencimiento de su debilidad, contempló de repente el final de toda vida, lo que hasta entonces no había merecido su atención. Seguro de que nadie podría librarle de la vejez y la muerte, lloró desconsolado, produciéndole el efecto de una carcajada diabólica la música y el rumor de la fiesta que sonaban a sus espaldas, dentro del palacio.

Ya no brillaba resplandor alguno en los jardines. La soledad era completa, y sólo el susurro de las hojas y el ligero estallido de los troncos agrietados por el calor de la noche tropical interrumpían el silencio. A lo lejos rugían los chacales vagando por los alrededores de Kapila.

Sidarta, desalentado, levantó la cabeza, fijando su mirada en el cielo.

Aquellos innumerables puntos luminosos que parpadeaban en lo alto eran los mil ojos de Brahma y de su infinita corte de divinidades. El príncipe pensó con envidia que allá arriba estaba la eterna juventud, el espíritu libre de las impurezas de la materia. Allí se hallaba la salvación. Abajo, en la tierra, todo era mentira, ensueños engañosos, de los que se despertaba para verse esclavo del dolor y la miseria.

Sus tres palacios, que antes no podía contemplar sin estremecimientos de orgullo, sus extensos jardines, considerados como el sitio más bello del mundo, mirábalos ahora con desprecio y compasión... ¿Qué era aquello? Miseria y podredumbre, como su cuerpo. Los años abatirían, convertidas en polvo, las esbeltas torres doradas. El fuego podía en una noche consumir tantos bosquecillos cargados de colores y aromas.

Sobre su frente brillaba como eterna luz el grueso diamante que deslumbraba a su corte; pero ¿qué valía, en realidad, esta joya? Era un pedrusco opaco comparado con el más pequeño de los ojos de Brahma que centelleaban en el cielo.

¡Todo miseria, todo engaño! Y el príncipe, con la generosidad nativa de su corazón, sintió lástima al pensar en aquella humanidad ciega que no adivinaba el verdadero fin de su existencia.

¡Locos! Trabajaban, acaparando riquezas, sin pensar que atesoraban para la muerte. El sakia peleaba como un león para distinguirse y ennoblecerse, no sabiendo que la vejez lo encontraría lo mismo bajo la coraza del soldado que entre los velos de seda del cortesano. El brahmán pasaba las noches inclinado sobre los sagrados libros, sin considerar que su ciencia debía enterrarse con la putrefacción de su cuerpo. La mujer pensaba únicamente en ser hermosa, sin sospechar la existencia de la enfermedad y la muerte, que iban a poblar de gusanos sus carnes sonrosadas.

¿Para qué vivir sin libertad, esclavos del dolor y la muerte? ¿No era mejor librarse del miserable yugo sumiéndose en el anonadamiento del no ser?

Lo único que consolaba a Sidarta en su desesperación era la ignorancia de su pueblo, la confiada ceguera de aquellos seres que, creyendo a su príncipe un hombre feliz, cifraban todo su anhelo en imitarle, en llegar a adquirir alguno de sus placeres. ¡Infelices! Él les abriría los ojos mostrando la verdad de la vida; él estudiaría el principio de lo existente, marcándoles el remedio que podían emplear para emanciparse del dolor.

Y Sidarta, al pensar esto, sintióse animado por misteriosa fuerza. Una vaga confianza en su destino nacía dentro de él. Contemplábase, al término de su vida, compareciendo ante el divino Brahma, confundiéndose en su seno como el primero de los elegidos, a cambio de haber dado al mundo la ley de salvación.

Esta confianza le hizo salir de sus meditaciones, y con la cabeza alta, como quien adopta una resolución inquebrantable, caminó a lo largo de la galería hasta la puerta de la sala donde estaba su lecho.

La luz de una lámpara iluminaba vagamente el montón de cojines donde la gentil Gopa dormía dulcemente abrazada a su pequeñuelo.

Sidarta arrodillóse y besó con dulzura la frente de su esposa, así como la ensortijada cabeza de su hijo. Ellos eran lo único que encontraba de firme y verdadero en el naufragio de sus ilusiones.

Sollozó quedamente como un niño, pero no tardó en erguirse, y limpiándose las lágrimas, retrocedió de espaldas hasta la puerta.

Su vista no podía apartarse de la madre y el pequeñuelo. Sonreían como si la diosa de los sueños los envolviese en sus velos de rosa.

Sintió el impulso de volver a ellos y repetir su beso. El dulce calor de la familia le atraía; mas al fin, con desesperado esfuerzo, cerró la puerta.

—No; es preciso alejarse —murmuró Sidarta—: dulces son sus lazos, pero lazos al fin. El esclavo no puede ser libertador ni servir de guía al ciego. Sólo el hombre libre es capaz de libertar, y el que tiene la vista clara debe hacer visible a los otros el camino de salvación.

Había descendido del palacio, y caminó por el jardín, silencioso y ligero. Apenas si las hojas crujían bajo sus pies. Los bambúes apartábanse a su paso.

Cruzó la línea de guerreros sakias sin que nadie le viese. Dormían apoyados en los árboles. Caídas ante ellos estaban las ánforas vacías de *soma*, regalo de las esclavas.

Sidarta iba al palacio de su padre. Conocía el camino para llegar hasta sus murallas, así como una puerta que él sólo sabía abrir y que comunicaba con la estancia real.

Cuando entró en ésta, dormía profundamente el viejo Sudhodana. El éxito de la fiesta preparada para disipar las tristezas de su hijo había hecho renacer su confianza, proporcionándole un sueño tranquilo, libre de aquellos terrores que tanto le agobiaban.

Contempló Sidarta con respeto el arrugado rostro del rey y su blanca barba. Las amargas reflexiones volvieron a reaparecer. También el monarca había sido joven, hermoso y fuerte, pero ya el enemigo de la vida empezaba a apoderarse de él; ya asomaba la decrepitud miserable. ¿De qué le había servido ser el primero en los combates y asombrar la India con sus hazañas, si ahora se doblaba indefenso ante el misterioso adversario...?

Besó el príncipe una de las nervudas manos que pendía fuera del lecho, y el anciano rey estremecíase profiriendo leves quejidos.

Soñaba. Un gesto de dolor contraía su rostro. Balbuceaba entrecortadas palabras, y Sidarta comprendió al fin el ensueño que le causaba tanta angustia.

Veía a su hijo cumpliendo la profecía de Asita, el anciano solitario del Himalaya, vestido como un brahmán errante, mendigando por los caminos.

Sintió el príncipe removerse en lo más hondo de su ser el afecto filial. Quiso despertar a su padre, jurarle que nunca se cumpliría la profecía del viejo poeta; pero al mismo tiempo que pensaba así, movíanse sus pies hacia la puerta y se vio como empujado por una mano misteriosa fuera del palacio de los Cisnes.

Regresó a su hermosa vivienda, viendo cómo brillaban en el horizonte las estrellas del amanecer.

Una débil claridad escapaba ahora por los ventanales de su palacio. Ya no sonaban músicas ni cantos. Había terminado la fiesta y su corte de mujeres descansaba, rendida por tantas horas de frenético bullicio.

Al entrar en la grandiosa sala del banquete bajó la cabeza con expresión de abatimiento.

Ardían pocas lámparas, y de las apagadas salían fétidos chisporroteos, cargando el ambiente de asfixiantes emanaciones.

Veíanse a esta luz incierta las hembras dormidas formando revueltos grupos, unas en montón, con el pesado sueño de la embriaguez; otras de pechos sobre el mármol, con la cabeza oculta y mostrando impúdicamente el reverso de sus cuerpos.

A un lado las bailarinas, rendidas de cansancio y sudorosas como jayanes; a otro las músicas, teniendo como almohada sus arpas y cítaras o abrazadas a sus tamboriles y címbalos. Las más hermosas favoritas estaban tendidas sobre los residuos de la mesa, con sus joyas y velos manchados de *soma*; unas con la boca abierta, cayéndoles hilos de saliva sobre el pecho; otras roncando entre grotescas contorsiones; algunas inmóviles, con los ojos entreabiertos y vidriosos como difuntas. Las desnudeces que horas antes brillaban lo mismo que el marfil y la seda, mostraban ahora empañada su tersura por el pegajoso sudor, emanación punzante de bestia vigorosa, que se confundía con la fetidez de las lámparas.

Sidarta sonrió con tristeza. ¿Y esto era el amor, el más dulce goce de la vida? Su corte de beldades, durmiendo tras la fiesta, traíale a la memoria un campo de batalla cubierto de cadáveres. Hasta en el fondo del placer encontraba a los dos terribles enemigos, la corrupción y la muerte.

—¡Qué miseria! —murmuró—. ¿Y esto ha constituido mi dicha? El hombre, siervo de la sensualidad, anda en tinieblas y extraviado. Se halla cogido en una red de la que debe librarse.

De nuevo descendió de su palacio, pero esta vez fue para dirigirse a un pabellón donde estaban las cuadras y la armería. Dormían los criados con la embriaguez del festín, pero su fiel caballo *Cantaca* le olfateó, recibiéndole con gozoso relincho.

—Alégrate, fiel compañero mío; ha llegado el tiempo de la libertad.

Y se vistió su armadura de oro, ciñéndose el sable con empuñadura de pedrería que el rey le había regalado al quedar vencedor en el torneo a la gloria de Gopa.

Después ensilló a *Cantaca*, que miraba a su amo con inquietud, y mientras iba ajustando los arreos, murmuraba el príncipe, como si su corcel pudiera comprenderle:

—*Cantaca*, caballo mío, llegó el momento de alcanzar la iluminación suprema, el estado feliz que no conoce ni la vejez ni la muerte. Si lo alcanzo, seré el salvador de las criaturas.

Amanecía cuando sacó su corcel del jardín. Al montar Sidarta, conmovió las espesuras una fresca ráfaga viniendo de aquel horizonte donde se marcaba el día con matices dorados y transparencias de nácar. Agitáronse los árboles, y una lluvia de flores deshojadas cayó sobre el príncipe, como si el jardín quisiera enviarle el último saludo.

Cortó Sidarta la fila de guerreros, que todavía dormían, saliendo de sus dominios por una puerta que nadie vigilaba. Al verse en campo libre, soltó las riendas a *Cantaca*, partiendo éste en desenfrenado galope.

Aquel mismo día, al ponerse el sol, llegó el príncipe al límite de los Estados de su padre. Ya no tenía nada que temer: no volvería más la cabeza al menor ruido, creyéndose perseguido por los guerreros sakias.

Se apeó Sidarta en la ribera de un ancho río. Su pobre caballo, después de tan veloz y continuada marcha, cayó sobre sus patas delanteras, mientras su dueño comenzaba a despojarse de su armadura.

Pieza tras pieza, fue arrojándola en el río, y después rasgó su túnica de seda, quedando casi desnudo, sin otro abrigo que la faja anudada a sus riñones y entre las piernas.

Un sable de empuñadura deslumbrante, hoja clara

como el cristal y filo prodigioso, fue lo único que conservó.

Dio un beso Sidarta a su caballo en el humeante hocico, miró el sombrío bosque que se extendía por la opuesta orilla, empuñó el sable, y levantando su hermosa negra cabellera hasta ponerla vertical sobre su cabeza, la cortó de un golpe.

Volaron los flotantes rizos, símbolo de majestad, y Sidarta, tonsurado como un paria, dejó caer el sable y se arrojó en el río.

Nadó vigorosamente, cortando las aguas con sus brazos poderosos, rodeado de bullidoras espumas, buceando muchas veces para evitar los grandes troncos que arrastraba la corriente.

Y al surgir en la opuesta orilla, antes de penetrar en la arboleda miró por última vez a su fiel caballo, que, sin fuerzas para levantarse, le saludaba desde lejos con relinchos que parecían quejidos.

VI

El bosque era inmenso. Entrecruzaban los árboles sus ramas, formando sombrías bóvedas. Las lianas, como oscuras serpientes, enroscábanse a los gruesos troncos. La tupida maleza, tapizada de extrañas florescencias, ondeaba en la penumbra con tétrico murmullo, como si por entre ella se arrastrasen feroces bestias. En algunos lugares se aclaraba para dejar al descubierto verdosos charcos donde pululaban los reptiles.

Marchaba Sidarta en línea recta, confiado y tranquilo. Veía sin espanto misteriosas flores de reflejos metálicos, que con su hálito emponzoñado dan muerte al que las aspira. Muchas veces sintió en sus piernas desnudas el viscoso contacto de las serpientes que huían, y oyó sin estremecerse el rugido de los tigres llamándose a lo lejos para apagar la sed al borde de un riachuelo.

Caminaba al azar, perdido en esta selva inmensa, sin fatiga, animado por una fuerza extraordinaria que jamás había conocido.

Cuando comenzaba a anochecer y las sombras invadían la arboleda con la rapidez de los crepúsculos tropicales, Sidarta el feliz, heredero del reino de Kapila, dueño de tres palacios y tres mil mujeres, sintió un dolor hasta entonces ignorado, un tormento que le producía nuevas angustias.

Tenía hambre. Su estómago sufría por primera vez tal tormento, agitándose con doloroso espasmo. Y el pobre príncipe, a pesar de su fe, empezó a flaquear, próximo a declararse vencido ante este primer obstáculo que encontraba en su nueva vida.

Varias veces oyó en la espesura un roce extraño, como si algún animal se arrastrase cerca de él, siguiéndole en su camino y espiándolo. Creyó ver dos ojos brillando entre el follaje con expresión de curiosidad y desconfianza, y al fin un hombre salió de la maleza, aproximándose a él.

Era un anciano demacrado y vestido de andrajos.

—¿Huyes, como yo, de los hombres? —preguntó con voz dulce y compasiva.

Sidarta le conoció. Era un paria, un ser de la raza maldita. Y sin poderlo evitar, renacieron sus escrúpulos de educación, retrocediendo cual si evitase mancharse con su contacto.

—No temas —dijo el anciano, interpretando mal su repugnancia—. Soy de los tuyos, de los desgraciados, de los que hallan más piedad en los tigres de la selva que en los habitantes de las ciudades. Soy paria como tú y sufro resignado la desgracia de mi nacimiento.

Y mirando atrás, como si le escuchara toda la India, dijo con tristeza:

—¡Ah, hombres! Os empeñáis en crear castas, en suponer que todos los seres no somos iguales ante el divino padre, y las enfermedades y la muerte se encargan de desmentiros, pues lo mismo atacan al mísero paria que al orgulloso brahmán, y siervos son del dolor el uno y el otro.

Esto gustó a Sidarta. Desvaneciéronse sus escrúpulos al encontrar en el anciano perseguido un eco de sus propios pensamientos.

La noche había cerrado; el viejo se sentó al pie de un árbol corpulento, y Sidarta hizo lo mismo, aceptando de sus manos impuras una torta de arroz hervido, que constituía toda su fortuna.

Y Sidarta, el príncipe feliz, pasó la noche con el paria.

El poderoso Sudhodana, gran rey de Kapila, habría muerto de pesar al ver a su hijo en amigable conversación con uno de aquellos seres malditos que sus guerreros cazaban como fieras en los bosques o cosían a lanzadas cuando cruzaban el camino de la comitiva real.

Escuchó el príncipe con profunda atención al anciano. Un nuevo misterio de la vida se estaba revelando para él.

Todos los hombres eran iguales ante Brahma el omnipotente, y este ser que sufría y amaba, este vagabundo despreciado, resultaba idéntico a los más altos feudatarios de su padre. ¿Por qué las diferencias de castas? ¿Qué motivo había para que un hombre, por su nacimiento y sin cometer culpa alguna, quedase aislado de los otros, siempre fugitivo y perseguido, temiendo más a sus semejantes que a las fieras?

Durmió Sidarta toda la noche al lado del anciano. Cuando hubo amanecido, el paria siguió su marcha y el príncipe púsose a examinar el lugar donde se hallaba.

Se vio en un pequeño espacio libre de la selva. Muros de tupido follaje lo cerraban por todas partes, y a espaldas de Sidarta elevábase una higuera silvestre, gigantesca, centenaria, con el tronco nudoso, como formado por varios árboles enroscados, sosteniendo un oleaje vertical de anchas hojas que parecía perderse en el espacio.

Envolvió el augusto silencio de la selva el alma del joven en su santo recogimiento. Mecíanse sobre la maleza enormes mariposas semejantes a flores vivientes. Sonaban entre los árboles invisibles aleteos anunciando el paso rápido de algún ramillete de plumas, que desaparecía lanzando agudo chillido.

Sidarta deseaba meditar lejos del mundo, donde no llegase a él ninguna impureza de la vida, donde con profunda abstracción y rígida inmovilidad pudiera su pensamiento penetrar en la esencia de la Creación. Así llegaría a saber si era cierto, como él sospechaba, que para el hombre todo consiste en la ilusión de las formas, y que detrás de éstas se halla eternamente el dolor y el no ser como única verdad.

Tendióse el príncipe al pie de la corpulenta higuera y su cabeza se apoyó en el hueco formado por dos raíces tortuosas que, avanzando, se hundían en el suelo a muchos pasos de distancia.

Entonces ocurrieron cosas sorprendentes, viéndose claro que Sidarta era el hombre destinado a salvar a sus semejantes.

Ni el menor estremecimiento agitaba su cuerpo. Sus ojos, biertos e inmóviles, perdíanse en el infinito con la vaga y vidriosa mirada del cadáver. Sus codos, apretados contra el costillaje, alzaban rígidos los brazos con las manos abiertas.

¿Cuánto tiempo permaneció así? Él mismo no lo supo nunca.

Pasaban los días y las noches, sin que abandonase su sitio al pie del árbol. Unos cuantos granos de arroz del resto de aquella torta que le dio el paria fueron todo su alimento.

La santa meditación le dominaba, haciéndole insensible al ambiente y al dolor.

Zumbaban los venenosos insectos en torno a él, picándole el rostro; caían sobre su cuerpo los rayos de aquel sol de fuego que hacía estallar las ramas de la selva como si fueran a incendiarse; sobrevenían las rápidas y espantosas tempestades del trópico, con sus lluvias torrenciales que inundaban el bosque, su granizo que hacía doblegarse a los árboles, sus rayos que partían en dos los más gigantescos troncos, y Sidarta no movía siquiera una mano para abrigarse o espantar los aguijones que le herían.

Envejeció rápidamente. Consumióse la grasa de su cuerpo; cayeron sus cabellos; su piel se hizo negra, marcando las agudas aristas de su esqueleto, hundiéndose en los pómulos, formando surcos entre costilla y costilla, envolviendo como rugoso pergamino los huesos descarnados de sus brazos y piernas. ¿Cuál de sus hermosas mujeres de Kapila le hubiese reconocido? Sus ojos se perdían en el fondo de las cuencas, que eran ya profundas cuevas.

Y Sidarta siempre inmóvil, como un cuerpo que espera el retorno del alma vagabunda por el infinito.

Saltaba sobre él la pantera desde la inmediata maleza con ánimo de devorarle, pero alejábase al momento después de husmearlo, creyéndolo un cadáver. Acercábase el león cautelosamente, abriendo sus descomunales fauces, fijaba sus amarillas pupilas en sus ojos inmóviles, le rozaba el rostro con su ardoroso aliento y sus agudos bigotes, y se alejaba también en busca de vivos. La gruesa serpiente descendía de las ramas con traidora ondulación, arrollábase lentamente a su cuer-

po, descansaba su chata cabeza sobre la boca del penitente, esperando el momento de herir, erizándole el
vello con el soplo de su silbido venenoso, y al fin, des-
haciendo los terribles nudos, retirábase como si el príncipe fuese un cuerpo putrefacto.

Todos lo creían muerto. Si pasaba algún grupo de
mercaderes o un paria fugitivo atravesaba la plazoleta,
deteníanse todos ante el cuerpo inerte, arrojándole mi-
sericordiosamente un puñado de tierra.

Los árboles hacían llover sobre él sus hojas secas,
su cuerpo hundíase en el suelo removido por las aguas,
los puñados de tierra adheríanse a su costillaje, y no
tardó en quedar medio enterrado, como un cadáver a
quien las hienas hubiesen removido en su fosa.

Pronto esta envoltura de tierra y residuos vegetales
germinó con la prolífica fecundidad del suelo de la India. El bosque iba vistiendo su desnudez. Sobre su vientre se desarrollaba la hierba; apuntaban en sus rodillas
tallos que poco después iban cubriéndose de hojas. Entre los dedos de sus pies negros, en cuyas plantas marcábase cada vez más la imagen del sol, crecían los hon-
gos y pululaban enjambres de insectos.

Y Sidarta siempre inmóvil e inerte, como si para él
hubieran terminado la sensibilidad y la vida.

Quería emanciparse del dolor, vencerlo haciéndose
insensible, y para ello agotaba toda clase de penalidades.

Mientras tanto, su pensamiento iba siempre arriba,
en busca de la verdad, que había de salvar a los mortales.

Según decrecían sus fuerzas, excitándose su imaginación con la vehemencia del delirio, y veía nuevos
mundos, dilatados horizontes.

Horribles pesadillas turbaban el curso de sus meditaciones.

De pronto veía a Mara, dios terrible de la Muerte

y del Amor, ordenándole que no intentase librar a los
mortales de las torturas dolorosas, así como de las
corrupciones de la seducción. El dios le ordenaba levantarse, volver a su palacio; mas él seguía inmóvil.

Entonces, Mara, irritado, le enviaba a sus innumerables servidores para que le martirizasen, y la selva
poblábase de las más espantosas visiones.

Acercábanse a él repugnantes enanos y fieros colosos con cabeza de rinoceronte, de cerdo o de galá-
pago. Unos iban cubiertos de escamas como serpientes;
otros enfundados en conchas de tortuga. Le oprimían,
pretendiendo ahogarlo; aullaban, silbaban, profiriendo horribles bramidos, que conmovían la selva como
una tempestad. Le amenazaban con sus sables dentados
como sierras; blandían huesos de hombre, esparciendo
un olor nauseabundo, cual si acabaran de surgir de la
fosa de los muertos.

Arrojaban llamas por las narices; movían sus alas
de murciélago, desarrollando flotantes tinieblas; de-
voraban asquerosamente puñados de víboras que se
estremecían en sus manos, o entonaban con horripilante chillido los himnos funerales, pasando rosarios cuyas cuentas eran dedos cortados en las tumbas.

El horror y el asco estuvieron próximos a vencer
a Sidarta; pero resistió, y las espantables visiones se
desvanecieron.

Enfurecido Mara, acordóse de que si era dios de la
Muerte, también lo era del Amor, y envió a sus hijas,
los demonios de la voluptuosidad, a tentar al santo solitario.

Iluminóse la selva con reflejos de escarlata y oro;
estremecióse el aire como si millones de besos palpita-
sen estallando a la vez. Y Sidarta las vio aparecer en
su hermosura indecible, sonriendo con una seducción
que jamás había conocido en su palacio de verano.

Relampagueaban sus ojos bajo las negras cejas; brillaban los dientes como hojas de jazmín entre los pintados labios; sus muslos redondos cual trompa de elefante asomaban por entre ropajes de oro que sostenían larga cola de esclavos. Unas le acariciaban, colocando su cabeza en su regazo; otras danzaban lúbricamente, con voluptuosas contorsiones y caprichosos desperezos que entreabrían sus faldas. Pero el príncipe fue fuerte ante la tentación y las seductoras visiones desvaneciéronse igualmente.

Mara estaba vencido. No encontró ya el solitario más obstáculos en su santa contemplación. Había muerto para las tentaciones; nada quedaba en él de su pasado. Ni el placer ni el dolor podían conmover la más leve fibra de su cuerpo. Y puro, libre, emancipado del mundo, su pensamiento subió y subió, hasta alcanzar la inteligencia suprema y ser dueño de la verdad.

Había realizado su conquista. Sólo le faltaba dar su ley al mundo.

Y una mañana, como muerto que resucita, se incorporó el príncipe en su tumba, despojóse de su mortaja de tierra y vegetación, y emprendió la marcha, extenuado, débil, pero con una fuerza irresistible que hacía caminar sin fatiga horas y más horas a su cuerpo esquelético.

Salió de la selva donde había alcanzado la iluminación suprema, dispuesto a recorrer toda la India predicando la redención que liberta a los seres del dolor y enseñándoles la ruta de la insensibilidad que conduce al *nirvana*, a la felicidad de la anulación y del no ser.

Vio al borde del camino la tumba de un siervo, y para que la humanidad rompiera con su respeta supersticioso ante las obras de la muerte, desenterró el cadáver, despojándolo de una tela burda que le envolvía.

Lavó el corrompido trapo en un arroyo, para limpiarlo de la putrefacción de la sepultura, y cubrió con él su desnudez.

Un paria le dio una escudilla de piedra, y con ella mendigó de puerta en puerta el puñado de arroz hervido que le bastaba para vivir.

Y el príncipe Sidarta reconoció que ahora, verdaderamente, era el hombre más feliz de la India, pues poseía la verdad.

Un día se supo en Kapila que el príncipe, a quien todos creían muerto, andaba por el mundo predicando y pidiendo limosna como los brahmanes errantes.

Las tres mil mujeres que aún ocupaban sus palacios horrorizáronse al saber que su antiguo señor, hermoso y brillante como el sol, cubierto siempre de seda y perlas, era negro y apergaminado lo mismo que un viejo y vestía una mortaja robada en una tumba.

Se ruborizó el rey Sudhodana al tener la certeza de que el heredero de su trono, aquel para quien quinientas cocineras trabajaban en el palacio de verano, iba mendigando por otros países un puñado de arroz.

Pero Sidarta era feliz.

La India entera conmovíase con sus palabras. Pueblos en masa, príncipes y reyes, le acogían como la voz de la verdad. Inmensas muchedumbres le seguían, y desconociendo su nombre y origen, llamábanle el Buda, «el sabio de los sabios».

Y el Buda, siempre con su escudilla de mendicante y su deshilachada mortaja, seguía predicando en la santa ciudad de Benarés, a la sombra de una higuera copuda y eternamente verde, lo que su inteligencia había visto al despertar del sueño del placer y la materia:

Que en el mundo, el dolor es lo eterno y lo cierto, y la dicha lo casual, lo inesperado; que iguales los hombres ante la muerte, deben serlo también en la vida; que tan hijo de dios es el paria como el brahmán.

Y su doctrina resumíala para todos los humanos en dos palabras dulces:

Amor y compasión.

ÍNDICE

Este libro se imprimió en los talleres
de GRÁFICAS GUADA, S. A.
Virgen de Guadalupe, 33
Esplugues de Llobregat.
Barcelona